北京大学中国语言学研究中心

国家出版基金项目

早期北京话珍稀文献集成

主编 刘云

清末民初京味儿时评书系

分卷主编 [日]矢野贺子

益世余墨

民国初年北京生活百态

梅蒐 著
刘一之 [日]矢野贺子 校注

北京大学出版社
PEKING UNIVERSITY PRESS

图书在版编目(CIP)数据

益世余墨：民国初年北京生活百态/梅蒐著；刘一之，（日）矢野贺子校注.—北京：北京大学出版社,2017.1

（早期北京话珍本典籍校释与研究）

ISBN 978-7-301-26261-0

Ⅰ.①益… Ⅱ.①梅…②刘…③矢… Ⅲ.①时事评论—作品集—中国—现代 Ⅳ.①I253

中国版本图书馆CIP数据核字(2015)第207895号

书　　　名	益世余墨——民国初年北京生活百态 YISHI YUMO——MINGUO CHUNIAN BEIJING SHENGHUO BAITAI
著作责任者	梅　蒐　著　刘一之　［日］矢野贺子　校注
责任编辑	刘　正　任　蕾
标准书号	ISBN 978-7-301-26261-0
出版发行	北京大学出版社
地　　　址	北京市海淀区成府路205号　100871
网　　　址	http://www.pup.cn　　新浪微博：@北京大学出版社
电子信箱	zpup@pup.cn
电　　　话	邮购部 62752015　发行部 62750672　编辑部 62753334
印刷者	北京中科印刷有限公司
经销者	新华书店
	720毫米×1020毫米　16开本　14.75印张　245千字 2017年1月第1版　2017年1月第1次印刷
定　　　价	48.00元

未经许可，不得以任何方式复制或抄袭本书之部分或全部内容。

版权所有，侵权必究

举报电话：010-62752024　电子信箱：fd@pup.pku.edu.cn

图书如有印装质量问题，请与出版部联系，电话：010-62756370

教育部人文社科重点研究基地重大项目
清末民初北京话系统研究(11JJD740006)
北京市哲学社会科学规划重点项目
晚清民国时期的北京话系统
及探源研究(11WYA001)研究成果

餘墨

◎合婚理宜禁止

(梅蒐)

中國舊日婚制，講究父母之命，媒妁之言，兩句話算是天經地義，沒人敢駁。但是作父母的，未定都是明白道理的賢父母，媒人的話，更是聽不的了。父母一貪便宜，媒人兩頭兒再一造謠言，往往就能訛誤事。婚姻是終身的大事，受專制的縛束，不得自由，最為可嘆。此外更有一宗無情無理的迷信，就是合婚，多年的惡風，牢不可破，常見美滿的婚姻，被這宗合婚的三言五語，就能給破壞了，可是極不相宜的婚姻，他楞給成全上，可作不可作，父母跟媒妁無權，竟聽他一句話，您說夠多們邪乎，北城旗人某甲，日前給兒子續絃，這次因為女家妝匳好陪送多，所以把迷信破了，及至過門之後，妝匳也不甚多，新婦又有幾個麻子，說是白馬不配青牛，這門親犯相，又把迷信勾起來了，居然沒合，過門沒有三天，婆婆又病了，找到媒人家中，大鬧之下，讓媒人給了某甲兩個嘴吧，(該打)後經鄰仲連蓋出來調停，結果如何，尚不得知，若某甲者，始聽說妝匳好，居然破除迷信，不如意，又犯迷信，而且沒根基，雖然某甲不足責，合婚一道，非嚴行禁止不可。

总 序

语言是文化的重要组成部分,也是文化的载体。语言中有历史。

多元一体的中华文化,体现在我国丰富的民族文化和地域文化及其语言和方言之中。

北京是辽金元明清五代国都(辽时为陪都),千余年来,逐渐成为中华民族所公认的政治中心。北方多个少数民族文化与汉文化在这里碰撞、融合,产生出以汉文化为主体的、带有民族文化风味的特色文化。

现今的北京话是我国汉语方言和地域文化中极具特色的一支,它与辽金元明四代的北京话是否有直接继承关系还不是十分清楚。但可以肯定的是,它与清代以来旗人语言文化与汉人语言文化的彼此交融有直接关系。再往前追溯,旗人与汉人语言文化的接触与交融在入关前已经十分深刻。本丛书收集整理的这些语料直接反映了清代以来北京话、京味文化的发展变化。

早期北京话有独特的历史传承和文化底蕴,于中华文化、历史有特别的意义。

一者,这一时期的北京历经满汉双语共存、双语互协而新生出的汉语方言——北京话,她最终成为我国民族共同语(普通话)的基础方言。这一过程是中华多元一体文化自然形成的诸过程之一,对于了解形成中华文化多元一体关系的具体进程有重要的价值。

二者,清代以来,北京曾历经数次重要的社会变动:清王朝的逐渐孱弱、八国联军的入侵、帝制覆灭和民国建立及其伴随的满汉关系变化、各路军阀的来来往往、日本侵略者的占领,等等。在这些不同的社会环境下,北京人的构成有无重要变化?北京话和京味文化是否有变化?进一步地,地域方言和文化与自身的传承性或发展性有着什么样的关系?与社会变迁有着什么样的关系?清代以至民国时期早期北京话的语料为研究语言文化自身传承性与社会的关系提供了很好的素材。

了解历史才能更好地把握未来。新中国成立后,北京不仅是全国的政治中心,而且是全国的文化和科研中心,新的北京话和京味文化或正在形成。什么是老北京京味文化的精华?如何传承这些精华?为把握新的地域文化形成的规律,为传承地域文化的精华,必须对过去的地域文化的特色及其形成过程进行细致的研究和理性的分析。而近几十年来,各种新的传媒形式不断涌现,外来西方文化和国内其他地域文化的冲击越来越强烈,北京地区人口流动日趋频繁,老北京人逐渐分散,老北京话已几近消失。清代以来各个重要历史时期早期北京话语料的保护整理和研究迫在眉睫。

"早期北京话珍本典籍校释与研究(暨早期北京话文献数字化工程)"是北京大学中国语言学研究中心研究成果,由"早期北京话珍稀文献集成""早期北京话数据库"和"早期北京话研究书系"三部分组成。"集成"收录从清中叶到民国末年反映早期北京话面貌的珍稀文献并对内容加以整理,"数据库"为研究者分析语料提供便利,"研究书系"是在上述文献和数据库基础上对早期北京话的集中研究,反映了当前相关研究的最新进展。

本丛书可以为语言学、历史学、社会学、民俗学、文化学等多方面的研究提供素材。

愿本丛书的出版为中华优秀文化的传承做出贡献!

王洪君、郭锐、刘云

2016 年 10 月

"早期北京话珍稀文献集成"序

清民两代是北京话走向成熟的关键阶段。从汉语史的角度看,这是一个承前启后的重要时期,而成熟后的北京话又开始为当代汉民族共同语——普通话源源不断地提供着养分。蒋绍愚先生对此有着深刻的认识:"特别是清初到19世纪末这一段的汉语,虽然按分期来说是属于现代汉语而不属于近代汉语,但这一段的语言(语法,尤其是词汇)和'五四'以后的语言(通常所说的'现代汉语'就是指'五四'以后的语言)还有若干不同,研究这一段语言对于研究近代汉语是如何发展到'五四'以后的语言是很有价值的。"(《近代汉语研究概要》,北京大学出版社,2005年)然而国内的早期北京话研究并不尽如人意,在重视程度和材料发掘力度上都要落后于日本同行。自1876年至1945年间,日本汉语教学的目的语转向当时的北京话,因此留下了大批的北京话教材,这为其早期北京话研究提供了材料支撑。作为日本北京话研究的奠基者,太田辰夫先生非常重视新语料的发掘,很早就利用了《小额》《北京》等京味儿小说材料。这种治学理念得到了很好的传承,之后,日本陆续影印出版了《中国语学资料丛刊》《中国语教本类集成》《清民语料》等资料汇编,给研究带来了便利。

新材料的发掘是学术研究的源头活水。陈寅恪《〈敦煌劫余录〉序》有云:"一时代之学术,必有其新材料与新问题。取用此材料,以研求问题,则为此时代学术之新潮流。"我们的研究要想取得突破,必须打破材料桎梏。在具体思路上,一方面要拓展视野,关注"异族之故书",深度利用好朝鲜、日本、泰西诸国作者所主导编纂的早期北京话教本;另一方面,更要利用本土优势,在"吾国之旧籍"中深入挖掘,官话正音教本、满汉合璧教本、京味儿小说、曲艺剧本等新类型语料大有文章可做。在明确了思路之后,我们从2004年开始了前期的准备工作,在北京大学中国语言学研究中心的大力支持下,早期北京话的挖掘整理工作于2007年正式启动。本次推出的"早期北京话珍稀文献集成"是阶段性成果之一,总体设计上"取异族之故书与吾国之旧籍互相补正",共分"日本北京话教科书汇编""朝鲜日据时期汉语会话书汇编""西人北京话教科书汇编"

"清代满汉合璧文献萃编""清代官话正音文献""十全福""清末民初京味儿小说书系""清末民初京味儿时评书系"八个系列,胪列如下:

"日本北京话教科书汇编"于日本早期北京话会话书、综合教科书、改编读物和风俗纪闻读物中精选出《燕京妇语》《四声联珠》《华语跬步》《官话指南》《改订官话指南》《亚细亚言语集》《京华事略》《北京纪闻》《北京风土编》《北京风俗问答》《北京事情》《伊苏普喻言》《搜奇新编》《今古奇观》等二十余部作品。这些教材是日本早期北京话教学活动的缩影,也是研究早期北京方言、民俗、史地问题的宝贵资料。本系列的编纂得到了日本学界的大力帮助。冰野善宽、内田庆市、太田斋、鳟泽彰夫诸先生在书影拍摄方面给予了诸多帮助。书中日语例言、日语小引的翻译得到了竹越孝先生的悉心指导,在此深表谢忱。

"朝鲜日据时期汉语会话书汇编"由韩国著名汉学家朴在渊教授和金雅瑛博士校注,收入《改正增补汉语独学》《修正独习汉语指南》《高等官话华语精选》《官话华语教范》《速修汉语自通》《速修汉语大成》《无先生速修中国语自通》《官话标准:短期速修中国语自通》《中语大全》《内鲜满最速成中国语自通》等十余部日据时期(1910年至1945年)朝鲜教材。这批教材既是对《老乞大》《朴通事》的传承,又深受日本早期北京话教学活动的影响。在中韩语言史、文化史研究中,日据时期是近现代过渡的重要时期,这些资料具有多方面的研究价值。

"西人北京话教科书汇编"收录了《语言自迩集》《官话类编》等十余部西人主编教材。这些西方作者多受过语言学训练,他们用印欧语的眼光考量汉语,解释汉语语法现象,设计记音符号系统,对早期北京话语音、词汇、语法面貌的描写要比本土文献更为精准。感谢郭锐老师提供了《官话类编》《北京话语音读本》和《汉语口语初级读本》的底本,《寻津录》、《语言自迩集》(第一版、第二版)、《平仄篇》、《汉英北京官话词汇》、《华语入门》等底本由北京大学图书馆特藏部提供,谨致谢忱。《华英文义津逮》《言语声片》为笔者从海外购回,其中最为珍贵的是老舍先生在伦敦东方学院执教期间,与布鲁斯和爱德华兹共同编写的教材——《言语声片》。这是世界上第一部有声汉语教材,上册为中文课本,下册为英文翻译和讲解,用音标标注课文的读音。墨绿色烫金封面,纸张和装订极为考究,上册书中汉字均由老舍先生亲笔书写,随书唱片内容也由他亲自朗读,京韵十足,殊为珍贵。

上述三类"异族之故书"经江蓝生、张卫东、汪维辉、张美兰、李无未、王顺洪、张西平、鲁健骥、王澧华诸先生介绍,已经进入学界视野,对北京话研究和对外汉语教学史研究产生了很大的推动作用。我们希望将更多的域外经典北京话教本引入进来,考虑到日本卷和朝鲜卷中很多抄本字迹潦草,难以辨认,而刻本、印本中也存在着大量的异体字和俗字,重排点校注释的出版形式更利于研究者利用,这也是前文"深度利用"的含义所在。

对"吾国之旧籍"挖掘整理的成果,则体现在下面五个系列中:

"清代满汉合璧文献萃编"收入《清文启蒙》《清话问答四十条》《清文指要》《续编兼汉清文指要》《庸言知旨》《满汉成语对待》《清文接字》《重刻清文虚字指南编》等十余部经典满汉合璧文献。入关以后,在汉语这一强势语言的影响下,熟习满语的满人越来越少,故雍正以降,出现了一批用当时的北京话注释翻译的满语会话书和语法书。这批教科书的目的本是教授旗人学习满语,却无意中成为了早期北京话的珍贵记录。"清代满汉合璧文献萃编"首次对这批文献进行了大规模整理,不仅对北京话溯源和满汉语言接触研究具有重要意义,也将为满语研究和满语教学创造极大便利。由于底本多为善本古籍,研究者不易见到,在北京大学图书馆古籍部和日本神户外国语大学竹越孝教授的大力协助下,"萃编"将以重排点校加影印的形式出版。

"清代官话正音文献"收入《正音撮要》(高静亭著)和《正音咀华》(莎彝尊著)两种代表著作。雍正六年(1728),雍正谕令福建、广东两省推行官话,福建为此还专门设立了正音书馆。这一"正音"运动的直接影响就是以《正音撮要》和《正音咀华》为代表的一批官话正音教材的问世。这些书的作者或为旗人,或寓居京城多年,书中保留着大量北京话词汇和口语材料,具有极高的研究价值。沈国威先生和侯兴泉先生对底本搜集助力良多,特此致谢。

《十全福》是北京大学图书馆藏《程砚秋玉霜簃戏曲珍本》之一种,为同治元年陈金雀抄本。陈晓博士发现该传奇虽为昆腔戏,念白却多为京话,较为罕见。

以上三个系列均为古籍,且不乏善本,研究者不容易接触到,因此我们提供了影印全文。总体来说,由于言文不一,清代的本土北京话语料数量较少。而到了清末民初,风气渐开,情况有了很大变化。彭翼仲、文实权、蔡友梅等一批北京爱国知识分子通过开办白话报来"开启民智""改良社会"。著名爱国报人彭翼仲在《京话日报》的发刊词中这样写道:"本报为输进文明、改良风俗,以开通社会多数人之智识为宗旨。故通幅概用京话,以浅显之笔,达朴实之理,纪紧要之事,务令雅俗共赏,妇稚咸宜。"在当时北京白话报刊的诸多栏目中,最受市民欢迎的当属京味儿小说连载和《益世余谭》之类的评论栏目,语言极为地道。

"清末民初京味儿小说书系"首次对以蔡友梅、冷佛、徐剑胆、儒丐、勋锐为代表的晚清民国京味儿作家群及作品进行系统挖掘和整理,从千余部京味儿小说中萃取代表作家的代表作品,并加以点校注释。该作家群活跃于清末民初,以报纸为阵地,以小说为工具,开展了一场轰轰烈烈的底层启蒙运动,为新文化运动的兴起打下了一定的群众基础,他们的作品对老舍等京味儿小说大家的创作产生了积极影响。本系列的问世亦将为文学史和思想史研究提供议题。于润琦、方梅、陈清茹、雷晓彤诸先生为本系列提供了部分底本或馆藏线索,首都图书馆历史文献阅览室、天津图书馆、国家图书馆提供了极大便利,谨致谢意!

"清末民初京味儿时评书系"则收入《益世余谭》和《益世余墨》,均系著名京味儿小说家蔡友梅在民初报章上发表的专栏时评,由日本岐阜圣德学园大学刘一之教授、矢野贺子教授校注。

这一时期存世的报载北京话语料口语化程度高,且总量庞大,但发掘和整理却殊为不易,称得上"珍稀"二字。一方面,由于报载小说等栏目的流行,外地作者也加入了京味儿小说创作行列,五花八门的笔名背后还需考证作者是否为京籍,以蔡友梅为例,其真名为蔡松龄,查明的笔名还有损、损公、退化、亦我、梅蒐、老梅、今睿等。另一方面,这些作者的作品多为急就章,文字错讹很多,并且鲜有单行本存世,老报纸残损老化的情况日益严重,整理的难度可想而知。

上述八个系列在某种程度上填补了相关领域的空白。由于各个系列在内容、体例、出版年代和出版形式上都存在较大的差异,我们在整理时借鉴《朝鲜时代汉语教科书丛刊续编》《〈清文指要〉汇校与语言研究》等语言类古籍的整理体例,结合各个系列自身特点和读者需求,灵活制定体例。"清末民初京味儿小说书系"和"清末民初京味儿时评书系"年代较近，读者群体更为广泛，经过多方调研和反复讨论，我们决定在整理时使用简体横排的形式，尽可能同时满足专业研究者和普通读者的需求。"清代满汉合璧文献萃编""清代官话正音文献"等系列整理时则采用繁体。"早期北京话珍稀文献集成"总计六十余册，总字数近千万字，称得上是工程浩大，由于我们能力有限，体例和校注中难免会有疏漏，加之受客观条件所限，一些拟定的重要书目本次无法收入，还望读者多多谅解。

"早期北京话珍稀文献集成"可以说是中日韩三国学者通力合作的结晶，得到了方方面面的帮助，我们还要感谢陆俭明、马真、蒋绍愚、江蓝生、崔希亮、方梅、张美兰、陈前瑞、赵日新、陈跃红、徐大军、张世方、李明、邓如冰、王强、陈保新诸先生的大力支持，感谢北京大学图书馆的协助以及萧群书记的热心协调。"集成"的编纂队伍以青年学者为主，经验不足，两位丛书总主编倾注了大量心血。王洪君老师不仅在经费和资料上提供保障，还积极扶掖新进，"我们搭台，你们年轻人唱戏"的话语令人倍感温暖和鼓舞。郭锐老师在经费和人员上也予以了大力支持，不仅对体例制定、底本选定等具体工作进行了细致指导，还无私地将自己发现的新材料和新课题与大家分享，令人钦佩。"集成"能够顺利出版还要特别感谢国家出版基金规划管理办公室的支持以及北京大学出版社王明舟社长、张凤珠副总编的精心策划，感谢汉语编辑室杜若明、邓晓霞、张弘泓、宋立文等老师所付出的辛劳。需要感谢的师友还有很多，在此一并致以诚挚的谢意。

"上穷碧落下黄泉，动手动脚找东西"，我们不奢望引领"时代学术之新潮流"，惟愿能给研究者带来一些便利，免去一些奔波之苦，这也是我们向所有关心帮助过"早期北京话珍稀文献集成"的人士致以的最诚挚的谢意。

刘　云
2015年6月23日于对外经贸大学求索楼
2016年4月19日改定于润泽公馆

校注说明

一、关于《益世余墨》

《益世余谭》是《北京益世报》上的一个专栏,针对当时的一些事件、现象发表评论。《益世报》由比利时籍天主教神父雷鸣远于1915年10月在天津创刊,1916年10月增设北京版,内容并不和天津版一样,起名叫《北京益世报》①。因为现在能找到的《北京益世报》不全,所以我们现在能看到的《益世余谭》从1919年11月21号开始,1920年8月2号改为《益世余谈》,到1921年1月16号结束。从17号开始,《益世余谈》更名为《余谈》,1921年3月20号又更名为《余墨》,到1921年10月1号为止。本书只是选择了《余谈》《余墨》部分进行标点、注释。《益世余谭》《益世余谈》部分已经另行出书,书名叫《益世余谭——民国初年北京生活百态》(北京大学出版社2014年版)。

二、关于作者蔡友梅

作者梅蒐,本名蔡松龄,号友梅,生于1872年4月3日(同治壬申年二月二十六日),卒于1921年10月16日,享年49岁。去世时,家住北京东城东颂年胡同31号。②

蔡友梅祖籍河南上蔡县,他自己说,"记者祖籍河南上蔡,寄籍北京"③,"原籍上蔡,寄籍大兴"④。因为清代科举制度规定,读书人首先要"进学",通过考试后进入县学或府学读书,叫生员,即我们平常所说的秀才。考秀才,民人要进行三级考试,县考、府考、院考;旗人要在本旗参加考试,然后院考⑤。因为顺天府(北京内城)按规定只许旗人居住,所以民

---

①《北京传统文化便览》,北京燕山出版社,1992年,第996页。 ②1921年10月19号《北京益世报》蔡友梅讣告。 ③《恶社会》,《北京益世报》1919年5月9号。 ④1921年4月28号《北京益世报·余墨》。 ⑤《八旗通志》第九册,第3166—3176页。

人要回原籍参加考试,回不去的办理寄籍也只能在郊区县。又因为大兴、宛平二县离北京城最近,生员可以在顺天府学读书,所以当时外地人寄籍多在这两个县。蔡友梅说他参加过"府考"①,且又寄籍大兴,所以肯定不是旗人。但他的外祖父姓金,号静庵②,因为满语"爱新"的意思是"金",所以,爱新觉罗氏族中的很多人在选择汉姓时选择了"金"。因此,不排除蔡友梅的母亲是旗人的可能性。蔡友梅虽然祖籍是河南,但他自己说,"记者生长北京"③,所以,他出生在北京,大部分时间也生活在北京,是没有问题的。

从现在所搜集到的资料看,蔡友梅的一生丰富多彩。他年少时,父亲蔡绥宸在山东做官,蔡友梅曾随任④。他参加过生员考试,中了秀才⑤。蔡友梅的祖母出身中医世家,蔡友梅也曾经和三叔君邻一起正式行过医。即便后来他当了报纸编辑,也依然义务行医,直到去世。1895年前后,他在兵营中谋得一个小差事,"前清甲午年间,中东战事发生,记者在营务处充当委员"⑥,"庚子之先,记者在某营充当文案委员"⑦,"己亥年间,记者正在神机营营务处充当委员"。⑧ 1899年,他在大学堂学习,"曾记前清己亥年九月,记者正在大学堂肄业"。⑨"大学堂"就是京师大学堂,当时也叫北京大学堂,是北京大学的前身。随后,他自己说:"甲午之后,世伯黄君由上海日寄《申报》一分,……记者自经看该报之后,如梦方醒,颇动国家观念,不敢说研究新学,新书新报,也常翻阅。庚子后联合同志,阅报处、宣讲所、学堂、公厂、戒烟会、演说会,也都组织过。"⑩他当过老师,在振华中学当过校长⑪,1907年办过《进化报》。《进化报》因亏空倒闭后,他去"绥远城充当禁烟局帮办"⑫,兼任法政讲习所总办⑬。中华民国成立后,他从绥远回来,开始在《顺天时报》《京话日报》《白话国强

---

①1920年3月16号《北京益世报·益世余谭》。有时,也把旗人在本旗的考试叫"府考",但和民人的府考不同。　②1920年5月21日《北京益世报·益世余谭》。　③1921年1月21号《北京益世报·余谈》。　④1920年6月25号《北京益世报·益世余谭》、1921年1月17日《北京益世报·余谈》。　⑤《钱串子》,《顺天时报》1917年12月14号;《谢大娘》,《北京益世报》1920年4月24号。　⑥1920年4月16号《北京益世报·益世余谭》。　⑦1920年1月18号《北京益世报·益世余谭》。　⑧1921年5月13号《北京益世报·余墨》。　⑨1919年11月25号《北京益世报·益世余谭》。　⑩1921年1月21号《北京益世报·余谈》。　⑪1921年1月19号《北京益世报·余谈》、1920年10月29号《北京益世报·益世余谈》。　⑫1920年10月3号《北京益世报·益世余谈》。　⑬1921年6月22号《北京益世报·王翻译》。

报》《北京益世报》《爱国白话报》上发表连载小说、演说和随笔。1914年曾经到河南、湖北、江西劝办印花储蓄公债①，1916年底开始任教育部模范讲习所讲员②。他还先后担任过《益世报》白话编辑主任③、《大西北日报》和《卫生报》编辑④。他的最后一部小说是《鬼社会》，仅写了28页半，便撒手人寰。现在已能确定的他的笔名有松友梅、损、损公、退化、亦我、老梅、梅蒐、瞎公，仅这几个笔名，我们就查到有小说100部以上，还有演说数十篇、随笔数百篇，几百万字。

三、关于注释原则

词汇注释的主要依据：

1. 一些词语现在北京人，特别是老年人依然使用，我自己和我的长辈在日常生活中就这么说，所以，我当然了解这些词语的意思。
2. 根据词典上的释义。
3. 参考反映当时生活的书籍。
4. 一些词语在当时的北京白话小说中反复出现，我根据上下文总结出这些词语的意思。

如果上述4条中2、3出现矛盾，以3为准，如果2、3、4出现矛盾，以4为准。

历史事件的注释依据：

关于历史事件，我参考的主要是历史书籍、报纸杂志和词典。在这些资料中，对于同一事件，经常有不同的记载。即便是当时报纸的报道，也不尽相同，甚至是完全相反⑤。我的原则是，以当时报纸的报道为主要依据，参考书籍和词典。有些报道对事件的描写未必完全真实。我不是历史学家，只能尽量结合各种资料，做出一个我认为最接近事实的说明。

---

①1921年7月7号、1921年8月5号《北京益世报·王翻译》。 ②1917年2月8号《北京益世报·演说》。 ③1917年3月7号《北京益世报·演说》。 ④1921年4月5号《北京益世报·余墨》、1920年4月20号《北京益世报·益世余谭》。 ⑤例如，关于在1921年6月3号教潮事件中教育次长马邻翼受伤的原因，政府方面说是因教师、学生投掷石块而受伤的，教师方面说是卫兵用枪托砸伤的，而马本人说，是因为卫兵想救他，冲进教师中抢人，卫兵抱腰，教师抱腿，在双方的拉扯下受的伤。

肯定会有一些与事实有出入的地方,希望读者诸君批评指正。

四、关于注释过程

我在《益世报》上看到《益世余谭》(后栏目改为《余谈》《余墨》),便向王洪君教授推荐。后来,王洪君教授、矢野贺子教授、原北大出版社汉语编辑室主任王飙和我一起商谈,决定分《益世余谭》和《益世余墨》两册出版,由我和矢野贺子教授校注。

矢野贺子教授和我去图书馆复印资料,然后矢野贺子教授把《益世余谭》扫描到计算机里,再转换成 word 文件,并在转换过程中进行了逐字校对,由我进行第二次、第三次校对,矢野贺子教授进行第四次校对。

我和矢野贺子教授分头查资料,由我执笔标点、注释。

2014 年 9 月交稿后,编辑刘正不仅把正文部分对照《北京益世报》上的影印件全部校对了一遍,而且对一些注释提出了非常好的意见。刘正 2015 年 5 月调走后,编辑任蕾接手了全部余下的工作,直至出版。

刘一之

2016 年 10 月 28 日

目 录

天报善人 …… 1	花钱当义务巡警 …… 32
总算进化 …… 3	印子赵 …… 33
我也吃着捐款啦 …… 4	阴历年之三怪 …… 34
模范分家 …… 5	《战宛城》 …… 35
三怕 …… 6	用药不可不慎 …… 36
我也许入辕儿 …… 8	怪 …… 37
又一出《桑园寄子》 …… 10	赈灾保举 …… 38
还是谣言 …… 11	火神爷爱喝好茶 …… 40
无愧热心君子 …… 12	箍筲胡同 …… 41
安妃可风 …… 13	查票员诉苦 …… 42
改良《巴骆和》 …… 14	黄瓜香椿 …… 43
造假空气 …… 16	羚羊 …… 44
陈局长运煤计画 …… 17	胡某也要行医 …… 45
究竟不知是谁 …… 18	唱豆儿哭凉糖 …… 46
筷子开仗 …… 19	电灯汽车穷人吗啡 …… 47
代贫民子弟鸣谢 …… 20	求助二则 …… 48
互相保证 …… 21	没票要上郎房 …… 49
禁烟前途 …… 22	多预备蜡 …… 50
来函者鉴 …… 23	大小骗 …… 51
那有桃源 …… 24	会仙店甲乙谈选举 …… 52
一人难称百人意 …… 25	谨谢慈善家 …… 53
马君伤心 …… 26	公德 …… 54
吃嘴儿迷信 …… 27	不够资格 …… 55
胶皮无良 …… 28	我要愧死 …… 56
筷子楼 …… 29	第九支局 …… 57
我有大氅 …… 30	哭马刘李三君 …… 58
贼走关门 …… 31	小说 …… 59

人多的原故 …… 60	读日记感言 …… 92
朱亚民撞木钟 …… 61	答艾学痴君 …… 93
赚钱造孽 …… 62	另寻世界 …… 94
小绺送烟袋 …… 63	不打就哭 …… 95
夜战马超 …… 64	晚归三叹 …… 96
选举 …… 65	种山药蛋 …… 97
鸟儿连 …… 66	年高无德 …… 98
纵妻论 …… 67	打车夫 …… 100
怪信何来 …… 68	得意时须慎言 …… 101
小民该死 …… 69	李君之函 …… 102
都统也有清廉的 …… 70	席票硬作七折 …… 103
护兵与马车夫 …… 71	明火自由 …… 104
相士造谣 …… 72	李某可风 …… 105
白话布告 …… 73	带病还家 …… 106
开报馆之难 …… 74	今世古人 …… 107
鼓掌欢送看戏的 …… 75	奴隶性 …… 108
生日 …… 76	好味道了 …… 109
上坟得雇标客 …… 78	陈君之言 …… 110
辫子缠足 …… 79	马褂儿变烂报 …… 111
市虎 …… 80	狗豦食人食 …… 112
临时医家 …… 81	将军卖报 …… 113
改良《定计化缘》 …… 82	照录石生君来函 …… 114
无独有偶 …… 83	大捧秃场 …… 115
土埋半截 …… 84	胖界注意 …… 117
合婚理宜禁止 …… 85	怪事发达 …… 118
傻辫子 …… 86	照录笑笑生来函 …… 119
官准立案耍钱 …… 87	老太太义愤填膺 …… 120
一圆钱 …… 88	道听涂说 …… 121
忙 …… 89	家庭魔鬼 …… 122
又代李寿山求助 …… 90	那件事这件事 …… 123
敬告某甲 …… 91	巡警拉车夫 …… 124

照录二十三国民学校来函	125	反正打虎	158
排闷	126	预先提个醒儿	159
对不起"义"字儿	127	得病滥投医	160
覆巢无完卵	128	以人殉牌	161
名利	129	遗传性	162
勉奎段诸艺员	130	寒心友函南皮匪患	163
小长挨打	131	人皆掩鼻	164
英文书甩头一子	132	瞧着支票发愁	165
西皮赌局	133	又快接骂信了	166
原函加注答高少如君	134	庆乐园看剧记	167
好吃懒作	135	张麻子挨打	168
汪某无良	136	新柳林会	169
审刺客	137	待不了十年	170
无奇不有	139	抓官车运太湖石	171
出井觉悟	140	行人情带高买	172
私公寓	141	为尽孝遭危险	173
改良拉替身	142	民国人瑞	174
孟子拉车	143	朝鲜人也叫横	175
怪传单	144	打成一片	176
详志改良拉替身	145	答不平鸣君	177
特别首善	146	不知是怎么个意思	179
照函更正	147	为母作寿大哭刘鸿升	180
赵君所谈之三件事	148	水蜥蜴	181
官纱眼华丝葛鼻子	149	烧牌	182
何姓不是海军部茶房	150	错念蒐字	183
七吊假票儿	151	老实乡民倒霉遭瘟	184
呜呼！临时市场之水战	152	三爷大吹	185
警跸	153	特色现像	186
打快杓子	154	答疑闷生	187
胡公之言	155	买丝愿绣勤果公	188
争烟	157	官面洋味军气	189

敬告伶界老板	190	游园现像	203
兼差	192	何足为怪	204
改良招租帖	193	参观《沉香床》记	205
白瞧报带偷	194	金君之函	206
疯大夫	195	汽路	207
董孝子	196	没教育	208
不够作姨父资格	197	吃死鬼	209
可叹	198	敬告多言人	210
中秋节	199	何必死吃死鬼	211
天利轩目睹之现像	201		
大受影响	202	参考资料	212

天报善人

1921年1月17号

梅 蒐

罗荫甫先生,汉军旗人①也。性②耿介③,善奕④能诗,且精于书法,与先严⑤为莫逆⑥,棋酒留连⑦,殆⑧无虚日。记者⑨十余龄时,追随杖履⑩,彼时初学试帖⑪,先生命作"二分春色到花朝"诗,得"朝"字⑫。时⑬先生正与先严对奕,限时局终交卷。是日⑭诗思颇敏,幸不辱命⑮,内有一联⑯为(⑰明月扬州好,东风此地娇),大蒙先生叹赏,谓刻画"二分"(二分明月在扬州),颇有心思。次日即携记者听安庆班⑱昆弋⑲,以示奖励。先是先生由劳绩班知县⑳分发㉑贵州,署缺㉒二次,因与上宪㉓不合,竟赋《遂初》㉔。稍有宦囊㉕,以㉖慷慨好善,不知积蓄,中年竟致受贫。戚友间虽有显者㉗,

---

①汉军旗人:"八旗",是努尔哈赤在1615年建立的一种集军事、生产、生活于一体的组织,你是哪旗的人,便终身属于哪旗,你的子孙也永远属于哪旗,除非有皇帝的命令让你转旗。"旗",满语叫"固山"。因为有八个,每个都有自己的旗帜,所以汉语叫八旗。根据旗帜的颜色,分为正黄旗、镶黄旗、正白旗、镶白旗、正红旗、镶红旗、正蓝旗、镶蓝旗。每旗最初只有满族人,后来又有蒙古族、汉族和其他民族的人加入进来。因为满族、蒙古族、汉族的人最多,所以,每旗又分满洲、蒙古和汉军三个旗下旗,例如镶黄旗有满洲镶黄旗、蒙古镶黄旗和汉军镶黄旗。 ②性:性格。 ③耿介:耿直。 ④奕:通"弈"。下棋。 ⑤先严:对自己亡父的称呼。 ⑥莫逆:志同道合,非常要好的朋友。 ⑦棋酒留连:迷恋于下棋、饮酒。 ⑧殆:几乎,差不多。 ⑨记者:作者自称,因为作者的职业是记者。 ⑩追随杖履:追随左右。一般用于父子或师生之间。 ⑪试帖:科举时,以古人诗句或成语为题要求作诗,叫"试帖诗"。 ⑫得"朝"字:诗的最末一句用"朝"字结束。 ⑬时:当时。 ⑭是日:那天。 ⑮幸不辱命:我很幸运地完成了使命。一般是在完成委托或任务后说的客气话。 ⑯一联:指诗中的对仗。 ⑰( ):原文如此。相当于引用号" "。别处( )仍为括号。 ⑱安庆班:宣统二年冬(1910年12月)由三太格格(肃亲王姐)出资,招集以前醇王府昆弋班"庆"字辈、"荣"字辈及京东益合科班出身的"益"字辈等昆弋演员组成的戏班。 ⑲昆弋:昆曲、弋阳腔。弋阳腔:戏曲声腔,又称弋腔、高腔,产生于江西弋阳,明、清两代,流行地区不断扩大,清末成为当时的主要声腔之一。 ⑳劳绩班知县:因为有功绩,由上官奏请提升为知县。 ㉑分发:清朝制度,让新进士及其他有任官资格的人在一定期间内在中央或者地方官厅学习事务。 ㉒署缺:临时代理官职。 ㉓上宪:上司。 ㉔赋《遂初》:晋代孙绰退隐会稽,作《遂初赋》,后以"赋《遂初》"借指辞官隐居。 ㉕宦囊:当官时攒下的钱。 ㉖以:由于。 ㉗显者:显赫的人。

而先生自甘潦倒,不受人怜。每日①值年节,先严馈②以钱、粟,受而不谢③。常谓妻子云:"我与绶宸(先严字)系忘形之交④,送我钱物,当然受而不谢也。"甲午⑤后,先严出镇⑥兖州,犹⑦时⑧与先生寄钱。庚子⑨前一岁,竟归道山⑩,夫人亦相继物故⑪。有子一人,名德纯,随伊⑫舅父居乡,后遂不通音问。日前⑬德纯忽至舍⑭,衣履甚都⑮,自言在汉口某局作事,并携有冬笋、蜜柑数事⑯。德纯语言爽直,大有父风,知先严去世,不胜悲感。在舍小住一日,昨巳⑰买车⑱南下矣。呜呼!先生忠厚半生,乐善好义,而哲嗣⑲肯承堂构⑳,亦天之所以报善人也。使㉑先严若在,当不知作如何欢喜也。当此凉薄之世,若㉒德纯之多情念旧,亦可以风㉓矣。

---

①日:大概是衍字。 ②馈:赠送。 ③不谢:不说感谢的话。 ④忘形之交:相处不拘形迹的知心朋友。 ⑤甲午:指1894年。甲午战争爆发。 ⑥出镇:任地方长官。 ⑦犹:仍然。 ⑧时:经常。 ⑨庚子:指1900年。 ⑩归道山:去世。 ⑪物故:去世。 ⑫伊:他。 ⑬日前:前几天。前些日子。 ⑭舍:我家。谦语。 ⑮都:华美。 ⑯数事:几种东西。 ⑰巳:应为"已"。《余谈》《余墨》中的"已",几乎都印成"巳",个别为"己",以后文中就改为"已",不再一一注明。 ⑱买车:雇车或买票坐车。 ⑲哲嗣:令嗣。对别人儿子的尊称。 ⑳堂构:父业。 ㉑使:假使。 ㉒若:像。 ㉓风:表彰。

总算进化

1921年1月18号

梅蒐

西城沟沿住户杨姓，弟兄三人同居。杨大在天津作事，杨三吃军界①，杨二料理家务。弟兄三人友于②甚敦③。当此风俗薄弱时代，弟兄能够和气同居，就算难得的事情啦。日前杨二在家，忽然来了一个姓冯的，三十多岁，高身量④，白胖子，说话是津口⑤。据说跟杨大爷是换帖⑥，吃喝不分，患难的交情。带了两包礼物，是银鱼、卫韭⑦，格外还有两丸子再造丸。据冯某说，这两丸子药，是杨大爷费好大事寻的，让杨二爷赶紧给姑太太送去。原来杨二爷有个姑母，好几年的痰症。杨氏弟兄受过姑太太的好处，杨大爷在京的时候儿，对于他这位姑母十分孝顺。这两丸子再造丸，把杨二爷给拿上⑧啦，一定要留冯某吃饭。冯某说："自己弟兄，不在这顿饭上。明天早车还要回去呢。大哥要他的狐皮马褂儿，家里那个打簧金表⑨，他让我带了去。"杨二深信不疑，居然全给他了。待了没有几天，杨大爷因事回家，杨二跟他一提⑩，大爷楞⑪了。再造丸还没送去哪，打开一瞧，原来是两丸子黄土泥。弟兄俩对翻了会子白眼儿，算是认了晦气。二十年前，记者家中，就遭过这们⑫一回诈骗，不过手术⑬还差。现在的骗术，较比⑭从先大有不同，虽然说是骗术，总算是进化。

---

①吃军界：吃军界的饭。在军队做事。　②友于：兄弟友爱之情。《尚书·君陈》："惟孝友于兄弟。"　③敦：和睦。　④高身量：高个子。　⑤津口：天津口音。　⑥换帖：拜兄弟。正式结拜兄弟时，交换写着自己姓名、年龄、生辰八字、籍贯等的帖子。　⑦卫韭：天津栽培的韭菜，有大黄苗、大青苗、卷毛等三大品种，俗称"卫韭"。和银鱼、紫蟹、铁雀并列为天津年菜四珍。　⑧把……拿上：让……信服。　⑨打簧金表：一种金壳怀表。一按表上的钮，就会发出声响，报时间。例如，一点五分，低声响一声，高声响五声。　⑩提：说。　⑪楞：愣。　⑫这们：这么。现在北京人的发音仍然是"这们"。　⑬手术：技术。　⑭较比：和……相比。

我也吃着捐款啦

1921年1月19号

梅 蒐

秀君峻峰，早岁①开通，为旗人中杰出之士，前清末叶，担任振华中学校庶务。记者任该校校长时，秀君已因事忙出校，仅有一面之缘，未得深谈。去岁②秀君故去，家业凋零，伊夫人玉氏携带子女四人，毫无养赡，大有坐以待毙之势。伊亲挽求记者登报求助，详情已见前日《余谈》③，兹④不多赘。幸蒙诸善士大发仁慈，慨然捐助，现在稍免冻馁。日昨⑤玉氏到舍，值⑥记者他出⑦，由儿女接待。据玉氏云，现在伊长子（十三岁）携弟作小本营生，每日可赚钱两吊余，借以度日。伊母子得以不死者，皆蔡先生之力也。感谢至于泣下。儿女辈百般安慰，谓此系应尽义务，何敢当谢。玉氏并送点心一包，据言不敢与蔡先生道乏⑧，此系送给学生⑨吃的。儿女辈再三不收，玉氏那里肯依，后来无法，始行收下。晚间记者归家，儿女辈提及此事，一定还要送回去。我说："你们缺少阅历，别瞧这一包点心，人家是出于至诚。一定不收，倒辜负人家美意。好在离年⑩甚近，我自有相当的办法就是了。"记者介绍慈善⑪，居然得了一包点心。这包点心，虽系秀峻峰夫人玉氏所送，也是善士们的捐款，记者间接也算吃着捐款啦。实在惭愧！好在我自己肯说，还算不错，借着⑫赈灾发财的主儿⑬，他还自己不敢宣布⑭呢。

---

①早岁：早年。 ②去岁：去年。 ③前日《余谈》：指的是1920年12月21号《代秀君夫人玉氏求助》。 ④兹：这里。 ⑤日昨：昨天。 ⑥值：碰上。 ⑦他出：往他处。 ⑧道乏：向帮助过自己的人表示感谢。 ⑨学生：此处指蔡友梅的孩子。 ⑩离年：离过年。 ⑪介绍慈善：指登报求助。 ⑫借着：利用，趁着。 ⑬主儿：人。 ⑭宣布：公开说。

模范分家

1921年1月20号

梅 蒐

　　崇文门外玉清观,绅士张姓,弟兄以勤俭起家,五世同堂,老幼约一百四十余口。子弟均有职业,家规肃穆,乡里贤之。张公艺①之后,实不多睹也。当家人名志麟,号春圃,人称张五先生。弟才麟,人称老先生(俗谓排行在季者②为老),一切家业皆老弟兄二人经营造③,子弟辅助之。治家一秉大公④,故从无争吵之事。乃⑤张五先生于去岁竟归道山,时年八十⑥岁。张老先生亦年近八十岁,精神康健,办理家务萧规随⑦,子弟均极翕服⑧。而张老先生以人口日益加增,若徒沽虚名,聊示羁縻⑨,终非长策。日前召集各子弟,提议析居⑩。各子弟初不认可⑪,经张老先生晓以利害,并言分居之利有二,一可以免依赖而谋自立,二可以不伤和气,感情常存云云。子弟以张老先生言甚恳挚⑫,皆泣从之。由张老先生出名,约请戚友数十人,公同⑬处理。老兄弟原系五门⑭,各有子弟,家产亦分作五股。支配妥协,采用抓阄之法,以省手续而免枝节。以十余万家产,百四十余口人众,一旦分居,似甚困难,而三言两语间,问题居然解决。子弟只有感泣而无争议,亦足见张老先生素日治家之公且允也。近日世风不古,因家产兴讼者不知凡几⑮。煮豆燃萁,戈操同室,劳民伤财,无一益而有百损。以视张老先生之分居,其贤不肖⑯,为何如乎⑰!若张老先生者,无愧乎模范分家也。

---

①张公艺:唐代张公艺九代都没分家,即所谓的"九世同居",成为历史上家庭和睦的典范。②在季者:兄弟排行最小的。　③经营造:应为"经营缔造",据1月22号《余谈》校正。　④一秉大公:公正无私。　⑤乃:连词,可以顺接、逆接,按照上下文,可以解释为"于是、可是"等。翻译成普通话时,有时可以忽略不计。　⑥八十:应为"八十九",据1月22号《余谈》校正。　⑦萧规随:应为"萧规曹随",据1月22号《余谈》校正。　⑧翕服:和顺服从。　⑨聊示羁縻:姑且显示团结的样子。　⑩析居:分家。　⑪认可:同意。　⑫恳挚:诚恳。　⑬公同:共同。　⑭五门:五家。　⑮凡几:多少。　⑯其贤不肖:它好还是不好。　⑰为何如乎:是怎么样呢?

三　怕

1921年1月21号

梅　蒐

记者生长北京,三十年前,正在年幼(费话),彼时是父母月的日子①,真是从容子弟,无闷无愁。那个时代,国家虽糟,也不至如此之甚。家境虽不好,也比如今强的多。我虽不算个少爷,可也不能说是穷小子,一心竟②想着入学③、中举④、会进士⑤、点翰林⑥。手里有几个富裕钱,时常告假逃学,同着几个小荒唐鬼,不是吃喝就是走逛⑦。甲午之后,世伯黄君由上海日⑧寄《申报》一分。彼时《申报》还没改良,我很记得该报登过一个论说⑨,题目是《中日将来之关系》。内容大致说,日本将来必然吞并韩国,并韩之后,必然侵略中国,东三省首当其冲,山东、闽、浙继之。没想三十年⑩说的话,如今全都应验了。记者自经看该报之后,如梦方醒,颇动国家观念。不敢说研究新学⑪,新书新报,也常翻阅。庚子后联合同志,阅报处⑫、宣讲所⑬、学堂、公厂⑭、戒烟会、演说会,也都组织过。无如⑮心有余力不足,阻力横生,那⑯一样也没办完全。直到如今,腐败消极,日⑰形⑱退化。近来心绪恶劣,三十年前的高兴,一点都没了。要说是年龄的关系,比我年长的人,还有坐着汽车整天奔走风尘的哪。要说是饥寒所迫,现在并没挨饿,再说我也不怕穷。从先最好热闹,现在怕出前门⑲。从先好聚会,如今怕人请客。从先好瞧报,如今虽给报馆帮忙,

---

①父母月的日子:依靠父母生活的日子。　②竟:净。　③入学:指进学。清代科举制度规定,读书人首先要"进学",通过考试后进入县学或府学学习,叫生员,即我们平常所说的秀才。考秀才,民人要进行三级考试,县考、府考、院考;旗人要在本旗参加考试,然后院考。　④中举:进学后,通过乡试(地方考试),叫举人,可以再参加全国考试。　⑤会进士:举人参加会试(全国考试),通过后,叫进士。　⑥点翰林:被派到翰林院工作。　⑦走逛:到处闲游。　⑧日:每天。　⑨论说:当时报纸的栏目,议论评说。　⑩此处少一"前"字。　⑪新学:新学说。　⑫阅报处:民众可以自由看报的场所。　⑬宣讲所:对民众进行普及教育的场所,讲演内容有文化知识、道德教育、时事政治等等,民众自由参加。1915年后改为讲演所。　⑭公厂:应为"工厂"。　⑮无如:无奈。　⑯那:哪。当时"那、哪"都写成"那"。语气词则写作"哪"。　⑰日:一天比一天。　⑱形:显得。　⑲出前门:指到前门外繁华的地方。

报来了我就怕瞧。日前因事在乡间住了两天,非常舒服,新近得了两句诗,是"入市心肠窄,居乡天地宽"。究竟①我是要死了是怎么着,连我也摸不清。

---

①究竟:难道。

我也许入辕儿①

1921年1月22号

梅 蒐

去岁②旱魃③为虐,蝗蝻④匝野⑤,又兼着皖直交战⑥,近畿⑦一带,遍地都是灾民。老弱转于沟壑⑧,年力精壮的,全都奔北京谋事⑨。高等的入胶皮团⑩服务,所以如今洋车界,八义⑪先生很多。拉上车在马路上横走,见了汽车他都不躲⑫,给钱就啦⑬,实在真悬。也有拉不上洋车的,竟找同乡⑭,斤饼斤面⑮的肚子,谁也养活不起,回家又没盘川⑯。再一说,家里要有落子⑰,打起⑱还不逃上来⑲呢。一来二去,也就流入乞丐啦。至于北京方字旁儿的先生们⑳,稍有积蓄的、有点特别能为㉑的,暂且不提。冗弱㉒的主儿,就指着两块中国票㉓度命,按月准放㉔都不够,一说㉕七八个月不关㉖钱粮㉗,简直的要命。两气夹攻,所以今年的穷人,比往年加增数辈㉘,大街小巷,磕头碰脑,叫花子成群,看着实在令人难过。并且受困的亲友,登门寻㉙钱的,日㉚有数起。本来我就是属虾米的,竟扎空枪㉛,瞧我还像口菜㉜。既然来了会子,无多有少,别让人空着手回去。"安得广厦千万间,大庇天下寒士皆欢颜"(杜甫诗),老杜不过也是一宗理想,谁有那

---

①入辕儿:当拉车的。　②去岁:去年。1920年华北五省(直隶、山西、河南、山东、陕西)旱灾严重,据说遍及华北五省317个县,受灾民众近2000万人,死亡50万人。　③旱魃:传说中引起旱灾的怪物。"旱魃为虐"是说旱灾很严重。　④蝗蝻:蝗虫的幼虫。　⑤匝野:遍野。　⑥皖直交战:1920年7月10日,皖系军阀段祺瑞下令发动对直系军阀曹锟、吴佩孚的战争。12日,奉系军阀张作霖派兵入关。14日至18日,皖军与直奉联军激战于京津一带。结果皖系失败,段祺瑞下台,直奉军阀控制了北京政府。　⑦近畿:京城附近地区。　⑧转于沟壑:指死在山沟里。　⑨谋事:找工作。　⑩胶皮团:当时管人力车夫叫胶皮团。　⑪八义:怯,没知识的傻头傻脑的人。　⑫躲:应为"躲"。　⑬啦:应为"拉"。　⑭找同乡:指在同乡那儿白吃白住。　⑮斤饼斤面:一顿饭要吃一斤饼或一斤面,指饭量大。　⑯盘川:盘缠。　⑰有落子:生活有着落。　⑱打起:从一开始。　⑲逃上来:从乡下逃到城市。此处指逃到北京。　⑳方字旁儿的先生们:指旗人。"旗"字方字旁儿。　㉑能为:能耐。　㉒冗弱:平庸弱者。　㉓中国票:中国银行发行的钞票。　㉔放:发。　㉕一说:一下子。　㉖关:"发"或"领"(薪水、钱粮等)。　㉗钱粮:清代旗人的粮饷,包括钱和米。每月发一次银子,三个月发一次米。　㉘辈:应为"倍"。　㉙寻(xín):介于"要""借"之间,一般不还,但如果方便,也可能还。直接说"要"不好意思,所以用"寻"。　㉚日:一天。　㉛属虾米的,竟扎空枪:表面威风,内里空虚。　㉜像口菜:像回事。

个力量呀?听说北城有一位现任副都统①恩大人,穿着一身官棉袄②,孩子整天打粥③。还有一位世袭公爷拉晚儿④(带灯),其余可知矣。今年如此,来年可知。碰巧到了来年,哈哈,我也许入辕儿。

日前《模范分家·余谈》,"经营缔造",落"缔"字,"萧规曹随",落"曹"字,"时年八十九岁",落"九"子⑤,合亟⑥正误。

---

①都统:旗的最高长官。副都统,都统的副手。 ②官棉袄:官衣。穿官棉袄,指当官。③打粥:到给穷人开办的粥厂打不要钱的粥。 ④拉晚儿:人力车在晚上拉人拉货。 ⑤子:应为"字"。 ⑥合亟:理应赶快(旧时公文用语)。

又一出《桑园寄子》①

1921年1月23号

梅蒐

去岁《余谈》，登有《桑园寄子》一则②，是齐化门③南小街住户旗人某甲，虐待胞侄，施用阴险手段，一切细情已见前报。后来记者接了一封匿名信，开始是蛮骂，随后说，"他虐待他的侄子，与记者无干，再要哓舌④，他有相当的对待"云云。记者前办《进化报》时，这宗信件，接的很多，不是蛮骂，就是恫吓。谁又有那们⑤大功夫理他？谁知道天下事，无独有偶。昨接友人毫末君来函，据言地安门外沙井胡同住户某乙，从先在陆军部当差。他有个兄弟，夫妇皆亡，遗下一女，约四五岁，跟随某乙过度⑥。平日一切虐待，暂且不提。日前下午，某乙不知因为什么，将这个没爹没娘四五岁的侄女，拳踢脚打⑦，登时气闭⑧，待了一个钟头，才缓过来。邻里咸⑨抱不平。长此以往，小命儿一定要交代。人之残忍无良，一至于此，可恨可叹！毫末君来函，系一月二号，记者每日接信甚多，此函误挟书内，致⑩耽误了二十多天。日前翻阅《东方杂志》⑪，始见此函，故亟为登出。毫末君系热心社会、主持人道主义之一人。某乙毒打孤女，据言系亲眼得见，事当不虚也。敬告某乙，从此宜⑫痛改前非，看在亡者的分上，也不该下此毒手。今者不宣⑬姓名，姑⑭留自新之地。你若不以此话为然，请你听一出《桑园寄子》，当泪潺潺下也。

---

①《桑园寄子》：晋时，中原战乱。邓伯道的弟弟已死，邓伯道带着弟媳金氏、儿子邓元、侄子邓方逃难。途中，金氏失散。邓元、邓方幼小，走不动。邓伯道背不了两个人，便把儿子绑在桑树上，背着侄子走了。恰巧金氏路过桑园，救了邓元。 ②《桑园寄子》一则：1920年9月23日登载。 ③齐化门：朝阳门。 ④哓舌（xiāo shé）：多嘴。 ⑤那们：那么。 ⑥过度：过活。 ⑦拳踢脚打：拳打脚踢。 ⑧气闭：不省人事。 ⑨咸：都。 ⑩致：以致。 ⑪《东方杂志》：民国时期的人文综合杂志。1904年3月11日创刊，1948年12月停刊。商务印书馆出版。 ⑫宜：应该。 ⑬宣：公开说出。 ⑭姑：姑且。

还是谣言

1921年1月24号

梅 蒐

日前报载,有猪贩子王某,由京西回京。据说良乡县迤①西孙家村,某姓②家蓄③猪一头,日前竟向其主母口吐人言,说"今年我贱,明年你贱,后年米贱",言毕伏地而死。这件奇事,该处附近已宣传殆遍云云。按这宗谣言,从先最多,类如天上现几个字,地下刨一桶④碑,又什么落草⑤的小孩儿说话。反正都是荒渺无稽、怪诞不经的玩艺儿。打起造这宗谣言的人,无论他是什么意思,记者敢一言断定,决不是高人。稍有知识的,满打⑥要造谣言,也比这个高一点。诸位请想,一个最下等的动物,岂有口吐人言之理?并且还是四个字一句,合辙押韵,这是那里来的事情?就说是神天示警,也应当因人而施。要说当道⑦某军阀、伟人家中,猪吐人言,或者还有理可讲。乡间愚妇,可警戒他作什么?有人说,当道伟人,其心已死,不必说猪吐人言,就是猪能演说,他也不听那一套。乡民天良未泯,所以特示警告。只⑧于说"过年你贱"这一节,尤其是对乡民说的话。至于"后年米贱"这一节,恐怕八戒大爷⑨是灌米汤⑩,或者因为人民饿死大半,粮食多人少,所以米贱,也未可知。说到归齐,还是谣言大全,万不可信。

---

①迤:以。 ②某姓:某人。 ③蓄:养。 ④一桶:即为"一统"。量词,用于碑碣。 ⑤落草:刚出生的。 ⑥满打:即便。 ⑦当道:当权者。 ⑧只:应为"至"。 ⑨八戒大爷:猪八戒,指猪。 ⑩灌米汤:说好听的。

无愧热心君子

1921年1月25号

梅 蒐

去岁虫旱为灾，皖直交哄①，凶荒饥馑，遍野哀鸿，亿万生灵，群罹池鱼之祸②，惨矣。当此北风其凉，雨雪载途，哀哀生民，谋生无路，故公私团体，各处开办粥厂③。虽曰消极慈善，而救急之道，舍此别无他策也。昨有友人自黄村来京，据言该处粥厂主任纪君兰堂者，秉性诚恳，心地慈祥。对于公益善举，无不热心提倡。自到差以来，实心任事，丝毫不苟。对于收容栖留各所④，尤为擘画⑤周详，秩序井井⑥，洵⑦为京师各粥厂之冠。每鉴于灾黎⑧中少年子弟，光阴宝贵，若徒事⑨饱暖，虚延岁月，殊⑩堪⑪痛惜，且亦失教、养兼施之道。是以联合同志张君凤林、杨君道卿、韩君文彬等，发起灾黎义务讲习所一处，择贫民中之幼年聪颖者，令其入所肄⑫业，以资⑬造就。所有经费及一切职务，概由发起人完全担任⑭。现已开办多日，颇著成效云云。呜呼！贫不为⑮病，无救贫之知识则堪病。求生非难，无谋生之能力则实难。语云，具一技之长，皆可自食其力。纪君此举，实为根本解决之法。若纪君兰堂者，诚无愧热心君子也。故乐为志⑯之。

---

①交哄：互争。　②池鱼之祸：用的是"城门失火，殃及池鱼"的典故。指皖直交战，让无辜的老百姓遭受战争之苦。　③粥厂：官府、慈善人士为饥民免费提供粥的地方，一般是搭上席棚。　④收容栖留各所：当时的收容遣送机构。最早建立于清顺治十年(1653)。　⑤擘画：筹划。　⑥井井：井然，有条有理。　⑦洵：实在。　⑧灾黎：灾民。　⑨徒事：只满足。　⑩殊：太。　⑪堪：可。　⑫肄：应为"肆"。肆业：在校学习。　⑬以资：以便帮助。　⑭担任：承担。　⑮为：是。　⑯志：记述。

安妪可风

1921年1月26号

梅 蒐

安妪，北京人，早年役于宗宅。主人宗培，满洲望族也，前清时官浙江知府，宦囊颇裕。性忠厚，好挥霍，变政①后食指②繁多，坐吃山空，因而家计日困，几有断炊之势。安妪薄有积蓄，合盘托出，以供主人花用。或③谓之曰："主人穷困至此，汝既不去④，且毁家纾难⑤，不亦太愚乎？"安妪慨然曰："我本一穷人，跟主十余年，挣钱不少。我家烧佛香之钱，皆主人所赐。今主人一旦受困，理应患难相从。若背恩负义，良心难安。虽饿死，亦不忍去也。"闻者贤之。后宗以钱阁揆⑥力，放⑦某旗副都统，其二子亦得微差⑧。盖⑨宗任太守时，钱方应府考，系其所取士，故称宗为老师。入阁后登门拜师，知其窘况，极力维持，并赠以多金。钱亦念旧交情人也。无如宗家老幼，吃惯花惯，不知俭约。近又一贫如洗，典卖皆空。安妪恒⑩与邻家洗作（俗谓之帮忙），所挣工资，悉数⑪持奉主人。且每晨赴东直门打粥，归与主人作早点心。照例打粥者，以衣裳褴褛为合格。安妪原有棉袄，以热心打粥，每日身着破衣，化装前往。以六十许老人，冻饿交加，日前打粥回家，中途摔倒，经人舁⑫归，已忠则尽命矣。呜呼！世风薄弱，人心不古。平昔受恩深重，一旦势败，转脸若不相识，甚至下井投石，反噬以攻⑬。号称伟人巨子⑭者，比比然⑮也。以视安妪，宁不愧死。

---

①变政：指清王朝结束，民国建立。　②食指：家庭人口。　③或：有人。　④去：离开。　⑤毁家纾难：原意是拿出全部财产帮助国家，这里指帮助主人。　⑥钱阁揆：钱能训，民国七年当过国务总理。阁揆：对国务总理的尊称。　⑦放：被任命为。　⑧微差：不太重要的差使。　⑨盖：因为。　⑩恒：经常。　⑪悉数：全部。　⑫舁(yú)：一起抬。　⑬反噬以攻：反咬一口。　⑭巨子：有声望的人物。　⑮比比然：到处都有。

改良《巴骆和》①

1921年1月27号

梅蒐

去岁记者作过一段余谈，题目是《亚赛②蒿子灯》③（北京七月十五，小儿用香火头，黏于蒿子上，叫作蒿子灯），今天这个题目，是改良《巴骆和》。这两个题目，自表面观之，真是风马牛不相及，像不是一挡④子事，其实正是一挡子事。究竟是什么事呢？就是如今这宗半明不暗的电灯。七月十五的蒿子灯，大概诸位都瞧见过，就是没瞧见过的主儿，闭眼睛摹想⑤这个意思，也揣摩的出来。不信请您晚晌⑥到大街溜达一荡，您就知道啦。除去总统府、国务院不算，人家另有电灯房⑦，其余各机关商界等等，每到晚晌，一律全是蒿子灯。又加着时兴的改良灯罩子，叫什么一百零几呀（倒不是六百零六），好奇的主儿，每喜用之。这宗罩子专能吸电。他这们一改良不要紧，别处就全不良了。珠市口西，有一个公立模范讲演所⑧，该所每晚六点开讲，九点散讲⑨。每到开讲，电灯必灭，散讲的时候儿，他⑩又亮了（诚心⑪开玩笑）。不但该所如此，那一条电线上，都是一样。近日各户怨声载道，报纸上见天⑫嘈嘈⑬，该公司装聋作哑，行所无其大事⑭。脸面之厚，实足令人钦佩。该公司无论官办、私办，是一宗营业性质。既然安灯之家日多，就得添机器，多预备电，那才对呢。人家化⑮钱安电灯，不是所为光亮吗？既得不着光电，每月还伸手跟人要钱，这叫

---

①巴骆和：京剧，根据《绿牡丹》中的情节改编。骆宏勋失手刺死了巴杰，被巴家追杀，后经人说合，两家和解。　②亚赛：类似，好像。　③题目是《亚赛蒿子灯》：1920年3月17日《益世余谈》栏目上的题目是《亚赛蒿灯》。　④挡：应为"档"。《余谈》《余墨》中的"档"，常印成"挡"，个别为"档"，以后不再一一注明。　⑤摹想：模拟想象。　⑥晚晌：晚上。　⑦电灯房：发电所。　⑧公立模范讲演所：对民众进行普及教育的场所。开始是热心人士设立的，后来也有公立的，属于教育部。讲员有专职的，有临时请来的。当时蔡友梅是讲演所聘请的正式讲员。　⑨散讲：讲演结束。　⑩他：它。当时，"他、她、它"都写为"他"。　⑪诚心：应为"成心"。　⑫见天：每天。　⑬嘈嘈：纷纷议论。　⑭行所无其大事：好像没发生什么事。　⑮化：应为"花"。

什么事情？大米饭不吃，也要算钱，那是黑店讹人①。如今灯不亮，还跟人要钱，也算是黑电讹人。吾无以名之，所以名曰《改良巴和②骆和》。

---

①大米饭不吃，也要算钱，那是黑店讹人：《巴骆和》中，骆宏勋到胡理开的店中住宿，胡理说，有水饭。骆宏勋说，不用了。胡理说："你不用，我可要算钱。" ②和：衍字。

造假空气

1921年1月28号

梅蒐

晚近人心险诈,鬼蜮百出,陷害人的法子,是越研究越进化。阴柔暗昧,往往中伤好人。明着斗不了你、敌不过你(本来人家走的正、行的正,明着说人不好,说也不信),就想阴毒的着儿①。最流行的惯技,头一样儿是匿名信。记者常说,写匿名信的人,不及蝎子。蝎子蜇人,还先给你送个信,他有个爬的声音报告你,匿名信一分邮票就得活②。可是近来匿名信也薰③(去声)啦。让人得④着,还要按法律惩办。如今有一宗新法害人,叫作造假空气,每借着报纸施其伎俩。记者前在绥远⑤差次⑥,人家造假空气,记者受了一回嫌疑,如今说与诸君听听。大帅⑦幕府⑧有一位刑名⑨陈师爷,还有一位折奏⑩方师爷。陈、方两君素来不和。有一个姓固的,跟大帅是故交,刑名、折奏他都会点。这家伙想了个一箭双雕的法子,给报馆去稿,说陈君如何把持⑪,大帅如何信任,方君每有忠告,皆为陈君抑制⑫。这段报登出来,直⑬好像方君去的稿子。方君又不联络⑭报馆,又好像方君求记者去的稿子(因为记者办过报)。在固某的意思,反正一计害三贤,谁走了他好承其乏⑮。幸经大帅明察,访明是他登的。闹了一个没面子,他也待不住了。固某明捧方君,其实是暗害方君,兼害陈君,稍带着还害记者。这宗手段,就叫作造假空气。如今小人害人,使这宗法子的很多。可是日久天长,这宗空气一薰,人家也就不吸了。语云,作伪,心劳日拙⑯。何苦何苦!

---

①着儿:应为"招儿"。　②得活:成功。　③薰:厕所的那种臭。　④得:应为"逮(děi)"。　⑤绥远:1928年改名归绥,今呼和浩特。　⑥差次:当差。　⑦大帅:对巡抚的敬称。　⑧幕府:幕僚。官署中办理文书、刑名、钱谷等事务的小吏。　⑨刑名:主管刑律方面工作的小吏。　⑩折奏:奏折。此处指负责文书工作的人。　⑪把持:把持权力。　⑫抑制:压制。　⑬直:真。　⑭联络:和……有联系。　⑮承其乏:顶他的班。　⑯心劳日拙:费尽心机,没有得到好处,反而处境越来越糟。

陈局长运煤计画

1921年1月29号

梅 蒐

中国矿产之富，甲于全球。五金各矿之外，煤矿最为著名。从先某外人①说过，中国山西一省煤矿，要是开采得法，足供全球各国四十年之用。其艳羡②的意思，可想而知。外人的议论，虽不足深信，也未可便非③。我们中国遍地是宝，从先惑于迷信，恐碍风水，知道是宝贝，不敢掘取，俗所谓"看饼挨饿"者是也。后来迷信虽破，办理的又不得法，官办商办，都有毛病。甚至跟外人合办，人家吃肉我们喝汤，实在的可惜。昨有人自张垣④来京，据言新任京绥铁路局局长陈子光君，人极热心，对于实业尤有经验。自到任后，亲赴沿路各站，并赴苏集等处巡视新工⑤，实地调查，胫雪须冰⑥，不辞劳瘁，以至全路各职员，精神为之一振。陈君原为察哈尔⑦实业厅厅长，其余⑧西北实业计画，至为详尽，且对于商民，感情非常融洽。继升任杀虎口税务监督，亦下恤商艰，内除积弊。此次调任京绥，闻有将山西之煤设法运输，供给全国之大计画，刻下⑨正在进行云云。记者于前清末叶，供差晋省，深知该省产煤为全国之冠。屡有条陈，当道不加采纳。陈君此种计画，记者无任⑩钦佩，馨香祝祷，乐观其成。

---

①外人：外国人。 ②艳羡：非常羡慕。 ③非：否定。 ④张垣：张家口。 ⑤新工：大概指新工程。 ⑥胫雪须冰：腿上是雪，胡子上是冰。 ⑦察哈尔：位于今内蒙古自治区东部与河北省北部。1928年到1952年成为一个省份。 ⑧余：应为"于"。 ⑨刻下：眼下。 ⑩无任：不胜。

究竟不知是谁

1921年1月30号

梅蒐

前天下了一场大雪，记者赴崇文门外友人处吊祭，进城时天已不早，雇了一辆胶皮，言明由崇文门脸儿，拉到东四牌楼①，十枚铜元②。拉车的有四十来岁，倒是挺和气。我上了车，他就跟我瞎聊。记者整天坐车，善于揣摩胶皮团员③的心理。越是俏皮小伙儿，走的快的，拉上跟风一个样，没有那们些说的。大凡拉上车没话找话的主儿，年龄至少得过四十，两条腿绊蒜④，催他，他也不能快走，借着聊天儿，你也不好催他。再一说，抱⑤点苦穷，多讹个三（音撒）俩的。据他说，是某旗的领催⑥，还是个帮办的领催⑦，交了车他还放钱粮去哪。我问他贵姓，他说姓德，在本佐领⑧下帮着承办领催⑨办事。除去本分儿钱粮⑩之外，还闹个三四块票⑪。我问他这三四块票，由那项所出。德子说："现在各旗永辈子⑫不挑缺⑬，讲究吃空头⑭，行话叫作'吃爬下的'（爬下者，死也）。由都统说起，大小分儿⑮、人头股儿⑯，各旗的情形，大致相同。稍有良心的都统，他虽不要，门上随事的⑰要（一个样）。还有一位都统，吃的比别人诡。他每一个佐领下，要几分四孤钱粮⑱（鳏、寡、孤、独谓之四孤，这四项空头最多，真的很少），作为办公费。说是办公，也是给他们家办私。满洲旗⑲八十多佐领，他就闹好几百块。"我正要问他，这位都统是谁，已然到了四牌楼。下车给钱的功夫儿，也就忘了，究竟也不知道是谁（是谁，谁心里明白）。

---

①东四牌楼：东四。　②铜元：从清末到抗日战争前使用的铜铸硬币，用为辅币，中间没孔，也叫铜子儿。　③胶皮团员：指拉车的。　④绊蒜：拌蒜。　⑤抱：应为"报"。　⑥领催：旗里最下层的官员，六品。　⑦帮办的领催：协助承办领催办事的领催。　⑧佐领：一旗下面有几个参领，满语叫甲喇，甲喇的长官叫甲喇章京，汉语还叫参领。参领下又有佐领，满语叫牛录，牛录的长官叫牛录章京，汉语也还叫佐领。　⑨承办领催：一个佐领下有五个领催。从这五个领催中选出一个办理全佐领的管事，叫承办领催。　⑩本分儿钱粮：自己应得的钱粮。　⑪票：钞票。　⑫永辈子：永远。　⑬挑缺：选拔当差的官员或士兵。　⑭吃空头：填写不存在的人名，冒领钱粮。也叫"吃空额"。　⑮大小分儿：指吃空头时，有人拿得多，叫大份儿，有人拿得少，叫小份儿。　⑯人头股儿：按人分钱。　⑰门上随事的：家里办事的人、下人。　⑱四孤钱粮：鳏夫、寡妇、孤儿（十六岁以下）和孤寡老人的钱粮，为一般有差使的旗人的一半。　⑲满洲旗：参见1月17日注释①。

筷子开仗

1921年1月31号

梅 蒐

邻人连阔亭，以包办酒席为业，俗所谓"厨子头儿"者是也。为人忠厚诚实，每逢应活（承办酒席，叫作应活），看利甚轻，且烹饪得法，远近驰名，故营业非常发达。日昨连君谈一事，颇足令人发噱①。缘②本月中旬，连君在东城某姓家作活。该家系为儿娶妇，所有来宾，以寻常社会③占大多数。院落既小，人情④又多，抢席争座，有如恶虎扑食，大嚼饱餐，亚赛飞蝗入境。杯盘狼藉，风卷残云，直吃得猫狗伤心，天昏地暗。最可笑者，有甲乙二人，双箸齐下，共挟一丸，你争我夺，势不相下，甚至口出恶语，欲以武力解决。幸经鲁连⑤、宋牼⑥辈极力排解，始尔罢干戈。是日共摆十数桌席，无不盘盘净、碗碗干，可称一场邪吃。据连君云，伊作此营业，垂⑦二十年，大家⑧办事姑不具论，即小家办事，每逢坐席，来宾皆甚拘泥，彼此客气，从未有如此之饿现像⑨也，有之自近日始。呜呼！财政困难，工商凋残，旗饷⑩无着⑪，教薪⑫积欠，一般土著人士，饥肠久素，馋涎欲流，酒席筵前，无怪乎筷子开仗也。虽然⑬，记者宁愿与筷子开仗者同席，不愿与捏酸假醋之官僚阔人相遇。彼辈表面自居高雅，内容备极饕餮，仍不如筷子开仗者之质直爽快也。噫！

---

①发噱：发笑。 ②缘：由来。 ③寻常社会：一般老百姓。 ④人情：来行人情的人。
⑤鲁连：鲁仲连，战国时代齐国人，以能言善辩著称，善于当说客。 ⑥宋牼（kēng）：《孟子》记载，宋牼曾到楚、秦，劝说他们罢兵。指能言善辩之人。 ⑦垂：将近。 ⑧大家：上等人家。
⑨现像：现象。 ⑩旗饷：旗人的粮饷。 ⑪无着：没有着落。 ⑫教薪：教员的薪水。 ⑬虽然：虽然如此。

代贫民子弟鸣谢

1921 年 2 月 1 号

梅 蒐

  内城左四区①地面辽阔,贫户最多,记者久居该处,情形最熟。每逢地方公益,虽亦有热心君子出头担任,然而诸事掣肘,较比他处殊有难易之分也。日前本区所设之半日学校,成绩昭著,人所共知。自段梦兰署长到任之后,对于所设学校,拟大加扩充,并加添商业、武术等课,俾②造诣既深,谋生自易,法至善也。惟扩充之始,一切添筑校舍,购置书籍、桌凳以及修补学生棉衣等事需款甚多。日前函请本区境内之仁人君子,解囊相助。现在陆续收到捐款,计现洋③一千二百七十五元七角,中票④二百二十六元,铜元八百三十八吊八百文。由区将所有捐款照章呈送警察厅存储。按左四区地面,素称清苦,而本区诸大善士捐款如此踊跃,实足令人钦佩。固⑤由于诸大善士见义勇为,然亦由本区署长、署员诸君办事热心,实事求是,有以致之⑥也。该校经此次扩充,较前当大有可观。从此贫寒子弟,学业与年龄并进,知识与体力俱增,岂非诸善士所赐也哉!谨志数语,以代贫民子弟鸣谢。

---

  ①左四区:当时的行政划分。内城十个区,左四区,大致相当于从前的东城区,右四区,大致相当于从前的西城区,中二区是故宫和中南海。外城十个区,左五区,大致相当于从前的崇文区,右五区,大致相当于从前的宣武区。　②俾:使。　③现洋:指银元,银质硬币。也说"现大洋""大洋"。　④中票:中国银行发行的钞票。　⑤固:固然。　⑥有以致之:因此有了这样的结果。

互相保证

1921年2月2号

梅 蒐

　　募捐赈灾,是慈善救人的事情。集股营商,是发达实业的事情。两种事按理说都是好事,但是人心险诈,道德消亡,往往借着办好事为名,敲诈骗财,无所不至。前清末叶,有一位刘君,也开过两天报馆。那年他办赈捐,约请花界①演唱,大尽义务,募了一千多块钱,尽入私囊。后来被官厅干涉,拘留了不少日子。从打他老先生办了这回缺德事,把赈捐闹的很薰(去声)。闭塞善门,莫此为甚。这件事人所共知,记者也不必多说刻薄话。至于公司集股,从先很踊跃,近来也多观望。拿出股本来,不但见不着股息红利,连股本都完了。类如某火柴公司、某玻璃公司,全是这宗样子。日久天长,谁肯拿钱打水漂儿呀？日昨报载,某人创办的南北苑汽车公司,所有站长、稽查、售票等人,均须先交保证金一百元或三十元不等,乃开办数日,忽然停止。各职员要求退还保证金,创办人一味支吾。大家因为迹近骗诈②,现在要联名起诉呢。既要保证金,就是恐怕出特别的情形。可是话又说回来啦,你怕人家出情形,你们可就别出情形,那才对呢。记者倒有一个法子,已后③再有这类事情,他跟咱们要保证金,咱们也得跟他要大铺保④,来个互相保证,谁也不用想骗谁。这个法子倒觉着妥实。中国人办事,向来没有信用,岂但该公司为然！说起来可发一叹。

---

①花界:指妓女界。　②骗诈:诈骗。　③已后:以后。　④铺保:以某铺店的名义做出的担保。

禁烟前途

1921年2月3号

梅蒐

禁烟一事，自前清末叶特降上谕①，雷厉风行，迄入民国，亦屡颁明令，严行禁止。自表面观之，好像尽绝根株、一律肃清，其实禁者自禁，吸者自吸，道并行而不相悖。各边省②之明种、私种，无③不具论。即以北京方面而论，贩土④之案，日有所闻。个人之吸烟者，不知凡几。长此以往，恐民国八百八十八年，亦无禁净之一日也。听说北城王大人胡同，有世袭公爵，人皆以"昆七两"呼之。每日非七两大烟，不能过瘾。此公年不满三十，手不离枪⑤，身不离炕，面无人色，亚赛枯髅⑥，日对一灯，足不履地者，已三年于兹矣。其所住之室，有如阴司，奄奄一息，等于活鬼。府产典卖殆尽，烟量日益加增，将来虽不穷死，亦必瘾死也。《冷提壶》（书名）戒烟文云："无病身不离床，未死名先称鬼。"正昆七两之谓也。呜呼！前清贵族苦⑦胄，高明者玩票唱戏，活泼者酒地花天，若昆七两则沉潜者也。千状万态，无奇不有。贵族如此，清室焉得不墟？昆七两无足论矣。乃闻号称维新人物，有芙蓉⑧癖者亦复不少，岂非咄咄怪事？禁烟前途，真不可思议矣。

①上谕：皇帝的圣旨。　②边省：边疆省份。　③无：应为"姑"，据2月5号《余谈》校正。　④土：烟土。　⑤枪：指烟枪。　⑥枯髅：应为"骷髅"。　⑦苦：应为"华"，据2月5号《余谈》校正。　⑧芙蓉：鸦片。

来函者鉴

1921年2月4号

梅蒐

十五年前,记者办《进化报》时,因为我嫉恶如仇,有闻必录,三天两头儿接匿名信。信上所说的言辞,通与不通,姑且勿论,话又说回来啦,既写匿名信,没有实姓名,没有真住处,这宗人格,也就可想而知了,还能论通不通吗?通人谁干这个事?记者别号叫损公,惟独我对于这宗人,过火的损话,我是一概不说。但是匿名信也分两种。或见不平代人鸣冤,或提倡公益等事,虽不露名,其心尚可原。如前接来函,谓木厂胡同王焕章者,夫妻虐待儿媳,朝夕毒打等情,次日本报《余谈》,题为《造假空气》,叙及匿名信之不合,适逢其会,初无成见。昨又接署名来函,仍系嘱登王焕章虐媳之事。既肯署名,足见热心(前日论匿名信,系属另有所指,幸勿误会)。惟有骂人之匿名信,既犯法律,又伤道德,记者在报界十八九年,这宗信接的很多。在①昏天黑地、一无所知之人,记者也决不恼他。稍有知识的人,无事写匿名信骂人,似乎不对。日前《余谈》中②,记者斥驳③《非孝论》,乃昨接一来函,中国语体文,由右横写,圈圈点点,好些个符号。其所持理由,是否充足,姑且不提,是"非孝"对呀,是"非非孝"对呀,改日细说。最可笑者,他说记者是走狗狂吠,并且说记者不懂道理,他不忍不教而诛云云。诸位听听,这叫作什么语气?记者前三十五年,就研究哲学,稍知涵养,不跟他一般见识。如此妄人,不屑与校④。敬告该来函者,此后再有来函,无论匿名署名,真名假名,概置不理。言尽于此,刻薄话还是不说。

---

①在:对于。 ②日前《余谈》中:1920年2月7号的《余谈》,题目《骇人听闻》。 ③斥驳:驳斥。 ④校:计较。

那有桃源

1921年2月5号

梅 蒐

  本月一日下午，友人出齐化门购买年物，遇见三档子特别新闻，如今说与诸君听听。友人在路南茶馆儿喝茶，看见一个四十多岁的人，骨瘦如柴，面色如菠菜，一望而知为芙蓉城主①，否则必是吗啡志士。此公摇头晃脑，大开演说。据他说，大烟我是抽不起了，吗啡我是离不开啦。如今贩卖吗啡，正是救急之策，官家偏要禁止严拿，这都叫作不近人情。其实禁止也禁止不了，不如官卖收捐，倒是一举两得的事情（好主意）。旁边有两个穷人，还直给贴靴②。友人听着不耐烦，赌气子出了茶馆儿，在路北茶叶铺门首，看见一个老者站在那里直哭。据老者说，他积蓄了十几块钱，预备度岁③，不料悉数被他外甥偷去，手顺④还带走了一件棉袄。现在找了他两天啦，渺无下落，年底债务难了，非死不可云云。后来到朝阳市场绕湾儿，又看见一个三十来岁的少妇，装束妖冶，跟一个穿破大氅的少年，大开玩笑。所说的言辞，虽胶皮团员，都许说不出来。旁边还有三五土匪⑤，帮腔起哄，一切丑态，难以形容。友人被这三件事刺戟⑥，悲愤填膺，年物也没买，懊丧回家。日昨来舍，谈此三事，不胜太息。据云龌龊社会、妖孽世界，实在令人难过。倘有桃源，他要避此烦恼。呜呼！桃源原是理想，并无其地，使陶元亮⑦生于斯世，当不知又作何寓言文字也？

  日前《禁烟前途·余谈》，姑不具论，"姑"误刊"无"，华胄"华"，误刊"苦"，合亟更正。

---

①芙蓉城主：有鸦片瘾的人。 ②贴靴：两人一唱一和哄骗别人。类似现在的"托儿"，引申为"吹捧"。 ③度岁：过年。 ④手顺：大概应为"顺手"。 ⑤土匪：流氓。 ⑥刺戟：刺激。 ⑦陶元亮：陶渊明，字元亮。

一人难称百人意

1921年2月6号

梅 蒐

前清末叶,记者正开报馆,有一天赴某学堂访友,堂长①把我送至门外。对过儿影壁上,贴着一张该学堂年考的榜,榜上有两个别字。其实我看出来不言语,倒没有事了。无耐记者是个直脾气,有怀必吐,见到了就说。我跟该堂长一说,让他赶紧粘改,免得贻笑方家。当时他很抱愧,说是书记②写错了,他没细瞧。没想到第二天,《爱国报》就给他登上啦,题目是《别字学堂》。您说这不是冤孽是什么?该堂长一定说是我给他登的(我要登报,我还不明说呢),寄来一封信,不但责备,且出恶言,我要分辩真没法子分辩。直到一年之后,他才知道是本巷某访员③给他登的,见了面很道歉,彼此一笑而罢。日前我作了一段《余谈》,很说打牌不好,早晨发的稿子,晚晌到友人家贺喜,就赶上两棹④麻雀⑤。第二天报出来,他们一定说我损他们呢,怎么分辩也不行,也就无须分辩了。竟这类事,我生平就遇见好几档子,无心中很受嫌疑,并且得罪朋友。可是既在报界混饭吃,这宗嫌疑是避无可避,得罪朋友,更不必说。要打算避嫌疑、不得罪人,就得整天贴靴、捧场、拍马屁。你想那不成了谄媚报了吗?反正是广义普通的议论,对着社会说,没对着个人说。语云"岂能尽如人意,但求无愧我心",又说"一人难称百人意"。干这行营生,真正的不容易。

---

①堂长:校长。 ②书记:办理文书的人员。 ③访员:报社的采访人员,一般只提供消息,不写文章。 ④棹:桌。当时多写做"棹"。 ⑤麻雀:麻将。

马君伤心

1921年2月7号

梅蒐

马君绍芝,系三十年前的同学,庚子后携眷赴东省①谋事,随后受日人之聘,赴东京任中文教习②,前数年犹通信,壬子之后,音问不通矣。日前忽接马君一信,系由奉天寄交伊亲戚家,转交舍下。今将该信内容节录如下。

"兄③数年衣食奔走,食指繁多(马君跟前④五男五女),赋闲半载,毫无积蓄。自珲春交涉⑤发生,不欲再教洋馆⑥。近日侨居省垣⑦,无聊之极。大小儿崇格,现在吉省,月薪二百余元,知兄困难并不接济。连去三信,始达一函,悖谬之辞,连篇满纸。最足令人伤心者,伊谓'现在人格平等,父子宜有界限,且父母之于儿女,原系一时肉欲,现在新理⑧发明,人子无尽孝必要'云云。兄前在东京充当教习,省吃俭用,供伊求学,今伊学成挣钱,岂非兄之力量!父子不必论矣,即寻常相交,受人好处,亦应当答报。今伊出悖逆之言,实非意料所及也。子嗣不受教育,固然不可,若小儿崇格,乃受教育者也。邪说流行,世风日下,殊令人浩叹。我弟⑨近况如何?世兄⑩是否亦入学校?曾否湔染⑪新毒⑫?暇时示我数行为盼。"

多年不见的朋友,乍接着这封信很喜欢,拆开一细瞧,我又很绉⑬眉。崇格于两三岁时,马君抱着他上街,记者倒是常见。没想到二十多年不见,居然进步如此之猛,实在是怪事。今照录马君原函,以作《余谈》,是否⑭如何,记者是个腐败奴隶,古人走狗,不敢妄下断语。

---

①东省:东三省。 ②教习:老师。 ③兄:此处是写信者自称。 ④跟前:北京人在提到有几个孩子时,说"跟前几个孩子"。 ⑤珲春交涉:指的是珲春事件。1920年10月2日,朝鲜革命党人潜入珲春,焚毁日本领事馆及日本街市。日军以此为借口,出动一万兵力,占领珲春及和龙、延吉、汪清、东宁、宁安五县,焚烧朝鲜移民民宅一千余户,杀害朝鲜移民二千一百名,华人二百余名,并在占领地区设置警察署。 ⑥教洋馆:在外国人办的学校教书,或教外国人。 ⑦省垣:省城。这里指奉天,即今沈阳。 ⑧新理:新理论。 ⑨我弟:此处指"你"。 ⑩世兄:对对方儿子的尊称,"您儿子"。 ⑪湔染:染上。 ⑫新毒:指不好的新思想。 ⑬绉:应为"皱"。 ⑭是否:对与不对。

吃嘴儿迷信

1921年2月14号

梅 蒐

才过新年,又逢旧岁,从先过一个年关,如今过两个年关①。新年关好过,旧年关过之很难。新年关不过点景而已,旧年关有债务、债权的关系,不但记者怕过旧年关,普通人大概都怕过旧年关。可是有一件怪事,怕过旧年,可又注重旧年。新年三天半就完,旧年是没结没完,由腊八粥说起,那算是旧年的起点,跟着就是祭灶,三十儿接神,初二供财神,公鸡活鲤鱼,那是必须之物。初八顺星②,紧接着就是灯节儿的元宵,直到二月二龙抬头③,薄饼吃罢,这个年才算过完。以上所说,不过北京旧历年的状况,至于各省的状况,虽有不同,大致也差不了多少。一言以毕④之,这个旧历年,除去吃嘴儿,就是迷信。但是多年的习惯,贤者不免。本来一年间奔波劳碌,借着岁晚休息,娱乐几天,吃口子⑤,逛会子,明知道是假事,也得屈着心应酬。犯不上,为这个事情。至于这些个穷迷信,既劳民且伤财,无味之极。但是有老亲在堂,这些个事情,原没什么,家庭起革命,要打算维新改良,待等轮到自己头上再说。昨天跟友人苟公谈到这节,苟公的主持⑥,跟记者相同。苟公又说,我辈是个新旧交替时代的人,对于其前,不可不用旧法,对于其后,不可不用新法,由此类推,事事皆然。苟公之言,可谓折衷之论,彼维新过火者流⑦,可以自悟矣。

---

①如今过两个年关:指过阳历新年和阴历新年。民国政府从民国元年开始采用阳历。 ②顺星:正月初八为众星下界的日子,晚上要点小灯祭祀。 ③龙抬头:阴历二月初二据说是龙抬头的日子,以后雨水就多了。这天北京人要吃薄饼。 ④毕:应为"蔽"。 ⑤吃口子:吃点儿,指吃点儿好吃的。 ⑥主持:主张。 ⑦流:那类人。

胶皮无良

1921年2月15号

梅 蒐

　　至友①阎星三君,住家大吉巷(顺外②果子巷迤西),日昨患病,招余往看③。阎君原系小肠炎症,病象似重,其实无妨。看毕告辞,病家租车相送,言明拉至舍下(齐化门小街颂年胡同),车价三十枚。临上车时,当面付给车夫。行至琉璃厂祝家胡同口外,记者命车暂停,并且对他说,略等一等,回头另外加钱。车夫说:"先生您只管去,我决不能走。"这个祝家胡同,窄而且深,洋车不能进去。记者进内拜访祝荫庭先生,值先生公出,留了一个片子,拢共没有五分钟。出了祝家胡同儿一瞧,该车渺如黄鹤④,敢情他开了正步⑤啦。由大吉巷到祝家胡同,算起来不到二里地,他老哥闹了三十枚,不辞而别,总算是能打快杓子⑥。这件事要在旁人议论,总说是胶皮团无良。其实不怨人家,明知道给了钱,我就不该下车。现在是人心险诈的时代,汽车穰子⑦还有骗人的呢,何况胶皮团。再一说,胶皮团遭骗,进穿堂门儿⑧、转影壁⑨,也是常有之事。他们既常遭骗,也可以骗人。茫茫人海,不过是个骗局,岂能专责车夫?当记者下车的时候儿,他说先生只管去,他决不能走,他那正是表示要走,记者并没听出来。说到归齐,还是记者脑筋简单。

---

①至友:最亲密的朋友。　②顺外:顺承门外。顺承门:宣武门。俗称"顺治门",也写作"顺直门",但发音是Shùnzhímén。　③招余往看:叫我去看。蔡友梅除了给报社写文章以外,还给朋友出诊。　④渺如黄鹤:无影无踪。　⑤开了正步:走了。　⑥打快杓子:看准机会就捞一把钱。　⑦汽车穰子:指坐汽车的人。　⑧进穿堂门儿:穿堂门儿,有前后两个门儿。进穿堂门儿:从前门儿进去,后门儿溜走,好不给拉车的钱。　⑨转影壁:在影壁后躲藏,拉车的追进来,就跑到影壁前溜走。

筷 子 楼

1921 年 2 月 16 号

梅 蒐

去年秋间,记者在同乐园①看剧,正在热闹中间,戏楼西南角,坍塌了一个窟窿,所幸并未伤人,一切详情已见前日《余谈》②,兹不多赘。日昨城南游艺园③戏楼坍塌,受伤男女很多,听说还砸死一个女子。新年新节,因为听戏阵亡,可真透窝心④。不必说阵亡,就说身带重伤,那里领恤典⑤去呀。该园开幕不到三年,戏园子建筑,更没有三五十年啦,戏楼居然坍塌,工程这分⑥不坚固,也就可想而知啦。游艺园开办以来,屡次有人相约,记者就没去过一荡⑦。不但游艺园我没去过,新世界⑧我也不敢观光。古人有云"知命者不立乎岩墙⑨之下"。我这条命不要紧,关系甚大,真要出点危险,我们一家子就算完啦。不但此也(又转上啦),就说天桥燕舞台、歌舞台等处,那几个戏楼,建筑的也都极含糊,猛一瞧亚赛筷子楼(北京有个卖野药的,用筷子搭楼,所为招人,名自⑩叫作筷子楼),一阵大风,真能给刮躺下。记者参观过一回,我怕楼塌,没待住我就跑啦。官厅就为收捐,也不管工程怎么样。只要是个戏楼,就准他卖座儿⑪唱戏,殊非慎重民命之道。要打算预防危险,总得严加取缔,要等到出了人命,再行干涉,那可就晚啦。保民诸君以此话为然否?

---

①同乐园:位于大栅栏内门框胡同。 ②前日《余谈》:1920 年 11 月 4 号,题名《覆巢之下》。 ③城南游艺园:1918 年建成的大型游艺园,在现在的友谊医院一带,有旱冰场、保龄球场、台球场、京剧场、文明新戏场、电影场、杂耍场、魔术场、木偶戏场等。民国首都迁到南京后不久停业。 ④透窝心:不能发泄出去的苦闷。 ⑤恤典:朝廷对有功而死去的臣子给予的赏赐。 ⑥这分:这份。 ⑦一荡:一趟。 ⑧新世界:仿照上海大世界建筑的 5 层游艺园,在天桥西香厂,1928 年关闭。 ⑨岩墙:危墙。"知命者不立乎岩墙之下",语出《孟子·尽心上》。 ⑩名自:应为"名字"。 ⑪卖座儿:指向看戏的收钱。当时看戏不卖票,进去先坐下看,再根据座位的好坏收钱。给听戏的带路找座位、倒茶水、收钱的人,叫"卖座儿的"。

我有大氅

1921年2月17号

梅 蒐

去岁《余谈》中，说过一段《大氅万恶》①，一切详情，诸位早已看过，不必再勾陈场②。那天友人沈唐民君，逛了一荡隆福寺，遇见四出吵子③，全都是大氅万恶。要说一穿大氅就欺负人，未免一网打尽。穿大氅队内，仁人君子、慈善大家很占多数，可是另有一宗人，一披上这件虎皮，立刻就叫横。昨天上午西单牌楼聚仙居楼上吃饭，看见一位穿大氅的先生，拢共吃了三吊几百钱，始而挑眼，菜又不好啦，角子④又没油啦，继而又嫌贵，小菜儿钱⑤一文没给。伙计跟他一要，他说照例不花这笔钱（他这条例，也不知是谁定的）。伙计跟他一分争，伸出文明掌来，登时打了两个改良的嘴吧⑥，还饶了两句新名辞，是"混账"。掌柜的直说好话，这位大氅先生，又来了两句"混账"，才下楼而走。中国人有一宗特性，每到戏园、饭馆儿，专一跟卖座、跑堂的叫横，《普球山》⑦蔡庆有话⑧，真是张口骂、举手打，蛮横到万分。问真了，他却是极乏的乏人⑨，专讲⑩软和的欺负。这宗人再一穿上大氅，再长三成字号⑪。一般作买卖的，长了两只大氅眼⑫来，见了穿大氅的就恭维。一来二去，就把穿大氅的捧起来了。就怕是天气一暖，大氅不能穿了，威风可就差了劲啦。记者给他们想了一个主意，将来胸前，可以挂一个特别徽章，上头四个字，是"我有大氅"。

---

①《大氅万恶》：应为《大氅罪恶》，1920年12月30号登。 ②勾陈场：说旧事。 ③吵子：纠纷。 ④角子：饺子。 ⑤小菜儿钱：小费。 ⑥嘴吧：嘴巴。 ⑦《普球山》：又名《盗金牌》，《彭公案》中的故事。周应龙的弟弟占据普球山，盗去彭朋金牌。彭朋命令总兵张耀宗查访。张耀宗在绿林蔡庆等的帮助下，将金牌盗回。 ⑧有话：曾经说过。 ⑨乏人：软弱的人。 ⑩讲：应为"拣"。 ⑪字号：江湖上的声望，威望。 ⑫大氅眼：蔡友梅造的词，势利眼，看见穿大氅的人就巴结。

贼走关门

1921年2月18号

梅蒐

北京有一句俗谚,叫作"贼走了关门"。什么叫"贼走了关门"呢?就是平日对于门户毫不注意,等到溜门子的①进来,大偷一通儿,主人知道啦,这才想着关门。不但关门,而且顶石头。"贼走关门"这句话,原是个"比语②",言其素日慢③不经心,赶到搂子④出来,又一路假小心。中国人由掌权执政的说起,一直到贩夫走卒,都犯这宗毛病,非贼走了而不关门。想着要关门啦,那是贼走啦(前后一句话)。如以水关儿火车道⑤压死人之后,这才禁止走车。崇文门二层楼子,非塌了不修理。最近游艺园这出惨剧,已见各报,记者也不便细说啦。日昨官厅的布告,说是该园于建筑时偷工减料,贪利忘害。这话固然对了,可是工程这样不坚固,有市政责任的,难道说瞧不出来吗?这些个话简直的不用说了。一言抄百总⑥,非出了原故⑦,不打正经主意。一件事是如此,件件事是如此。论到我们国家,这分危险,比游艺园的戏楼,还危险十分,谁又注意来着!戏楼塌了,不过砸伤几个人,国家要是塌了架,比游艺园的惨剧还惨。戏楼塌了,再建筑上,还是戏楼。国家要是塌了,再建筑可就费了手续啦。现在国家虽然危险,好比贼还没到,关门尚然不迟,要等到贼走了,关门可就由人家了,我的先生!

---

①溜门子的:溜门撬锁的小偷儿。 ②比语:比喻。 ③慢:应为"漫"。 ④搂子:娄子。 ⑤水关儿火车道:正义路南头水关儿南边的铁路。 ⑥一言抄百总:总之。 ⑦原故:指事情发生。

花钱当义务巡警

1921 年 2 月 19 号

梅 蒐

同学张振亚曾游欧洲,在伦敦住了三年。据他说,英京①铁道密如蛛网,四通八达,交通极为便利。伊在英京,时常乘坐火车。该处火车,设备之完全,秩序之肃穆,尽美尽善,姑且不提,坐客②之注重公德,实足令人惊叹。同车的乘客,皆互相礼让,若坐立歪斜,出言不逊,以及随便唾痰之事,无不引为大耻。偶然乘客满车,遇见老弱妇女人等,无论认识不认识,少壮的必然起立让以坐位③。上车时让老弱妇女先行,下车时亦让其先下,搭客虽多,绝无拥挤喧吵之事。且军人乘车,尤讲公德。最可敬者,坐客视所乘之火车,如同己物,加意保护,不敢毁伤。不但张君所言如此,曾游欧美之人,所言大致相同。记者虽没到过欧美,常听朋友夸奖,我由心里羡慕(我也要随)。乃日前出京有事,买的是二等票,坐的是三等车(二等车皆为强有力者占据,一个人占两个人的地方,车首④、查票人亦不能干涉)。到了三等车上,又没有地方儿,直站了一点钟的岗,好容易算是到了。花了二等票钱,连三等车⑤没坐着,我跑到那里应外勤去了,我算那道义务巡警。甚矣哉,中国人之不讲公德也。可叹!

---

①英京:英国首都。　②坐客:乘客。　③坐位:座位。　④车首:车守。火车上的警备人员。
⑤此处大概少一"也"字。

印 子 赵

1921年2月20号

梅 蒐

　　昨天赴东四牌楼访友未遇，一时口渴，在天宝轩茶馆品茶，喝了七碗茶（我是属卢仝的①），倒生了一肚子闷气。幸亏记者心宽，不然我许来个气结胸②，不然许闹个单腹胀。北京茶馆内容，那一份腐败现像③，从先《余谈》中，已然宣布过，如今也不必再说。错过④我真渴了，决不进那个社会。那天我将⑤沏上茶，对过儿桌上，有一个四十来岁的胖子，青皮袄、青毡帽（旧式毡帽），揉着两个核桃，满脸俗气，一望而知非高人。就瞧他摇头恍⑥脑向同桌儿喝茶的说道："昨天我瞧洋报⑦（洋报是二十年前下流社会⑧的口吻，如今还说洋报，这个人就算完了），又出了什么全国急募赈灾会啦。听说这里头还有外国人⑨，学界还到处演说。这群人简直是疯子吗。听说还真有人捐钱。这真是疯子遇见傻子啦。这笔冤钱，不用打算我花，有这笔钱我还押宝⑩呢。押着一个陪⑪三（音撒），押不着认命。花这笔钱谁答情⑫呀？请朋友吃一顿烂肉面⑬，他准答我一顿烂肉面的人情，过两天我还许啃⑭他呢（骨头⑮）。一去不回头的事情，我是决不干的。"记者听到这里，肚子已然鼓啦，好在又说了两句，他也走啦。后来跟旁人打听，说此人姓赵，专放印子⑯，利钱还是很大，人都管他叫印子赵，刻薄成家，视钱如命（好考语）。这就无怪乎他说这类话了。本来他整天指着杀穷人吃饭，救穷人的事情，他如何不反对！

---

　　①属卢仝的：卢仝是唐朝诗人，他喜欢喝茶，这里指蔡友梅自己也爱喝茶。　②气结胸：忧郁症。　③现像：现象，后同。　④错过：如果不是。　⑤将：刚。　⑥恍：通"晃"。　⑦洋报：报纸。　⑧下流社会：社会底层的人。　⑨这里头还有外国人：1920—1921年间，由中外人士组成了民间赈灾组织"国际赈灾统一会"，救助灾民。　⑩押宝：有很多种。例如，把色子放在扣着的碗里，让参加赌博的人押"大""小"，然后晃动碗，打开，按照点数大小分输赢。再如，四块小木片，上面写着"幺、二、三、四"，把其中一块放在盒子里，让人押钱，猜中的赢。　⑪陪：应为"赔"。　⑫答情：回报别人的情。　⑬烂肉面：用从骨头上剔下来的碎肉制成卤，浇在面上。　⑭啃：找人要钱花。　⑮骨头：没骨头样儿。　⑯放印子：高利贷的一种。分期还本、息，一般是每天还。跑账的收到钱后，在账折子上盖图章或按手印，所以叫"印子"。

阴历年之三怪

1921年2月21号

梅 蒐

阴历新年之后，发现两件怪事。一件是游艺园砸人，一件是库伦①失陷。这两件事比较起来，固然有大小之分，可是骇人听闻则一②也。各报于阴历年出版以来，添了这们两件材料。此外还有一件怪事，就是唐继尧被逼出走③。这三档子事情，让旁人瞧着，好像透怪，其实是一点也不怪。事有必至，理有固然，早晚应当发现④。先说游艺园，戏楼并不坚固，撒开了⑤卖票，焉得而不坍塌？库伦之孤军久战，饷弹缺乏，焉得而不糟心？这都是意料中事。游艺园戏楼砸人，不能怨戏楼；库伦之失陷，不能怨前敌⑥军人。究竟怨谁？明眼人自知，记者无须多赘。至于唐继尧被逼出走这节，三岁小儿都料的到。西南自护法⑦以来，题目是光明正大，内容是龌龊不堪。如岑春萱、谭延闿、熊克武、刘显世等等，大半都受过驱逐，潮流影响，唐继尧焉能幸免？总而言之，口是心非，把持权利，断无长久之理。始而驱人自待，继而亦被人驱，风气流行，尤而效之。诸君记着，将来被逐者，不止唐继尧一人。以上这三件事，看着好像奇怪，其实一点也不怪。

---

①库伦：即今蒙古乌兰巴托。1921年2月3日，中国守军被俄国白军罗曼·冯·恩琴率俄、蒙军打败，库伦失守。　②一：一样。　③唐继尧被逼出走：1921年2月，云南总司令唐继尧不愿接受孙中山的领导，发动兵变失败，受顾品珍逼迫，流亡香港。　④发现：出现。　⑤撒开了：没有顾忌地，没有限制地。　⑥前敌：前线。　⑦护法：1917年7月张勋复辟失败，段祺瑞任北京政府国务总理。段拒绝恢复《临时约法》和召集国会。孙中山联合滇、桂军阀，在广州成立护法军政府。9月，孙中山当选大元帅，下令讨伐段祺瑞。"护法"指的是护卫《中华民国临时约法》，重新建立民主法统。

《战宛城》[①]

1921年2月22号

梅蒐

友人昨在华乐园看戏,听了一出《战宛城》,气的没吃晚饭。据友人说,有某艺员者,饰张绣婶母邹氏,《思春》一幕,形容荡妇,极为过火,与曹操接洽一场,尤为秽衰万端。最可怪者,演至不堪入目之时,台下一般顾曲者,鼓掌叫好之声,屋瓦为动。友人雅不欲观,忿忿而出。次日谈及此事,犹怒不可遏,嘱记者代为登报,以资警劝云云。按戏曲一道,关系社会教育,从先《余谈》中,也很说过几回。晚近风俗薄弱,道德坠落,虽不尽由于戏曲不良所致,而戏曲之影响,力量也是很大。近来各戏园多卖女座,艺员作戏,尤须格外谨慎。如《战宛城》一剧,原非专门淫戏,演唱存乎其人,若果稍加改良,亦颇可观。无如唱戏者迎合社会心理,变本加厉,踵事增华,好戏亦能变成淫戏。最不可解者,父子兄弟姊妹姑嫂等等,同在一园听戏,遇此类伤情半春之戏,无不掩口而笑,兴高彩烈[②]。假令父子兄弟姊妹姑嫂等等,聚于一室同观春册,岂非可耻之事,而在戏园同观此活动标本,不以为耻,反以为美,可称咄咄怪事。事关风化,记者并非好发苛论也。至各大戏园演戏,尚知略守规则,而天桥各戏棚,肆无忌惮,较各大戏园为尤甚,坏风俗,丧廉耻,其害不可思议。关心社会诸君,当不以此言为河汉[③]也。

[①]《战宛城》:曹操征战宛城,张绣投降。曹操掳占了张绣婶母邹氏。张绣知道后大怒,但是惧怕典韦,让胡车盗去典韦的双戟,夜袭曹营。典韦战死,曹操大败逃走,张绣刺死邹氏。
[②]兴高彩烈:兴高采烈。　　[③]河汉:空话、胡说。

用药不可不慎

1921年2月23号

梅 蒐

北城小街儿有住户某甲者,在某机关充当办事员,素日略通医道。日前因外感勾起肝气,大病之下,自己开方,吃了两付药,并不见效。某甲有两个内弟,也都通医。那天某甲的大内弟前来拜年,给某甲开了一个方子。因为某甲大便秘结,用了一钱酒军①,又因为某甲身体素弱,临行嘱咐某甲家属,熬下人参汤搁着,如出大恭②,急服人参汤以助元气。他这位大内弟去后,某甲恐怕酒军力猛,告诉家人,煎药时,勿加酒军。及至服药之后,大恭居然排泄,家人谨记大舅爷之言,急进参汤,某甲连喝了两碗,当时就觉着心里发燥,第二天就添谵语,简直的要转阳狂③。这当儿舅大爷来到,细问情由,连连的跺脚,原来他让某甲喝参汤者,是恐怕大黄力猛,某甲并没服大黄,家里也没想到这节,模模糊糊的,就把参汤给他喝了,所以要得阳狂。大舅爷正在直迸④,二舅爷又到啦,大抱怨他哥哥。弟兄俩大起冲突,病人在炕上发昏,这弟兄俩大唱《恶虎村》,病人的哥哥,急的直唱《黄鹤楼》(作揖)。二舅爷又开了一个方子,药还没煎得,某甲已归道山去了。如此看来,用药之道,实在是不可不慎。

①酒军:大黄。 ②出大恭:大便。 ③阳狂:中医的说法,因阳气太盛而疯癫。 ④迸:蹦。

怪

1921年2月24号

梅蒐

　　阴历新年云南唐督出走,而库伦亦同时失守,北京游艺园楼坍伤人,一时巷议街谈,满城风雨。日前《阴历年三怪·余谈》中,已详言之,如今不必再说。乃近日北京所发现之怪事,层出不穷,一言难尽。如惨杀、倒毙之事,日有所闻。汽车轧人之事,亦层见迭出。此类事虽然算怪,而屡屡发现,司空见惯,已无怪之可言。最可怪者,为京西罗锅岭土豹伤人之事。闻宛平县已派人猎捕,至今尚未擒获。此虽为怪,仍不足怪。夫土豹系属野兽,尚能设法捕猎,而拥地盘、争权利之大土豹,无法铲除,区区小土豹,又何足怪!最可怪者,为无影无形之谣言,一唱百和,人云亦云,一若大难之将临者。讹言繁兴,莫知缘起,风声鹤唳,市虎[①]杯蛇[②],此则真可怪者也。古语云,"妖由人兴",种种怪异,半为人心感召。今日之人心,险诈已达极点,含沙射影,反复无常。有形之怪异,未必非无形之鬼蜮所致。欲除一切妖魔,须从根本解决。若仍尔虞我诈,机械相寻[③],恐纷至沓来之怪异,更有甚于今日者。

---

　　①市虎:流言蜚语。《韩非子·内储上》:庞恭与太子质于邯郸,谓魏王曰:"今一人言市有虎,王信之乎?"曰:"不信。""二人言市有虎,王信之乎?"曰:"不信。""三人言市有虎,王信之乎?"王曰:"寡人信之。"庞恭曰:"夫市之无虎也,明矣,然而三人言而成虎。……"　②杯蛇:杯弓蛇影。　③机械相寻:动用武器相斗。

赈灾保举

1921年2月25号

梅蒐

前清时代,沾乎官面儿①办事,临完了都讲请好处②,不是议叙③,就是保举④。军务不便说,一保就是一大帮,卖命的许得不着好处,躺在家里抽大烟的,倒许得个优保⑤。此外皇室大婚典礼,保举也很优,河工⑥更不用提。内廷⑦各馆⑧,如方略⑨、实录⑩、国史⑪、会典⑫、御牒⑬等等,都有议叙、保举。功懋⑭之赏,以示鼓励,原无不可,但是爵赏太滥,启人幸⑮进之心,流弊也不在小处。最可怪者,办理赈捐,也请好处,未免的不对。赈灾一事,无论官办私办,都含有慈善性质,在事人员,都应恺悌⑯为怀,仁心为本,万不可有希功求赏之心。要想着升官发财,另觅别的道儿。利用赈灾的团体,以遂其升官发财之心,那叫作没有人心(实话)。前清的事情,不便细提。去岁各省灾情,人所共知,而尤以直省为重。公私赈灾团体,非常之多,乐善好义,令人钦佩。近日由国际赈灾统一会⑰发起全国急募赈捐大会,邻邦善士,极力帮忙,我辈无任⑱感激。但将来事竣之后,万不可开保举。一来,善士们为灾民出力,原系一番热诚,若奖以官阶,倒辜负各善士本心。二来,借着受难同胞升官,也不大体面。再一说也让外人看不起。本来外人就说中国人是官迷,再要那们一办,不是更

---

①沾乎官面儿:跟官方有关系。 ②请好处:要好处。 ③议叙:清制,吏部考核官吏后,对成绩优良者奏请给予加级、记录等奖励,叫议叙。功多者加倍,叫优叙。 ④保举:大臣向朝廷推荐人才,后多指大臣荐举下属。 ⑤优保:非常好的保举。 ⑥河工:治河事务。 ⑦内廷:指故宫乾清门内。 ⑧各馆:指朝廷办理文字事务的各机构。 ⑨方略:指方略馆,清代编纂方略的机构,隶属于军机处。 ⑩实录:指实录馆,纂修实录的临时机构。上一代皇帝死后,由新皇帝下旨临时抽调官员设置实录馆,纂修已死皇帝的实录,纂修完毕就解散。 ⑪国史:指国史馆,清代隶属翰林院,主修《明史》、清史。 ⑫会典:记述法令典章的书。康熙、雍正、乾隆、嘉庆、光绪时修过《清会典》。修《会典》时,成立临时修书馆。 ⑬御牒:玉牒,中国皇族族谱,每十年修一次。修玉牒时,成立临时玉牒馆。 ⑭懋:大。 ⑮幸:侥幸。 ⑯恺悌:和乐敬爱。 ⑰国际赈灾统一会:1920—1921年间,由中外人士组成的民间赈灾组织。 ⑱无任:不胜。

让人家笑掉了牙吗？至于名誉之奖励，类如勋章、奖章等等，系属表面荣耀，倒还可办。好名之士，大半都很欢迎。比较官阶保举，透着清高，且免得贻人话柄。当局诸君以此论为然否？

火神爷爱喝好茶

1921年2月26号

梅 蒐

　　客岁①夏间友约赴三庆园②观戏,正赶上吴德泰茶店③失慎④,一时大栅栏非常之乱,戏也没听成,倒参观了一回救火。冬令煤市街万花香茶店,又来了一个坐物(坐物是开宝⑤的行话,上宝开几,下宝还开几,叫作坐物,又叫作爬子)。至于万花香之火警,跟吴德泰可大不相同。吴德泰门面虽不见佳,内容倒还殷实。该铺之失慎,虽非天火,却是自不小心。万花香之失慎,纯属人工制造。该铺东家老板等,也曾背布游街⑥,当了一回放火的活动商标。人心之险诈,于此略见一斑。天火、人火虽有不同,其着火则一也。不意新春灯节,大栅栏张一元茶店,又有失慎之事。半年多的功夫,连烧了三个茶叶店。在下等无知之人,都说火神爷爱喝好茶,要尝尝龙井、松萝、雀舌、香片的滋味。这话实在不通。火神爷又没得消渴症,何必又想好茶喝呢?再一说,那里又来的火神爷呢?又有人说了,从先各商家,每逢火祖的圣诞,各铺户门前,悬贴四张五色挂钱⑦,上写"恭庆火神"四字。如今商界开通,祭火神这件事,大半取消,火神爷震怒,所以屡次示警。这话不但不通,而且迷信。火神爷要那们心窄量小,那够什么资格了?火神爷这件事满是老谣⑧,溯本穷源,还是自不小心。为什么铺户着火的时候多,住户着火的时候少呢?一来铺户灯火多,二来铺户跟住户性质不同。自己家里,自然多加一分小心,异姓客店,谁也不注意,所以常出危险。万总归一,是中国人缺乏公德,不够资格。

---

①客岁:去年。　②三庆园:老北京七大戏园之一,1796年建成,在大栅栏儿(Dàshílànr)。③吴德泰茶店:正名叫"吴德泰茶庄",在前门外大栅栏儿。　④失慎:失火。　⑤开宝:摇色子、开宝盒。　⑥背布游街:背上写着罪名的布在街上游街。　⑦挂钱:贴在门楣、屋檐上的一种剪纸。只是上边贴住,下面悬空,所以叫挂钱。　⑧老谣:谣言。

箍筲胡同①

1921年2月27号

梅 蒐

  北城住户某甲,外号叫大瞎子,因为他是个近视眼,所以得这徽号。大瞎子原在某处当差,自共和以还②,家道稍替③。自幼儿读过两天风水书,如《阳宅三要》④《地理大全》⑤《雪心赋》⑥等等。每本几篇,每篇几句,一知半解,略微的通一点。从先某贝子⑦的茔地,是他给采的,谢过一分厚礼,从此自鸣得意,以郭杨曾廖⑧自居(郭杨曾廖是堪舆⑨界的泰斗)。每遇有人延请,习气很大。这些个事且不提,惟独他这分迷信,特别出奇,地球上少有。每当阴历正月元旦,他必要沐浴更衣,由家里出来,先奔王大人胡同⑩,绕一个湾子⑪,由王大人胡同奔报恩寺⑫,然后回家,年年如此。有知底的,说他所为取个吉利。先奔王大人胡同者,今年王公大人必请他看阴阳宅(如今王公大人都不成了,吃亏没有"总长胡同")。绕报恩寺者,所为人家报恩,多给他送厚礼。听说他今年元旦出门,遇见一个熟人,随便谈话儿,不知不觉的进了箍筲⑬胡同。回到家中,懊悔欲死。因为箍筲胡同不吉利,今年一定紧箍筲⑭,非穷死不可。因此闷闷不乐,饮食懒进,虽然没疯,也要得精神病。以后如何,尚不得知。按风水一道,原属渺溟,以瞎子而瞧风水,渺溟还加着荒唐,至于他这宗瞎迷信,尤为特色。语云:"天下本无事,庸人自扰之。"正大瞎子之谓也。风水果然有真理,像他这宗德行,恐怕也不懂。

---

  ①箍筲胡同:今北新桥头条西段。 ②以还:以后。 ③替:败落。 ④《阳宅三要》:清朝赵九峰著的一部风水类书籍。 ⑤《地理大全》:明朝李国木编撰的风水经典的集萃。 ⑥《雪心赋》:唐朝卜则巍著的风水书。 ⑦贝子:清朝的爵位,在贝勒下。 ⑧郭、杨、曾、廖:郭璞、杨救贫、曾文迪、廖瑀,被认为是奠定风水术的人。 ⑨堪舆:风水。 ⑩王大人胡同:今北新桥三条,在雍和宫南边。 ⑪湾子:弯子。 ⑫报恩寺:报恩寺胡同,今北新桥二条。 ⑬箍筲:箍筲匠,箍木桶、木盆的工匠。 ⑭紧箍筲:因为"箍"的时候要"紧","紧"有日子不宽裕,拮据之意,所以觉得不吉利。

查票员诉苦

1921年2月28号

梅 蒐

昨天赴友人家贺喜，同席有某君者，系铁路查票员。记者因日前坐火车，买二等票，在三等车站了两小时（详情已见前日①《余谈》），很觉抱屈，因向某君诉苦。某君咳声叹气的说道："先生休要提起。我们这行差使，实在不容易干。客人坐车，讲公德的很少。一个人就要站②两个人的地方，人人如此，难以干涉。甚至于买三等票，跑在二等饭车③一坐，他可并不吃饭（敢情是饭车上舒服）。一拦就炸④。大氅穿着，也不知他有什么势力（查票员也怕大氅）。从先因为干涉，真出过楼子⑤，现在也就不敢十分认真了。至于纠纠武夫，干城之选⑥，更是一霸。只要他不恼，就是好事，谁还敢跟他叫真儿。甚至于穿的挺阔，楞跑到头等车上一坐，不但没票，外带很横。这不过是略举数端，其余种种不讲公德的地方儿，一言难尽。兄弟既吃这行，没有法子，但分⑦有一线之路，我是一定改行。我们受的那宗窝囊气，可就多了。"说着眼泪在眼圈儿里乱转。记者常坐火车，某君所说的话，一点也不假。曾记民国三年，记者赴河南陕县，在汴洛车⑧上，看见丘八⑨爷争座，打了买卖人两个嘴吧，打的买卖人眼泪汪汪，敢怒而不敢言。无论什么好事，只要一到中国，没有不糟心的。实在特别。

---

①前日：1921年2月19号。题目是《花钱当义务巡警》。 ②站：应为"占"。 ③饭车：餐车。 ④炸：大发脾气。 ⑤楼：应为"娄"。 ⑥干城之选：保卫国家的战士。 ⑦但分：只要。 ⑧汴洛车：从开封到洛阳的车。 ⑨丘八：兵。

黄瓜香椿

1921年3月1号

梅 蒐

前早赴天津有事,车至新站左近①,但见窝棚遍野,密如繁星。同车一老者云,该窝棚内,俱系流离失所之难民,暂为栖迟②,苟延残喘。白天赴各处讨要,晚间归棚云云。该处如此,他处可知。去岁灾区之广,实在令人可叹,是日在津小作勾留,乘四点快车回京,车至丰台稍停。该处有些个赶档子③卖鲜货的(黄瓜、香椿等等,因该处薰货④暖洞⑤甚多),四条黄瓜一块钱,少了不卖。香椿是两角钱一小捆儿(不过数茎)。一时头、二等车上的客人,争先恐后,大照顾之下,有一位阔爷,买了八块钱的黄瓜,两块钱的香椿(十块)。不用说,他一定是进京送礼去。既然送礼,总得送给比他强的主儿,穷亲破友,他决不送黄瓜。他怕烧香引鬼。《都门竹枝词》⑥上有云:"黄瓜初到比人参,小小如簪值数金,微物不能增福寿,万钱一食是何心⑦?"这路买黄瓜送礼的主儿,对于急募赈捐,高兴他许捐三枚铜元,碰巧还许一毛不拔。关着面子或者许捐一块,那是朝着人捐,不是朝着灾民捐的。他可舍得十块钱买鲜货送礼。这宗事可也不能怨他。连我算上,也是这宗心理,不能因为赈捐把应酬断了。您别瞧四条黄瓜,就许发生好大效力。赈灾您就捐八块,与个人有什么效力呀?

---

①左近:附近。 ②栖迟:滞留。 ③赶档子:赶有做生意的机会。此处指趁火车停时,卖给车上的旅客东西。 ④薰货:因为暖洞里有火炕,所以管在里面种植的蔬菜、鲜花叫"薰货"。 ⑤暖洞:为种植蔬菜和鲜花而挖的地窖,里面有火炕,在火炕上铺土,种植。 ⑥《都门竹枝词》:(清)杨静亭等撰。 ⑦微物不能增福寿,万钱一食是何心:东西不能增加福寿,用这么多钱买这么一点儿吃的,到底是怎么想的?

羚　　羊

1921 年 3 月 2 号

梅　蒐

药行捐业①,原是一本万利。这二年北京药铺的门面,群起而修之,金碧辉煌,争强斗胜。去岁《余谈》中,也说过一回②。近来加捐长税,百物昂贵,药价因之大长(反正出在吃药的身上,药铺一样赚钱)。草根树皮不必提,贵重药品,价值格外增高。即以羚羊角而论,一日千里,贵的真透邪乎③。前清光绪初年,一钱羚羊角,不到一吊钱,后来长到两三吊钱。光绪末年,长到五六吊钱。宣统初年,又长到七八吊钱。民国元年,居然十二吊钱,至到如今,一钱羚羊角,价值四十多吊。不必说穷苦人家,就是中等人家有病,药单子上,开上一钱羚羊,简直的要命。查羚羊角性质最寒,专清肝肺之热,为瘟热咽喉病症的专药。平常人家有病,用他不好(吃不起),不用他也不好(没功效),实在是件极困难的事情。昨据友人云,伊邻人王姓小儿有病,医者开了一钱羚羊,王姓到药铺一打价钱,连群药④算上,一共五十一吊,王姓急的直哭。本来宣告破产,也不值五十吊钱,您想这不是要命吗?至于羚羊如此之贵,是否药铺居奇,抑或⑤原料缺少,外行人不得而知。医界诸君,负有济世活人责任,理应公同⑥悉心研究,何药可代羚羊,羚羊有无清肺清肝能力,以免令病家徒耗金钱,亦慈悲之一道也。

---

①捐业:失去生计。药行捐业,指药行能让人倾家荡产。　②去岁《余谈》中,也说过一回:1919 年 11 月 24 号《益世余谈》栏登过《药铺门面》。　③透邪乎:表示程度高。　④群药:此处指除羚羊外其他的药。　⑤抑或:还是。　⑥公同:共同。

胡某也要行医

1921 年 3 月 3 号

梅 蒐

京北后屯村,住户安姓,家道小康。安某从先吃长安路①,很弄了几个钱。跟前一儿一女,姑娘叫作二妞,今年十五六岁,由去岁六月间得了个症候,月经六月未至,添烧作嗽,头痛作渴,夜多盗汗,脉见芤濡②(跑这儿开脉案来),按俗话说,就叫作痨病。先请了一个王先生,说是肝郁血亏之症,开了一个单子,听说是加减八珍汤。姑娘吃了两付药,居然见轻。那天去了一个姓胡的,是姑娘的堂舅(俗称叔白③舅舅),虽不挂牌,也略通医道,时常也给人开个方子。反正找他的主儿,都是活腻了的。好在山高总统远的地方,高人也少,稍通药性,虽④算名医。胡某那天来看甥女,看见王医的方子,大贬之下,在他的意思,嗔着没让他瞧,有点儿吃醋(足见人家素日不信仰),一定请愿要给姑娘看病。安某夫妇迫于情面,不好拒绝。他说姑娘头痛是外感(其实是阴虚),现在太阳径⑤伤寒,尚未传径⑥。开了一个单子,是加减麻黄桂枝汤。据他说一出汗就好,谁知倒是有效验,吃下药去,功夫不大,当此⑦大汗淋漓,汗没出完,驾返瑶池去了。安某夫妇,知道是药弄拧了,关着亲戚的面子,无可如何。听说这个胡某,还要运动在外行医呢。他要真挂牌行医,门口儿的冤鬼决少不了。

---

①吃长安路:给官员当随从。 ②芤濡:脉浮大而软,迟缓。 ③白:应为"伯"。 ④虽:大概应为"就"。 ⑤径:应为"经"。 ⑥径:应为"经"。 ⑦此:大概应为"时"。

唱豆儿哭凉糖

1921年3月4号

梅 蒐

东城有个卖豌豆的老妪，六十多岁，衣履齐整，每日跨筐串绕各巷，卖豌豆带唱曲，并学种种的腔调，手舞足蹈，现像百出。每逢他一吆喝，小孩子们趋之若鹜，一半买豌豆，一半听相声。小孩子们越起哄，老妪唱的越欢，因此皆以"唱豆儿老太太"呼之。听说这个老妪，家里有儿子，日子过的也很好，并不指着他卖豆儿。他是借着卖豆儿，以为消遣。他儿子因为他装疯卖傻，颇不雅观，屡次苦劝，不让他出来，老妪非出来不行。他儿子本孝亲养（去声）志①之义，只好随他去罢。谁知天下事无独有偶，后门一带有个卖桂花凉糖的，三十多岁，卖糖带学哭，所为招徕买卖。巡警因为他扰害治安，干涉过，不准他哭。他当着巡警不敢哭，偷着还是哭，因此都叫他"哭凉糖"。听说这个哭凉糖家道小康，弟兄还不少。伊兄屡次婉劝，不让他出来，他是偷着也要出来。人之秉性不同，各有所好，实在是不可思议。吃亏②哭凉糖跟豆儿老太太没生在一家，实在是个缺点。假令要是母子，家庭之内，当不知如何状况也？虽然，若豆儿老太太之子与哭凉糖之兄，仍不失孝友之人也。

---

①孝亲养志：孝顺就要让父母干自己喜欢干的事情。　②吃亏：吃亏就吃亏在……

电灯汽车穷人吗啡

1921年3月5号

梅 蒇

前天有个朋友,由南省来了一封信,跟记者打听四件事。第一打听电灯,第二打听汽车,第三打听穷人,第四打听吗啡。这封信我要详细答覆,洋洋数万言,也叙不清。就拿电灯说罢,近来简直成了香火头儿啦,三号儿煤油灯都比他亮,报纸上也说俗了[1]。据说是该公司有信改良。不过是一句话,这个良得何时改呀?再说汽车,轧人的事情,是层见迭出,习不为怪。轧人那算原则,近来更有例外的事。南池子汽车下筒子河洗澡(去年的事情),最近闯[2]警阁子[3](也是南池子)。北剪子巷,汽车进裁缝铺,并且还跳过一回高亮桥[4]。此外关于汽车惹祸事情,不一而足,一时说也说不尽。自去岁天灾人祸发生,兼之旗饷愆期(去岁一年才放了四五回),造就出来的穷人,较比每年增加了好几倍,由家里上荡前门,追车要钱的,络绎不绝,简直争[5]不开眼睛。至于吗啡神针,比从先也非常发达,不信您瞧报纸,差不多见天有抄获吗啡的新闻,越抄越多(不能禁止某国贩运,竟抄如何抄的清)。以上不过说个大概,细说简直的没完。朋友写信询问,必然是很关心了,记者笔墨无暇,没工夫细述,昨天答覆了他十六个字,是"电灯不亮,汽车真闯,穷人太多,吗啡兴旺"。

---

[1]说俗了:说腻了。 [2]闯:撞。 [3]警阁子:警察工作岗亭,隔几条胡同,路口就有一个。 [4]高亮桥:高梁桥。 [5]争:应为"睁"。

求助二则

1921年3月6号

梅蒐

老友李寿山,系累代世交,为人耿介固执,屡困穷途,不受人怜。前岁丧子,去岁丧侄,日前伊胞弟崇福,贫病交加,又行故去。伊弟妇亦于前岁病故,现遗二子卧病在床,凄惨情形,笔难罄述。李君之父年近八旬,痛子伤孙,备极痛苦。孰知祸不单行,李君之婿名德福者,向作小本营业,亦于日前病故。室如悬罄,地无立锥,死已二日,尚未盛敛。伊妻李氏怀抱幼女,日夜啼哭,二目尽肿。李君于昨日晚间到舍,面目黎枯,精神颓丧。以弟、婿继续①而亡,着急欲死,万分无法,恳为登报求助,并言遭此境遇,非死不可云云。记者劝慰至再②,除本人捐助外,适有友人戴伯琦、宋蕴璞、张雅堂、郭济川四君在舍,当各助一元,统交李君支配。惟崇福虽已殡葬,二子卧病尚在未痊,而德福贫不能敛,尤为迫不及待之事。尚望仁人君子,动恻隐心,发慈悲念,大施惠雨,广散仁风,多固甚佳,少亦不妨。不但存殁均沾,且亦功德无量矣。崇福之二子现住东直门酱坊夹道,门牌八号(李君之父现住东城四眼井,门牌五号。助款交该处亦可);德福现住安定门内五道营西口,门牌四十号。诸君如有助款,请直接捐送,是为切祷。

---

①继续:相继。 ②至再:再三。

没票要上郎房①

1921年3月8号

梅 蒐

友人苏芰香，供差天津，前天因事来京，至舍下望看②。多年不见的朋友，彼此十分的欢慰。后来谈到火车一节，据苏君云，近日搭坐火车，非常困难。坐三等车，固然是受罪，坐头、二等车，尤其受罪。三等车上的状况，人人皆知，不必细说。坐头、二等车，另有困难，各路的毛病。二等车并不多挂，卖票可没有限制，往往买了二等票，车上没有地方儿，先来的一个人占两个人地方儿，你要跟他匀个地方儿，遇见好说话的，还许可怜你，否则横眉立目叫横，你是任法子③没有。后来没法子，多花几块坐头等罢，谁知道头等车上更得受气。近来坐头等车的，大半都是免票，甚至于没有免票，楞坐头等车。是日由津北上，看见头等车内，坐着一个外省口音的人，既无免票，又没穿军服（真彷彿④穿军服就应当白坐车，够多们⑤新鲜），瞧神气可象⑥军界的样子。查票员向他要票，他说："我没有票，到郎房就下来。"查票员也没敢往下问，稀哩糊涂的，就算完啦。照这类事，是数见不鲜。最可怪者，是有一个头等房间，坐着三个中国人（并不是包房），苏君要在那里坐着，大遭拒绝，苏君不欲惹气，又跑到隔壁房间，里头有两三个美国人，见了苏君，起立相让，十分招待。美国人这们一欢迎，倒闹得苏君十分难过。昨天在舍间，大犯牢骚。记者从先也说过，无论什么好事，直⑦要是一占⑧中国人，两个字的考语，"糟心"。

---

①郎房：廊坊。　②望看：看望。　③任法子：什么法子。　④彷彿：应为"仿佛"。《余谈》《余墨》中的"仿佛"，都印成"彷彿"，以后文中就改为"仿佛"，不再一一注明。　⑤多们：多么。　⑥象：应为"像"。　⑦直：应为"只"。　⑧占：应为"沾"。

多预备蜡

1921年3月9号

梅 蒐

　　昨天被友人招赴泰丰楼①小酌,正在推杯换盏、兴高彩烈,忽然电灯光线惨淡,座中有位佟君仲宽,连说"电灯要灭"。这句话没说完,已变为黑暗世界,一时全楼大哗,人声鼎沸。这屋里嚷"点灯",那屋里嚷"好黑"。本楼的伙计,一路手忙脚乱,大抓其瞎。当时伸手不见掌,对面不见人,其实烩鸭条将上来,记者干着急,不敢下筷子。我们原在六关②(关或作官)吃饭,就听五关的饭座儿③,大炸之下,连说"混帐"(也不是说饭馆儿哪,也不是说电灯公司哪),"实在可恶"。"你们知道电灯靠不住,就应该多预备洋蜡,放在手底下。花钱跑这里过阴④来了。照像上玻璃⑤好了,决闪不了光⑥。"此公的雁儿抓话⑦很多,一时不能备述。伙计点来两枝洋蜡,说了些个抱歉的话(每月花电灯费,还得向饭座儿说抱歉的话,够多们窝心。不知对于电灯公司,该当说什么话)。这当儿鸭条也凉了,赶紧再热一热罢。待了会子,电灯算是恢复秩序。功夫儿不大,二次又来了一个灭灯,好在洋蜡还没吹呢,不然又得摸黑儿。这类的事情,近来数见不鲜。电灯公司原不足责,最不解的,是北京的用户,花钱受罪,没有法子抵制,未免太没有团体啦。吃饭摸黑儿,原是小事,冒然间一黑,对了劲⑧不定出什么危险。关心治安诸君,以此话为然否?

---

　　①泰丰楼:山东风味的老字号,原位于前门外煤市街,是当时著名的京菜馆"八大楼"之一。
②关:雅座。　　③饭座儿:来吃饭的顾客。　　④过阴:活人的魂儿离开肉体,到阴曹地府去。
⑤上玻璃:早期照相使用玻璃版照相法,底片为玻璃。　　⑥闪不了光:曝不了光。　　⑦雁儿抓话:应为"雁儿孤话",闲话。　　⑧对了劲:碰巧了。

大 小 骗

1921年3月10号

梅 蒐

友人德小泉,前天出齐化门有事,在朝阳市场左近,看见一个老太太,六十多岁,衣履虽不齐整,也还穿的暖和,站在那里直哭,围着几个人热瞧闹儿①。据老太太说姓杨,系汉军旗人,一身一口,跟着外甥度日。外甥叫作祥保,是个退伍的军人。今天给他五吊票儿,让他出城买东西,不料一时疏神,把票子遗失,伊外甥妇非常厉害,因此不敢回家,恐遭打骂云云。说罢放声大哭,自言非死不可。当时几位善士出头,共攒了五六吊钱,交给老太太。这位杨老太太,千恩万谢,给大家请了一路安,往东去了。旁边有个某甲,说"这个老太太是生意②,专吃这门③"。现在社会鬼蜮,人心险诈,某甲的话也未可厚非。去岁《余谈》中,登载《蒜锤子朦④人》(假充卖菜的,诈抽羊角疯丢钱),就是这类。虽然说穷出来的见识,可是闭塞善门,其罪甚大。蒙几吊钱原是小事,再有真事,人家就不信了。至于这位杨老太太,是否真假,无从揣度。真的固然可悯,假的也未尝不可怜。您想一个六十多岁的人,大庭广众之中,装这宗现像,所朦不过三五吊钱,也就很可叹了。这位老太太没儿子不必说,即或有儿子,也必拉洋车。假令他儿坐⑤高官、乘汽车,卖国害民,一来就是几十万、几百万,能让他们老太太招这宗说么?呜呼!世界原是一个骗局,不过有大小、巧拙之分就是了。

---

①热瞧闹儿:应为"瞧热闹儿"。 ②是生意:做的是这门骗人生意。 ③专吃这门:专靠这门骗人生意吃饭。 ④朦:那时"蒙人"的"蒙"常写作"朦"。 ⑤坐:应为"做"。

会仙店甲乙谈选举

1921年3月11号

梅 蒐

昨天下午,同着人在会仙店吃饭,就听隔壁屋内,甲乙二人大谈调查选举的事情,隔着一层木板,听了个挺真。就听某乙说道:"大哥这次充当选举调查员,总许剩几个钱罢?"某甲说:"兄弟休要提起。上届①安福②包办,调查员都使着了③。我运动④也派不上我。这次没有想儿,让他们抓上民夫了。调查费也没有,我们是天老儿拉车——白受累,外带着还竟烦麻⑤。我们本区调查了四十多人,我们是按照法定的四项资格(年纳两元直接税,五百元以上不动产,高小以上毕业,相当资格)认其⑥调查,表册已然送交初选举事务所。谁知道天津总选举监督来电,说是人数太多,按照上届的人数核减。上届他区的人数最多,本区的调查员是外行,拢共调查了五百多人,很招了些个闲话。现在风气开通,都以放弃公权为可耻,再说法定的四项资格,范围极宽,既经放任于前,不应限制于后。同够资格,谁应受核减,谁不应受核减?核减之后,有无风潮?究竟谁负责任?这是个极困难的问题。现在初选监督也很为难,调查员是更没有法子办理。"某乙说:"那们大哥这次有什么希望没有?"某甲说:"运动当议员,我没有那个门子。买票我没钱,运动初选当选,我这张票没有地方儿卖去。投票那天,我还不定去不去呢。"说到这里,我们会帐⑦先走,以后又说什么,也就莫明其妙了。究竟甲乙所谈是那区的事情,可不得而知。

---

①上届:指1918年的第二届国会选举。 ②安福:安福俱乐部,1918年3月8日由皖系政客发起成立。他们操纵政府,祸国殃民,1920年8月3日被解散。 ③使着了:指得到钱了。 ④运动:托人,找门路。 ⑤烦麻:应为"麻烦"。 ⑥其:大概应为"真"。 ⑦会帐:结账。

谨谢慈善家

1921年3月12号

梅蒐

老友李寿山，因弟、婿继亡，挽求登报求助，一切详情，己①见前日②《余谈》。乃蒙诸大善士，慨然施助，热心古道，令人钦佩。李君日昨来舍，对于各慈善之义举，感激涕零，属③记者代鸣谢悃④。除卧修居士、沈春晖、堂敬记及戴、朱、张、郭诸君之助款，业经登报表扬外，月中桂捐助三十元，顺直门中街陈太太四元，亮果厂（此三字系李公之女李氏所书，不知有无错误）大善士某君四元，又无名士四元，又一元，陈洪综君二元，又无名士铜元三十枚，又赵子文君六十枚，又无名士二元。以上各款，均经李寿山君与伊病侄、孀女两家支配。伊侄等病势稍好，拟归伊老父处同居。伊女孀妇李氏，现尚有娠，俟百日孝后，李君拟接其同居，以便照应。李君之父原在东直门炮局有破房三间，自己居住，不欲下乡。李君原在东直门外作小营业，因而移于城外中街居住。每至下午，仍进城看望其父，盖亦学⑤友中人也。惟诸善士所捐之款，皆系自送，自经李君之父及李君病侄、孀妇李氏等亲收。哀痛之余，助款者之姓名、住址，有无错误，不得而知。先此谨代鸣谢。李君与记者系三代世交，本当独立资助，无如力与心违，实深抱愧。今蒙诸善士大发热心，恤孤怜寡，记者感同身受，谨此鸣谢，顺颂慈祉⑥。

---

①己：应为"已"。　②前日：指3月6号。　③属：应为"嘱"。　④谢悃：谢意。　⑤学：应为"孝"。　⑥慈祉：和蔼幸福。

公　　德

1921年3月13号

梅　蒐

友人燕侠君日昨因事来舍,谈及上星期在新世界观戏,有大氅先生,倚势欺人,扰乱秩序,种种现像,实在令人可恨。据云,那天台上正演《教子》[①],忽见前边有个听戏的,身穿大衣,鼻挂金丝,手提已折半截的文明杖,苏兰舫[②]在台上唱《机房》一段,他以手杖敲桌子配点儿[③]。前边有站着的人,他因为遮了他的视线,用手杖乱拨拉,他可站在椅子上。这还不提,后来有一个听戏的,好像饭馆儿伙计的样子,他嗔着人家挡眼,用手杖乱击,并且口出不逊。伙计畏大氅的威风,赶紧躲开。他得理不让人,追着人家不答应,伙计被逼无法,上了椅子,他楞坐在人家脚上。伙计真急了,说:"您还是文明人哪?"此公老羞成怒,一定要打人家。后来经人排解,把伙计拉走,算是完事。燕侠那天提起这回事来,还气的了不得。按这宗琐事,似乎没有谈论的价值。可是公共娱乐场,有这宗害群之马,不但扰乱秩序,而且败人清兴。城内外各戏园,那天都有这们几挡子。越披文明皮,他越干这宗事。去年记者在同乐园听戏,有一个胖子,体积约有八百斤重量,我先到的,他后来的,一定逼着我让他地方儿,一屁股就坐在我腿上。记者其实也穿大氅,他那个大氅居然欺负我这个大氅,所以我有誓愿,从此不穿大氅。中国人缺乏公德,于此略见一斑。可叹!

---

①《教子》:《三娘教子》。　②苏兰舫:当时的著名京剧女演员,工青衣。　③配点儿:按节奏击打。

不够资格

1921年3月14号

亦　我①

前天下午,在地安门澡堂沐浴,就听隔屋官堂②内,有两个人闲谈。这个说:"兄弟,你的事完了没有?"那个说:"我们没完。他倚仗着官面儿的势力欺负我。告诉大哥说,我的买卖不开了。咱们弟兄们有朋友,某军司令部,咱们认识人,一句话就能拆他的阁子③(阁子是国家的,并不是他家的)。"这个说:"准能行的了吗?"那个说:"你瞧着,来几个人,他就得傻。"两个人说了个津津有味。究竟是那条大街的事情,可不得而知。中国下等人,就欠教育,何为法律,那叫公德,一概不懂。沾官面儿的人,往往借着官势欺人。被欺的主儿,要是有个门子,又能假借势力挟制官面儿。现在军界势力盛,多有借着军界势力欺人的,而军界也肯为人利用。日前某处军人大拆油盐店,就是这宗德行,甚至于借着外人势力欺负同胞。万总归一,叫作不够资格。曾记庚子年间,北城有奉教④赵某,在未破城之先,颇受邻人玉某之欺,几至全家丧命。玉某系团匪⑤一分子,破城后恐赵某报复,逃至城外。有人怂恿赵某,借外人势力报仇,赵某说:"玉某害我,并不怨他,实在被魔鬼所使,况且也没把我害死。究竟⑥他是中国同胞,借着外人势力欺负同胞,不但对不起良心,也对不起上帝。"玉某听见这话,登门陪罪,长跪不起,两个人从此成为莫逆之交。宗教家存心行事,究竟与人不同。前日澡堂子那两个人,要听见赵某这件事,大概愧悔交集,也许不倚仗某军司令部的势力了。

---

①亦我:蔡友梅的另一个笔名。　②官堂:浴池中有盆浴的上等单间。除了洗澡,还可以理发、修脚、饮茶、吃东西,甚至让伙计把酒饭叫到官堂来吃。　③阁子:警阁子。　④奉教:信教。
⑤团匪:指义和团。　⑥究竟:毕竟。

我要愧死

1921 年 3 月 15 号

梅 蒐

　　本月十二号，记者赴津访友，乘坐早八点半京奉快车，与两个日本人同坐头等房间。正要开车，来了一个某军宪兵，还拿着一张报纸。记者因为他手拿报纸，必是文明宪兵啦，谁知大谬不然。那天因为有风，天气极冷，这位宪兵先生向我说道："春天会这们冷，他□□□①的。"他撒的这句大村，我不能写出来。话又说回来啦，他们贵省，说话就带骂话儿，或者是助语辞，粗野之人，我也不恼他。后来他把我往后一拨拉，靠着玻璃一坐，用手拍着桌子，大唱二簧。先唱《朱砂痣》，后唱《失街亭》(倒没唱失库伦)，唱比哭还难听，刘瘸子②听见都能气死。他这们一唱不要紧，招得两位亲善的外宾，注目而视。后来又改了戏啦，先唱莲花落，后唱时调小曲儿，直仿佛由顺天府出来在车上唱的声儿③。两位外宾憋不住，哈哈大笑，彼此一打东洋乡谈④。记者不通日本话，他们说的是什么，我也听不出来，据我想着，大概决不能夸罢。两位东洋朋友一乐，他有点不得劲，回头向我说道："你老瞧，我唱他们乐，也不知乐的是什么？"这话您让我怎么搭岔儿？后来到廊房⑤停车，隔壁屋子有地方儿，我赶紧躲开啦。那天闹的我心里好难过，早饭我都没吃。按宪兵资格，为军人之模范。日本宪兵直隶于天皇，军队的宪兵，如同社会的警察，地位最为高尚。该宪兵这宗举动，实在咄咄怪事。宪兵闹这宗现像，偏让日本人看见，我真要愧死。

---

　　①□□□：原文如此。　②刘瘸子：刘鸿声(1879—1921)，有人写做鸿升或鸿生，字子余，号泽滨，顺义人。京剧老生名家，以嗓音高亢、挺拔、流利而著名，但因为跛脚，不善做功。　③由顺天府出来在车上唱的声儿：指死囚被斩前在囚车里唱的声儿。　④打东洋乡谈：说日语。　⑤廊房：廊坊。

第九支局

1921年3月16号

梅 蒐

火车、轮船、电报、邮务、电灯、电话之类，无论官办商办，都算是维新的营业。多们维新，既然接人家钱，就算买卖生意，买卖就得说买卖话，那才对呢。无如中国维新的买卖，弊窦丛生，花钱让你不舒服。电灯不必提，电话自经各界嘈嘈，比从先倒是改良。轮船我不常坐，内容不深知，不敢妄说。电报我打过两回，就是对待人太扬气①。你很②他低声下气，他跟你趾高气扬。这些个事还不说，火车的毛病最大。别的路都不提，惟独京汉路，有一样不讲理，由性儿③苦④卖票，并不多挂车。记者买过两回二等票，一回坐的是三等车，是⑤回连三等车都没坐上。大概除我之外，受这宗制的不乏其人。因为坐二三等车的，都没有多大迸儿⑥，所以甘受其苦。这些个事人所共知，不便细提。至于邮务，虽然不能十分完全，较比从先，倒是颇有进步。友人杨京华君，暂住高升公寓，日前伊友给他寄了封信。因为地址写的不清，经第九支局费了若干手续，邮差找了两天，倒⑦底把这封信寄到，杨君非常感激。这件事虽然是小事，关系很大。该支局如此尽心，无愧"责任"二字。各邮局要照第九支局克尽责任，岂不是一件好事？中国维新的营业，要都像邮务第九支局，岂非人民幸福？

---

①扬气：谱儿大。态度傲慢、架子大。　②很：应为"跟"。　③由性儿：由着性子，随便。
④苦：死乞白咧。　⑤是：这。　⑥没有多大迸儿：没什么来头，不太能折腾。迸：应当是"蹦"。
⑦倒：应为"到"。

哭马刘李三君

1921年3月17号

梅 蒐

北京有句谚语,是"好人不长寿,祸害一千年"。这个"好人"俩字,按表面论,总得忠厚慈善、道德君子,才够上好人的资格。可是真厚志①慈善、道德君子,求之于现在社会,又有几个?记者对"好人"俩字,另有解释。有一长可取,没有大毛病,就算好人。一个人顶立一家的事情,阖家大小指着他养活,也算好人。创立半生事业,小有名誉,也算好人。与社会小小有点益处,也算好人。有点特别的能为人,也算好人。总而言之,难得的人就算好人。自阴历正月以来,记者知道的,就死了三个好人。第一是北城名医马春波,素日热心济事,虽然出马②,没有大夫的习气。三十七岁,并没有子嗣,忽于灯节暴病而亡。家中抛下老母妻女,闻者无不伤心。第二是伶界巨子刘子余③,鸿声之死,已见各报,无须多赘。子余之艺,虽不十分完全,在今日总算难能可贵。壮年长逝,令人惋惜。第三是《国强报》总理④李茂亭,日前因疾暴卒。李君人极聪明,办事亦有魄力,早岁开通,在报界二十多年,社会知名,行年四十四岁,居然竟归道山。最可叹的是,家无积蓄,身后不堪设想。以上三君,在如今社会上,总算是好人,然而俱不长寿,实在可为一哭。马君系属新交,李君是多年朋友⑤,刘君有一面之交,内容⑥我也知道,三君虽是好人,于卫生之道,都不甚讲求,所以不享大寿。如此看起来,卫生之道,为人不可不讲。

---

①厚志:能为他人着想,对人好。 ②出马:出诊。 ③刘子余:刘鸿声。参见3月15号注释。 ④总理:相当于总经理。 ⑤李君是多年朋友:办《国强报》时,蔡友梅当过副经理,还连载过十几篇小说。 ⑥内容:指有关他的事情。

小　　说

1921年3月18号

梅　蒐

　　西哲说过,小说一物,有左右世界的力量,要打算改良政治、风俗、学术、人心,非先改良小说不可。这话猛听,似乎太过,细研究,确有至理。诗文、法律、科学、哲学,不定人人都爱瞧,可是没有不爱瞧小说的。中国的旧小说,向有高低之分。如《水浒》《西游》《红楼》《西厢记》《金瓶梅》等书,那算是高的。《三侠五义》《施公案》《济公传》等书,那算是低的。其实高低之分,是就文章而论,内容的事情,没有多大分别。反正离不开贼盗、淫乱、迷信,不然就是小姐公子、奸臣忠臣、金殿封官、洞房团圆等节的事情。至于最下等,诲淫教科书,更不堪一提。新小说,除三五种稍有可观之外,其余也是千人一面,变像①的家人②才子。维新以来,小说盛行,学生、妇女,尤其爱看小说。真能改良,因势利导,与风俗人心有绝大的关系。无如小说家迎合社会的心理,不是说拆白,就是论嫖案,败坏风俗,引人入胜,害处非常之大。虽然也有原因结果、善恶循环,不过就是尾声那几句,要不瞧末③一回,简直的麻烦。现在人心险恶,道德沦丧,虽不全由小说所致,而不良之小说,影响也很大。有整饬风俗责任者,亟应注意也。

①变像:变相。　②家人:应为"佳人"。　③末:最后。

人多的原故

1921 年 3 月 19 号

梅　蒐

　　十六日下午,被友人约游农事试验场①,乘坐环城火车归家(由西直门至东直门)。同车有一个老者,六十多岁,同着一个二十多岁的少年闲谈,正与记者坐在对面。他们所谈的话,我是正听。少年说:"他这一跑怎么样呢?"老者说:"我得给他垫钱哪。'管闲事,落不是',就是这个事。"少年说:"听他说话挺文明的,怎么办这个事呀?"老者叹了一声,说:"这年头儿,别听说话,一嘴的仁义道德,一心的男盗女娼。得了,我不往下说啦。说好的,不行好的,就应在如今了。不必说他,比他高的主儿,竟干丢人对不起鬼的事情。你看现在诈欺②拐骗的事情,那天没有几挡子?习以为常,也都拿着不当回事了。上行下效,简直成了这们一宗风气。万总归一,是人多的缘故。三十年前,中国人号称四万万有奇。现在何止六万万。实业又不发达,奢华一天比一天厉害。吃惯花惯了,③一点生利的能力,穷极无聊,挺④而走险,可不是就干这个事吗?你别瞧拉洋车的,那是好汉子,凭力气换钱,不算憨蠢⑤。可是拉洋车也不算是正当的营业,都拉洋车谁坐呀?要是根本解决,非限制生人不可。要打算限制生人,非限制早婚不可。城镇的地方还好,到了乡下,未及岁⑥就娶妻,那个流弊是非常之大。"说到这里,车到东直门,记者下车归家。想起老者所说的话,很有点道理。当时笔记,以作今日《余谈》。足见老年人也有明白事理的。老年人顽固,这句话殊非定论。

---

①农事试验场:后改名为"万牲园",即现在的北京动物园。　②诈欺:欺诈。　③此处大概少一"没"字。　④挺:应为"铤"。　⑤憨蠢:寒碜。　⑥未及岁:未成年。

朱亚民撞木钟[①]

1921 年 3 月 20 号

梅 蒐

西城一带,有个姓朱的,号叫亚民,别号又叫什么一侠。原籍通州,他可能说天津话。在某营当过司书[②],因为舞弊被革。在郑州贩过黑货[③],同伙犯事,他逃回北京,勾串赌匪陈某等等,组织过游行赌局[④],曾被报纸揭载。勾结几个光蛋[⑤],出口[⑥]办过矿,骗了些个钱。二次回京,长了一身贵恙[⑦],在火房子[⑧]里住了半年,居然没烂死。在齐化门外又骗了人家几个钱,置了一身行头,在天桥儿卖过野药,还摆过卦摊子。去年冬天,花了五块钱,置了一件破大氅,居然也手提文明杖,自称是报馆访员,到了茶馆儿、酒肆儿,胡吹一气。日前友人在德胜门外小茶馆儿品茶,正赶上他在那里吹牛。据他说,五十多家儿报馆,推门儿就进去,各报经理、编辑,都跟他吃喝不分。友人听他说的邪行[⑨],稍微一盘问他,说了个驴唇不对马嘴,后来见事不祥,溜之乎也。他这点历史,是一个拉车的陈二秃给他宣布的。此人有三十上下,白净子儿[⑩],大眼睛,两耳有点扇风,说话贼眉鼠眼,满脸的毛病。据陈二秃说,他并不姓朱,他舅父姓朱。他原姓董,当司书的名子[⑪],可又叫李什么,反正没有准姓。这个人诈欺骗财,无所不为,并且包揽给人更正新闻,其实都是撞木钟。那个报馆他也不认识,奉告那一带商家住户,对于此人,要多多的注意才好。

[①]撞木钟:骗人。 [②]司书:管文书的工作人员。 [③]黑货:指鸦片。 [④]游行赌局:没有固定地方的赌局。"东西南北城、大转四门,每一处至多搁上三天,就换地方儿"(1920 年 11 月 10 号《益世余谈》)。 [⑤]光蛋:穷汉。 [⑥]口:张家口。 [⑦]贵恙:指性病。 [⑧]火房子:最下等的旅店,经常是乞丐的住所。 [⑨]邪行:异乎寻常,贬义。此处为程度深,也是贬义。 [⑩]白净子儿:白脸。 [⑪]子:应为"字"。

赚钱造孽

1921年3月22号

梅蒐

药铺一本万利,日前《余谈》中①,已然详细说过,如今不必多赘。日前记者又犯肝气,自己开了一个单子,无非是草根树皮,很没有贵重药品。在②城某药铺抓了一剂,价钱是三十枚铜元。记者觉着很贵,后来一想,或者因为加捐长税,以致药材涨价,也未可知。昨天出崇文门有事,带着原方,又在庆仁堂③抓了一付,药价居然十五枚,一差会差一半,这事未免出奇。要说庆仁堂启意④赔钱,世界上没有这宗理。要说他也赚钱,东城这个药铺,赚头未免太大了。东北城一带,寒家居多,赶上这宗年月,窝窝头还吃不起呢,那里有富余余钱吃药?再一说,得个紧急的症候时,谁肯奔到南城抓药去?贪图近便,吃一半亏,不但多花钱,药还不定怎么样。昨天跟友人刘君谈及此事,刘君系药行出身,现在改行,在警界作事。据刘君云,庆仁堂这剂药,十五枚准可以赚五枚(三成多利),东城某药铺这剂药,三十枚准赚二十枚(六成多利,简直就说七城⑤利)。穷人吃药,本就不定怎么来的钱⑥,一赚就是七成利,这不是不杀穷人不富吗?旁的买卖,有一定的行市。就拿粮行说罢,这个铺子跟那个铺子,一斤白面,万没有一贵贵好几枚的道理。惟独药铺,居然没有考究,钱越赚的多,孽越造的大。您就瞧近来药铺这分修理门面,您就看出他们一本万利来了。

---

①日前《余谈》中:1921年3月2号登过《羚羊》。 ②此处少一"东"字。 ③庆仁堂:北京老字号药铺,在珠市口。 ④启意:起意。 ⑤城:应为"成"。 ⑥不定怎么来的钱:不知道怎么想方设法弄来的钱。

小绺①送烟袋

1921年3月23号

梅 蒐

友人德少泉,开通最早,前二十年就讲维新,可是一切的装束打扮,非常守旧,并且没有杂②新的嗜好。现在普通流行讲究抽纸烟,他老先生还是旱烟袋、皮烟袋荷包,猛一瞧好像粮食店人掌柜的。家里有十几处小房儿,每月进个四五十块钱,人口又简单,倒是吃着③不尽。前天阴历初十,德君赴隆福寺闲游。到了下午三点多钟,德君家中去了一个姓刘的,碎催④的神气,衣履还整齐。据他说,德先生在庙上遇见熟人啦,同人上饭馆儿吃饭去了,让他取五块钱,恐怕家里不信,所以把烟荷包、烟袋拿回来,作为证据。德君的夫人一看,烟袋一点不错,的确是德君之物,登时就要拿钱。那天正是星期⑤,德君的少爷正在家,一乳名二秃子,今年十三岁,当时向他母亲说道:"这家伙一定是小绺,吃⑥下烟袋来,又朦钱来了。"德太太一听也有理,当时把烟袋留下。姓刘的问:"那五块钱怎么样?"二秃子说:"你先去罢,五块钱我们自己送去就是了。"姓刘的翻了会子白眼儿,垂头丧气而去。姓刘的将走,德君就回来了,一进门儿就抱怨,说:"我把烟袋丢了。"二秃子说:"我捡了一分儿烟袋。您瞧好不好?"德君一瞧,十分诧异。后来一细说,阖家彼此大笑。最可笑的是这个小绺,原打算指着烟袋骗钱,没想到钱没骗成,烟袋倒让人扣下了。可是德君的少爷,十三岁小孩儿,居然有这宗智转⑦,足见新世界的儿童,脑筋是比旧日的小孩儿灵敏。可是话又说回来了,还得栽培德行要紧。

①小绺:小偷儿。 ②杂:应为"维"。 ③吃着:吃穿。 ④碎催:跑腿儿的(贬义),狗腿子。
⑤星期:星期日。 ⑥吃:小偷的行话,偷。 ⑦智转:心智。

夜战马超

1921年3月24号

梅 蒐

昨天被友人约赴隆盛居吃饭,因雅座没有隙地,只好在前面散座小酌。邻桌有一个饭座儿,说话动作,迹近土匪,外跟跑堂儿的玩笑。后来有个某甲问他:"这两天怎么样呀?"他说:"多少使着点儿①。"某甲说:"白天有没有呀?"他说:"正月那几天,白日倒是有,这两天紧乎一点。我们属马超的,竟夜战呢。可是也得有个巡风的。"某甲说:"这两天开②呢,可是③推④呢?"他说:"也开,也摇⑤,也推。见天四五十口子,倒是很热闹。"某甲说:"掌柜的是谁呀?"他伸了两个指头,又伸了三个指头,随后说道:"品字儿(土话管行三叫品字儿)倒不常去,两道子(行二)是见天露⑥。这块事仗着他扛着呢。"某甲说:"这个事儿也很悬哪。"他说:"悬什么,你当就是我们这一处呢,还有比我们热闹的地儿哪。"某甲说:"还有那里呀?"他说:"你少打听罢,下宝是报哪⑦?你这里问案来了,让人听见登了报怎么好哇?"某甲说:"你告诉我怕什么的。"他说:"在这里不能说。咱们澡堂子聊去罢。"说着一同去了。听这个话岔儿,一定是一块没立案的毁人炉⑧,地址究竟在何处,他可没说明白。现在民穷财尽,生计困难,城里头闹窃案,出城儿里地,就讲路劫⑨,再加暗中有毁人炉,与地方治安有绝大的关系。有保民责任者,似应随时注意也。

---

① 使着点儿:指赚了点儿钱。 ②开:开宝。 ③……,可是……;……,还是……。 ④推:推牌九。牌九:32枚骨牌,4个人玩儿。 ⑤摇:摇滩。在桌上画四个格,写上一、二、三、四,让赌钱的人下注。然后把四个色子扔进罐里摇,再倒出来。把色子上的点数相加,除以4,如果除尽了,赌"四"的人赢,如果除不尽,余数为几,则几赢。如十五点,是赌"三"的人赢,十六点,是赌"四"的人赢。 ⑥露:露面。 ⑦下宝是报哪:下了什么宝怎么能说呢?意思是不能告诉你。 ⑧毁人炉:指赌场。 ⑨路劫:拦路抢劫。

选 举

1921年3月25号

梅 蒐

友人胡君,曾在美国留学,赶上该国两次选举。据胡君说,华盛顿(美国都城)国会选举投票时,举国若狂,非常热闹。选举投票所门庭如市,凡够选举资格的,皆亲往投票,人人以放弃公权为可耻。是日来往行入①,所谈者无非选举,大小商家,所谈者无非投票,及劳动家②亦皆重视选举,全城一致,精神飞越。虽亦有竞争运动,无非政党之争,从无陇③断包办之事。反观我国,则大谬不然。内幕腐败情形,满城风雨,姑不具论,除最少数恶绅把持武断之外,其余一般人民,对于选举投票之事,淡然漠然,毫不注意。本月二十一日,为京兆④初选举投票之期,大街小巷熙来攘纭,从无人谈及选举一字。园馆居楼,欢呼畅饮如故;公园市场,闲游取乐如故;戏园小班⑤,兴高彩烈如故;工商两界,甚至有不知此事者。以视美国国民,殊有天渊之别矣。但我国民对于选举之冷淡,亦分两派。甲派因上两届选举之黑暗,议员之糟心,明知此次与前无异,决无良好结果,个人既无门路,又无希望,故抱消极之态度,取旁观主义。乙派则无识无知,于选举一道,一概茫然,故慢⑥不关心,行所无事。以北京市民论,除不够选资格者不计外,其够选民格⑦者,以上两派占百分之九十九,故于初选举投票之日,竟发现此种冷静状况。首善之区,选举大点,现像如此,亦可怪也。虽然,彼抱消极态度与行所无事者,虽云放弃公权,尚不失高尚之人格也。悲夫!

---

①入:应为"人"。 ②劳动家:劳动者。 ③陇:现写作"垄"。 ④京兆:北京地区。北京地区清代叫顺天府,1914年改为京兆地方,1928年改为北平。 ⑤小班:也叫"清吟小班",上等妓院。里面的妓女通常都是有才艺的,只陪着客人喝茶、饮酒、弹唱,不卖身。 ⑥慢:应为"漫"。 ⑦格:即"资格"。

鸟 儿 连

1921年3月26号

梅 蒐

  执友①蒲芝园前辈，昨天因事来舍，谈到库②、叨③失守，军阀坐视不救，并且有心有肠的作寿，各界人士花天酒地，照旧取乐，实在骇人听闻。彼此叹息了会子。蒲君对景伤情，想起一件故事来。据说光绪年间，北城有旗人小连，人称鸟儿连，因为他素日最爱养鸟，家中有一个净口百灵（百灵专学各种鸟音，能学十三套口。净口百灵最为值钱，每逢开叫，那一套挨那一套，秩序一点不乱，所以叫作净口百灵），小连视为性命。他爸爸七十多啦，想肉吃他都不给买，喂百灵的羊肉，是不能缺的。有一天他爸爸得了痰疾，偏巧赶上百灵起了尖啦（起尖是养鸟家的行话，就是生炎，半日不治准死），小连急的要死，他爸爸在床上喘气儿，他也顾不了啦。听说西城有个鸟儿贩子，善治禽鸟起尖，雇了一辆快车，忙忙的去了，花了不少钱，买了一包药来。进了街门就问："怎么样了？"他女人以为是问他爸爸呢，当时答道："将喝了一口粥米汤，现在还是倒气。"小连说："浑蛋，没问你床上躺着的那个，问的是笼子里那个。"哈哈，百灵会比他爸爸至重，实在是件怪事。蒲君说完这段故事，我说："老先生未免言之太过，地球上那有这个事情？"蒲君说："这实在是件真事。现在这类人也有。就拿现在的阔人儿说，库、叨、乌④都丢了，一点不往心里去。他们还打牌、宴乐、听梅兰芳呢。与小连又有什么分别呀？"

---

  ①执友：志同道合的知心朋友。　②库：库伦，即今乌兰巴托。　③叨：叨林，位于库伦东南100多公里，现在蒙古国境内。在俄蒙军进攻下，1921年3月11日失守，中国守军退兵至乌得。当时，军阀各怀私心，前线吃紧，北京政府调兵调不动，只有张作霖主动请缨，但北京政府不许。　④乌：乌得，位于库伦东南500多公里，现在蒙古国境内。1921年3月13日失守。

纵 妻 论

1921 年 3 月 27 号

梅 蒐

东城小街，住户某甲，系某高等学校毕业生，曾在南省充当中学教员，前岁被辞。家居小有积蓄，均交伊妻掌管。伊母七十多岁，由伊兄担任养赡。某甲虽同院居住，概不闻问。伊兄原在某部当差，近来亦被辞赋闲。伊母因伊兄儿女太多，担负甚重，打算归某甲屋中吃饭，某甲大不认可，伊妻尤为反对，挑唆某甲坚辞拒绝。日前伊母与伊妻，口角了几句，某甲向来纵妻，当时大发雷霆，与伊母大起革命。两只改造眼圆睁，奋斗了一场，将屋中破盆烂碗，摔了一大堆（女人嫁妆他舍不的摔）。伊兄嫂因其纵妻虐母，责备了几句。某甲说，现在是自由时代，女子应当解放，不能受婆母的专制。我辈讲新学的人，不能尽孝云云。伊兄看他不可理喻，只得把老母劝到自己屋中。老太太大哭了一场，经邻人劝解了一番，这个问题，算是解决。伊母闹了半天，仍旧归伊兄供养。哈哈，高等专门毕业的人，敢情也有这宗德行的，真要把我这腐败鬼笑死。可是这也难怪，本来，新学理我这古人奴隶走狗是不懂得的，或者这宗举动合乎新道德，也未可知。可是"非孝论"，我听他们新人儿讲究过，至于这个"纵妻论"，也不是谁发明的，我质问质问。

怪信何来

1921年3月29号

梅 蒐

日昨下午接了一封怪信，署名为"戏梅居士"，今将该信照录加注如下。

"久读大著，钦佩亦深（不要这个亦字才好），瑕瑜互见（这倒是实话），不能日日满敝人之意（对不住的很），惟阁下对于打牌一事，屡次痛诋（我简直的不赞成），先生过矣（好说，先生）。自古人生在世（要来六言杂字①呀），终日奔忙，不能无愉快性情之事（愉快性情之事甚多，何必单打牌呢），打牌最能养神（耗神）。现在上至军政要人，下至劳动者流，不打牌者，又有几人（我就现在不打牌吗）？阁下谓'好人不打牌'（不打牌虽然不能算好人，可也不能算坏人），此言尤过。现在打牌已成风气（好风气。这宗风气，将来准能亡国），谁也禁止不了（诚心禁止，怎么会禁止不了），而阁下屡屡出深恶痛绝之言，未免讨厌（我讨厌，是你讨厌哪？）。要是没有《余谈》材料（材料多的很呢），鄙人送给你几段（我谢谢啦），何必单跟打牌人作反对（讲究讨厌吗）？现在梅蒐的名誉，很有一点（岂止一点呢），凡读《余谈》者，都以阁下比作梅兰芳、金少梅②（别骂人啦），三梅并称（搭上梅荣斋③，凑四梅好不好）。既有小小名望，何必再作此讨厌文字，招人抱怨也（不招抱怨，我吃不下饭去）。直谅④之言，请阁下三思之。戏梅居士拜拜⑤（我万福啦）。"

---

①六言杂字：小孩儿初学认字的时候使用的六个字一句的课本。　②金少梅：京剧女演员。本姓赵，字韵琴，京剧名角金月梅之女。师从"同光第一青衣"时小福，与碧云霞、琴雪芳同称"坤伶三杰"。　③梅荣斋（？—1925）：京剧演员，工花脸。　④直谅：正直诚实。　⑤拜拜：汉族妇女行的礼。上半身前倾，腿微曲，双手握拳，左手在右手上，微微上下晃动，同时说吉祥话，如"万福"，所以叫"万福"，也叫"拜拜"。普通写信应该写"拜"，此处，戏梅居士大概多写了一个字。

小民该死

1921 年 3 月 30 号

梅 蒐

　　日前下午有一辆提署①预防队②的汽车，因为出发救火，走在东四牌楼迤南，这位司机③的先生，也不是怎么一股子劲，由马路惊逸（骡马车常有惊逸之事，俗话叫作惊车。如今汽车惊逸，实在特别），斜着开下西边便辙④，把路旁柳树闯折，还是小事，最可惨者，是便辙上停着一辆人力车，猝不抵防，连车带人闯倒，车碎了不算，拉车的脑浆迸烈，当时毙命。汽车好在没跑，火没救成，倒伤了一条人命。这类事乍一看，好像没有什么，本来汽车伤人之事，层见迭出，应有尽有，算不了一回⑤。不过这次该车闯人，出乎常轨之外。要是在马路上闯车，还有情理可讲，居然往便辙上开，实在邪门儿，无愧乎"横行"二字。再一说，救火的汽车，何等重要，官雇的司机人⑥也应当比寻常司机人手术⑦高强才对，谁知道手术更劣。要按迷信说，总算这个拉车的该死就完了。落到拉车，还有什么多大来历？有家属的，给点恤金，要是无名男子、外乡人，不过抬埋而已。好在触电挨轧，有例可援，人命至贱，花不了多少钱，就能了事⑧。再一说又是官车，更没问题了。假令要是有势力的被轧，多少总得有点麻烦。游艺园被难的燕小姐，那不是一个榜样吗？这年头儿讲究的是势力，现在游艺园要开张，也是势力的关系。万总归一，处在这个年头儿，没有公理可讲，小民该死就完了。

---

①提署：步军统领衙门，负责京城保卫、治安、市容等等，在帽儿胡同内。清代设立，1924年撤销。　②预防队：大概应为"消防队"。　③司机：开车。　④便辙：便道。　⑤此处少一"事"字。　⑥司机人：司机。　⑦手术：技术。　⑧了事：解决问题。

都统也有清廉的

1921 年 3 月 31 号

梅 蒐

　　日昨赴西城友人家贺喜，友人系旗族，故来宾中多系在旗亲友。同席有一位老者，系正黄汉军①人氏。据老者云，各旗放饷，数目多少不同，其中细情，一言难尽。自本旗（老者自称）自鹤松亭都统到任以来，整顿一切，力除积弊。自民国成立以来，旗员自都统以下，均无俸米，每月全仗由兵饷中，浥彼注兹②，以资敷衍，相沿成风，已成通例。惟鹤公到任以来，不但本人毫无沾染，及副堂③卓凌阿、都凌阿二公，亦皆两袖清风，故本旗兵饷，较比他旗，每名多领五六枚铜元，且挑选官兵各缺，一秉大公，阖署无不感戴。日前官兵人等，公送扁④额一方，其文□"秉公惠众"，于阴历十六日，在本旗署大堂悬挂，先是鹤公闻□挂扁之举，因官兵非常困苦，极力辞却，孰知各官兵人等，出于至诚，且扁额业已制成，无法挽回。故于是日悬挂云云。按送旗、挂扁之事，非长官要求，即属下拍马，陈陈相因，以成俗套。况北京旗、营各署，凡有属下送扁者，均挂于长官私宅，今则悬于公署，殊为各旗署罕见之举。若非鹤、卓、都三公之廉洁慈善（现在旗人到这步天地，少抠一个钱，就算慈善），曷克臻此⑤？书之以为各旗劝。

---

①正黄汉军：汉军正黄旗。　②浥彼注兹：应为"挹彼注兹"。从别处挪过来放在这里用。　③副堂：指副都统。堂官：中央各部门的长官以及府、县的最高长官。　④扁：匾。　⑤曷克臻此：怎么能做到这样好呢？

护兵与马车夫

1921年4月1号

梅 蒐

近二年来，记者对于繁华所在，轻易不爱涉足。要说抱消极主义，从先我也没抱过积极主义。要说清高，我更不配。也不知道是怎么一股子劲，到了热闹场中，我心里就难过。昨天被友相约，逛了一回烧残的东安市场，看见两位女眷，带着两个护兵，由北往南而行。那天游人还是不少，稍形拥挤，护兵因为前头的行人，挡了女主人的道，用手乱拨拉，这分蛮横就不用提了。记者看着，心里好不舒坦，赌气子同着朋友出了西门。将往北走，看见一个赶马车的①，用鞭子大抽人力车夫。巡警不敢干涉赶马车的，倒直跟拉车的嚷，赶马车的还直骂。拉车②既挨打又挨骂，又挨巡警的嚷，忍气吞声，拉着车往西而去。片刻的功夫，就遇见这们两件事，您说这个热闹场中，是去得是去不得？中国人的毛病，专一倚著势力欺负同胞，下等人殆尤甚焉③。虽然，护兵与赶马车的，无识无知，原不足责，最可恶的是他们的主人，素日要不倚势欺人，手下的碎催，也万不敢如此叫横。至于当巡警的，更不能责备他。假令真要把赶马车的带到区里去，来一个电话，署长都能吃不住劲，巡警更不用说了。这类的事情，那天都有些挡子，不由的让你生气。可是话又说回来了，可生气的事情恨④多，护兵与马车夫，其小焉者。

---

①赶马车的：当时坐私人马车的，主要是当官的，也有一些富人。 ②此处少一"的"字。
③殆尤甚焉：危害更大。此处指更厉害。 ④恨：应为"很"。

相士造谣

1921年4月2号

梅 蒐

前天赴安定门大街闲游,看见路西粮店门前有一个相士,五十多岁,搭拉着一条前清的朝粹(辫子),摇头晃脑,挑眉立目,说话神气烘烘。据他说,中国相面,没有真的,惟独他是真的。前三门外,这个神仙,那个铁嘴,满都是生意。别瞧一相一两块,整本大套的朦事。别瞧他穿章儿①不好,肚子里有活(竟屎)。他这家相法,是真人所传,异人所授,能够前知五百年,后知五百年,断吉凶、决生死、看富贵寿夭,板上定钉。某督军、某省长,用专车接他,他都不去(他怕人把他枪毙了)。当时这路邪吹,越说越离光②,围着这群人,被他拍③的点头咂嘴儿(记者也在旁边儿站着,我可没点头)。他说这些个生意口④,不过是朦人骗财,原不要紧,后来他给一個⑤人相面,他说这个人必戴红顶子⑥。这个人说:"现在是共和时代,那里戴红顶子去?"他说:"这你可别瞧,现在的事情,没有准章程。"跟着说了一大套,反正都是惑乱人心的话。现在北京方面,本来无根的谣言就很多,无知无识的人,一倡百和,无中生有。再有这宗生意人,揣摩下等社会的心理,信口胡云,所为招徕他的生意。他这一招徕生意不要紧,愚人受其影响,与治安有好大的关系。有地方责任者,对于此辈生意人,应当随时监视。他朦人几个钱,不过为饿所逼,情尚可原。他要是摇惑人心,扰害治安,可非干涉不可。

---

①穿章儿:穿着。 ②离光:离谱。 ③拍:用大话吓唬人。 ④生意口:做买卖时说的使人相信的一套话。 ⑤個:应为"個(个)"。 ⑥红顶子:顶子:顶戴,清代官员帽顶上的饰物。品级不同,饰物也不同。最初,饰物上的珠子,一品用红宝石,二品用珊瑚,三品用蓝宝石,四品用青金石,五品用水晶石,六品用砗磲,七品是素金顶,八品是起花金顶,九品是起花银顶。因为官服、顶戴都是官员自己置办,所以乾隆以后,这些珠子,基本上都用透明或不透明的玻璃来代替了,透明的叫作亮顶,不透明的叫做涅顶。一品为亮红顶,二品为涅红顶,三品为亮蓝顶,四品为涅蓝顶,五品为亮白顶,六品为涅白顶。七品的素金顶,则为黄铜镀金,或者干脆是铜的。俗称,一、二品官员官帽上的饰物叫红顶子,三、四品的叫蓝顶子,五、六品的叫白顶子,七品的叫金顶子。

白话布告

1921年4月3号

梅　蒐

　　辛酉学会赌局被抄，警厅特出禁赌布告，引经据典，话语极其的沉痛。记者那天赴虎坊桥西有事，正赶这张布告将贴上，当时围了一圈子人，记者也在那里看了会子。布告的文章，作的非常之好，既严厉而且恺切①，一定是名家的手笔喽。虽然那天围着好些个人，不必说明白那篇文章的，念下句读来的都很少。您想寻常社会的人，谁肚子里有那些个典故？陶桓公②他又知道是谁？樗蒲之戏③，他又知道是怎么回事情？瞧天④半天，他还是不懂。记者倒懂得，吃亏我又不耍钱（家门无德，所以不爱耍钱）。这张布告，文章虽好，据我想，决发生不出多大效力来。再一说，禁赌的布告，是为让普通人看的，有学识的人，他也不看告示。不信您调查，有几个停住汽车下来瞧布告的？是⑤围着瞧布告的，碰巧穿章儿都不如我（我可不是库缎眼⑥）。有其⑦让他瞧了不懂得，何如让他瞧了懂得。记者的愚见，嗣后再有这宗布告，大可以用白话体裁，一面贴遍衢⑧，一面送交各白话报馆，烦登《演说》⑨栏内。各报馆也必然乐从。报馆那天，也可以省个演说的材料，花一枚钱瞧报的⑩也都看见布告了。岂非一举而三善备焉？区区管见，当局诸君，以为然否？

---

①恺切：中肯。　②陶桓公：陶侃（259—334），东晋名将，死后谥号为"桓"。　③樗蒲之戏：古代的一种赌博游戏，泛指赌博。　④天：应为"了"。　⑤是：凡是。　⑥库缎眼：势利眼，看见穿库缎的人就巴结。　⑦有其：与其。　⑧衢：大路。　⑨《演说》：当时报纸上的一个专栏。　⑩花一枚钱瞧报的：当时报纸一份一枚铜元。

开报馆之难

1921年4月5号

梅蒐

记者从先开过报馆,后来在各报担任编辑,如今还担任《大西北日报》编辑,并担任本报《余墨》、小说,及《京话日报》小说,每天总是四五千字。不必说编,就说抄写,也得几小时功夫。每天还要看几起义务要症①,星期一、三、四等日,还有模范讲演,不必说家务私事、亲友间应酬,见天竟这些个事,就很够我一忙的。况自去岁鼓盆②之后,井臼自操③,又添了一分困难,见天累的脑子疼。友人马君(西医)给我看过,他说我要不节劳,将来准得脑膜炎。我听他这句话很害怕,所以除去每天照例笔墨之外,多一个字我也不敢写,多一点脑筋我也不敢用,亲宾的来函,我都懒得答复,因此常得罪朋友。谁知有些个人,不明内容,不分界限,因为我在报界,北京大小各报的新闻,都疑惑我担任着(人家也不用我,我也怕累死),因此常受嫌疑。日前记者没在家,来了一个姓刘的,说是我给他登了报啦,一定求我更正。好在孩子们都明报界的事情,跟他演说了半天,他非见记者不行。后来友人胡君来舍,又劝了半天才走。究竟所登什么事,在那种报上,他也没说清。说是一半天还来,可也没见他来。其实各报的新闻,记者并不担任,且无暇担任。大小报另有访员,一般人不明界限,往往误会。记者不过是报界一个碎催,居然常招这些麻烦,开报馆之难,于此更可见矣。

---

①要症:比较重的病。　②鼓盆:妻子去世。　③井臼自操:家里的大小事情都要自己办理。

鼓掌欢送看戏的

1921年4月6号

梅 蒐

中国下等人,有一宗特性,这宗特性叫作奴性,又叫作不够资格。质言①之,可以谓之缺德。每逢到了公共娱乐场中,偏要叫横、斗脾气,搅乱秩序,扰害治安,外带着败人清兴。再②旁人看着也可厌,在他自己还觉得意。这宗讨厌的人,尤以戏场为最多。日前同乐园,正在演唱《棋盘会》,来了一个看戏的。那天人上的最多,俗话叫作"卖满儿"。此公来的又晚,简直的没有地方。卖座儿的直央求,说:"今天对不住,改日再补复③您罢。"谁知他等着听戏出汗,非听不行。往来穿梭④连带骂,他这分怯闹,真比台上热闹。楼上楼下的人,不顾听戏,竟瞧了他啦。后来给他找了一个地方儿,他嫌吃柱子⑤(对台的柱子挡眼,行话叫吃柱子),当时敬了卖座儿的两个嘴吧。卖座儿的不扰⑥,说:"现在人格平等,你凭什么打我?"正争吵间,巡警赶到,他还要叫横,巡警大声嚷道:"你扰乱秩序,逞凶打人,跟我走,我给你找个地方。"拉他就往外走。他并没抵抗,跟着人家就走啦。巡警往外一啦⑦他,楼上下不约而同,敬了一阵肉梆子⑧(巴掌),算是给他开了一个欢送会。哈哈,戏园子里鼓掌,照例都是欢迎唱戏的,至于全场一致欢送看戏的,实在未之前闻,有之,自同乐园欢送人始。

---

①质言:直说。 ②再:应为"在"。 ③补复:补给。 ④往来穿梭:来回走。 ⑤吃柱子:坐在柱子后面,柱子挡着眼。 ⑥不扰:大概应为"不饶"。 ⑦啦:应为"拉"。 ⑧肉梆子:鼓掌。

生　日

1921年4月7号

梅　蒐

北城住户某甲，系前清官僚，学问有限，俗气很深（因为没学问，所以俗气深）。在前清时代，坑国害民，卖缺①抠饷②（好考语），很弄了几个减天良、不道德的钱。每年到他的生日，必要叫厨子，找玩艺儿③，有两年唱大戏，至不为能④，闹一档子徐文狗公⑤。共和以还，差使取消，民国元、二年还支持一气，近来日见糟心，窝窝头还吃不饱，那里有钱办生日？阴历二月十五那天，是他老先生悬弧令旦⑥，某甲对景伤情，坐在屋中大哭之下⑦。街房过来相劝，问他为什么哭。他说："去年生日，还来了两家亲友，对付吃了一顿打卤面，今年面也吃不起啦，人也不来了，所以伤心。"这个牌儿名，就叫坐哭生日。世俗之见，往往如此。其实生日那天，并非喜庆之日，俗语有云，"儿的生日娘的罪"。按旧孝道说，也不必喜欢⑧。再说人生在世，明者长一岁，暗中减一岁，过一个生日，少一个生日，有什么喜欢的？再进一层说，多活一年，应当多长学问，多作功业，那才对呢。多抽几口，多打两圈，多搂两个钱，多买两个姨奶奶，这宗人多活还不如少活呢。他就是活到八百岁，与国家、社会有什么益处呀？近来有稍挣几个造孽钱的人，就讲办寿，一般马屁匠大贴其靴，这个生日下来，准可以赚几个钱。这那里是办生日哪？简直的是撒网⑨吗。记者今年四十九，按着世俗论，有个庆九之说，我就不拿他当回事。可是那天也居然就没人来，我可也没哭。因为都知道我不喜欢办生日，所以没人来。可是话又说回来了，还是我现⑩境遇不佳，假令我现在汽车得坐，洋楼得住，一

---

①卖缺：卖朝廷的岗位空缺，例如官员或士兵空缺。　②抠饷：克扣下属的饷银。　③玩艺儿：指戏曲、曲艺等。　④至不为能：应为"至不能为"，最不济，最少。　⑤徐文狗公：本名徐维亭，艺名"徐狗子"，北京人，演唱莲花落的著名艺人。　⑥悬弧令旦：指生日。古代，男孩降生，要在门口悬挂弓，表示祝贺。　⑦大哭之下：大哭。　⑧喜欢：高兴。　⑨撒网：找名目向大家要钱。　⑩此处大概少一"在"字。

等大绶宝光嘉禾①、文虎②,闹个什么威将军的头衔,元首都得亲书扁额,派代表祝寿,亲友更不用说了,我就是不喜欢办生日,也得由的了我呀?

---

①大绶宝光嘉禾:大绶宝光嘉禾勋章,北洋政府1912年7月29日设,1916年10月7日定有九等十级。一至四等授予将官,三至六等授予校官,四至七等授予尉官和准尉见习军官,六至九等授予士兵。 ②文虎:文虎勋章,北洋政府1912年12月设,共分九等。一至二等授予上等官佐,三至六等授予中等和初等官佐,七等以下授予士兵。

上坟得雇标客[①]

1921年4月8号

梅蒐

子舆氏[②]说过:"凶岁,子弟多暴。"记者八九岁时,老师给我讲《孟子》讲到这句书,我问老师,什么叫凶岁?老师把"凶荒饥馑"四个字,细讲了一回,又把"暴"字细批了一遍,至今印入脑筋。到了如今,我才知道孟先生说的话,是一点不错。去岁北省旱魃[③]为虐,飞蝗蔽天,又加着一出皖直战争的大武戏,算是凶岁完全造成。失业的穷民,真不知有多少万。这些个事情,人所共知,不必赘述。老弱无能的主儿,只好是坐以待毙。虽有慈善团体,设法赈济,无如杯水车薪,不能普及。桀骜不循[④]的人们,不能等死,为饿所逼,铤而走险,才作出明火、路劫的勾当。近来外郊抢劫之案,层见迭出。出城几里地,高兴[⑤]就许遇见暴客。这些个情形,各报上也都说过,更无须多赘。友人全子和,日前出城祭扫,走在土城之外,看见土坡子上坐着两个人,身穿灰色短衣,神气来的不对。全君没敢前进,二反[⑥]折回,算躲了一险,至今提起来后怕。现在节交清明,上坟祭扫者甚多,真要遇见路劫,原是慎终追远[⑦]的孝心,倒许招出惨祸来。劫去衣服财物,还是小事,把命饶上,祖宗倒断了香烟啦,岂不是闹成不孝了吗?奉劝好尽孝的诸君,赶上这个时代,孝心可以暂缓,打[⑧]张纸,家里烧得了,为上坟卖命,那倒对不起祖宗了。即或一定要去,非雇保标[⑨]的不可。

①标客:镖客。 ②子舆氏:孟子,名轲,字子舆。 ③旱魃:传说中引起旱灾的怪物。 ④循:应为"驯"。 ⑤高兴:没准儿。 ⑥二反:又。 ⑦慎终追远:要认真办理丧事,要祭祀祖先。 ⑧打:买。 ⑨保标:保镖。

辫子缠足

1921 年 4 月 10 号

梅　蒐

　　昨天饭后无事,因为小孩儿们春假放学①,记者要带他们到雍和宫观光,后来大小儿说,雍和宫大②乱,毫无意趣,不如出城散逛,倒觉新鲜。记者一听有理,当时准如所请,率领着四个孩子,信步出了东郭。正是绿柳才黄,远山如笑,郊原走了一遭,吸了点新鲜空气。四小儿口渴思茶,因此找了一个野茶馆儿③小憩。喝了两碗茶,买了点爪④子、花生,孩子们有吃的就安顿。茶馆儿里除去我们父子兵,此外有两个老者再⑤那里闲谈。就听甲老向乙老说道:"民国成立十年了,别的事情不用说,有两件事我就不解。第一事⑥辫子,第二是缠足。这两件事,你说有多们怪。"乙老说:"辫子是前清的制度,缠足并非由今日始。这有什么可怪的?"甲老说:"因其这个才可辫怪呢子⑦既是前清的制度,清家已然吹了,辫子怎么会还有呢? 再一说,由前清就提倡天足,怎么到了民国,倒没人提他了? 甚至于作官人家的女孩子,还有裹脚的。这又是怎么回事情呢?"乙老说:"你问我哪? 我也摸不清呀。"甲老说:"这两件事,看着好像不要紧,叫真儿说,国体所关,观瞻所系,也是最要紧的事情。表面的事情,都办不到,大事还办什么?"乙老说:"咱们当老乡民的,就倾着⑧交租纳税,少说闲话,少管闲事。"二老说到这里,四小孩子要回家,当时开了茶钱,摆驾回府。一路思来,别瞧甲老是个乡下人,所谈的未尝无理。这宗议论,野茶馆儿倒听的著⑨,您要到了青云阁⑩、劝业场⑪,就又拧了⑫。那地方儿所谈的,不是官迷财迷,就是寻花⑬捕雀⑭,可叹。

---

①放学:学校放假。　②大:应为"太"。　③野茶馆儿:在郊外设立的茶馆,多为临时的。
④爪:应为"瓜"。　⑤再:应为"在"。　⑥事:应为"是"。　⑦辫怪呢子:应为"怪呢。辫子"。
⑧倾着:应为"擎着",等等。　⑨著:着。当时"著""着"通用。　⑩青云阁:位于大栅栏,集购物、娱乐、饮食、品茶为一体的综合性商业娱乐场所。最高一层,有玉壶春茶社,是当时的顶尖儿茶社。　⑪劝业场:1905年由清政府创办的工艺产品展销馆,设在廊房头条。后发展为集购物、餐饮、娱乐为一体的大型商业综合楼。　⑫拧了:不一样了。　⑬寻花:逛妓院。　⑭捕雀:打麻将。

市　虎

1921年4月12号

梅　蒐

"市虎"两个字,出于《国策》(夫市之无虎明矣,然而之人言之则成虎①),大致的意思,是进献谗言的人多,能够以伪混真,就是不听谗言的人,架不住大家都那们说,你也得信。孔融诗云:"三人成市虎,浸渍能胶漆②。""市虎"两个字,原是喻言,叫真儿说,那一条大街上,也没有老虎(除去乳名叫老虎的不算),没想到如今满街上,居然大跑老虎③。老远的您就听风响,跟着就叫唤,到了晚晌,两只眼有如巨电,离着老远,光耀射人。风响处,行人辟易④,声吼处,阖市皆惊。要是躲之不及,轻则带伤,重则致命。您说这宗市虎,亡道⑤不亡道?可是话说回来了,内外城各街市,就是一只老虎,也还好办,现在有六七百只老虎,市虎横行,居民人等常被⑥惨祸。近几年来,北京方面,受虎伤的很多。好在有一样儿,市虎伤了人,多少还有点赔偿恤典,这总算是特别。要是由虎伤了人,一个野兽畜类,他还能赔偿吗?前天纪念日,记者前门坐车回家,走在丁字街北,忽然一阵风雷,市虎由后头就来了。拉车的又是个聋子,差一点就应誓⑦了。如今想起来很觉后怕。从先《封神榜》上,有一个申公豹骑着老虎到各处搬兵,专讲挑拨是非。如今阔人儿们,挣三百⑧钱以上的,都讲驾虎出游,横行于市,大概都是跟申公豹学的。人家申公豹还能搬兵,他们虽然驾老虎,就是不敢上库伦。

---

①原文为"夫市之无虎明矣,然三人言而则成虎"。　②浸渍能胶漆:原文为"浸渍解胶漆"。浸泡的时间长了,胶、漆都能解开。　③老虎:指汽车。　④辟易:躲避。　⑤亡道:厉害。　⑥被:遭受。　⑦应誓:发誓时说的赌咒应验了。此处指死。　⑧此处大概少了一"块"字。

临时医家

1921年4月13号

梅 蒐

　　北京各药铺，所售的丸散膏丹，皆系遵古炮制。古人制方，都是由学理、经验中得来，果然对症，很能发生效力。大凡医者，都明白古方，病家听医者之言，服用各种丸散，总然①不见大效，还不至于大拧②。但是社会习惯，再③一般贫寒之人，既请不起大夫，又舍不的钱抓汤药，往往有病向药铺里打听。药铺里的作买卖的，整天跟草根树皮捣乱，一知半解，也都明了一点。反正黄连是败火的，大黄是打肚子的④，人参是补气的，麻黄是发汗的，这些个浅理，谁都明白。再一说，丸散膏丹，都有方单⑤。此药专治什么，他们是知道的，所以药铺站柜的⑥，都是临时的医家。常见一般寻常社会的人，到药铺里打听病："借光，先生，我们那个小孩儿，发烧闹痰，夜里不得觉睡，吃点什么药好？"柜上的先生把眼皮一搭拉，把嘴一撇，大大咧咧的说道："内热停食⑦，遵赤丹、至宝锭吃了就好。"要是伤风咳嗽，一定是防风通圣，害眼是清心明目，这都是照例的套子。没见病人，楞敢给人出主意吃药，就是本人问病，不过是一句话，也不能登时诊脉。差之毫厘，谬之千里，时常的出毛病。这宗习惯由来已久，殊非慎重人⑧病之道。至应如何取缔之处，有保民责任者，应当想个万全的法子才好。

---

①总然：纵然。　②拧：错。　③再：应为"在"，对……来说。　④打肚子的：泻药。　⑤方单：配方。　⑥站柜的：站柜台的。　⑦停食：不消化。　⑧人：大概应为"治"。

改良《定计化缘》

1921年4月14号

梅 蒐

  德胜门外住户小关,从先在东直门住家,还是个宦裔。壬子之后,日见落魄,所以搬在城外暂居。近来穷极无聊,想了一个特别生财之道。他有一个盟弟某甲,先拉洋车,现在两个人搭伙骗财。小关因为在北城居住多年,亲友最多,他让某甲系上孝带子,假充怯口①(某甲专能学山东话),到各亲友家告帮②。这告帮的生意口,说的还是很熟。据他说,他这个把弟姓刘,行二,山东武定人氏。去岁年成不好,父子三人来京拉车。伊父日前染病,故在城外小店儿,他哥哥刘大,还在病中。说了个恳苦③冰凉,万人掉泪。某甲真哭真磕头,怯口学的非常之好。小关也帮著请安磕头,弄了个挺像。每到一处,一吊五吊不空,还有多给的。资财到手,他们到茶馆儿足吃一气,溜丸子辣酱,还得闹几壶。后来被人知道啦,他们也不敢往东城来了。现在可不知道又弊④什么主意哪。戏上有一出《定计化缘》,又名《僧道骗财》,原是全本《劝善金科》中的一段。如今小关跟某甲所为,比《僧道骗财》还觉巧妙。听说小关从先也是一个花将⑤,祖、父都作过官,造孽钱全叫他攘⑥了。如今会落得定计化缘,未免可叹。这就是官僚的一面镜子。

---

①怯口:乡下口音或外地口音。 ②告帮:请求帮助,指要钱。 ③恳苦:劳苦。 ④弊:憋,当时多写作"弊"。 ⑤花将:大把花钱的人。 ⑥攘(ráng):向空中撒。

无独有偶

1921年4月15号

梅 蒐

　　北城住户某甲，日前患病，请了一位先生，三十来岁，人极漂亮，穿章儿也很阔。某甲原是火热病，先生开了二钱酒军。病人不通医理，质问先生："酒军是什么药？"先生说："酒军就是大黄。"某甲说："有一宗大（音待）黄，就是大黄罢？"先生连连的摇头，说："不对不对。大黄是大黄，大（待）黄是（待）黄，两宗东西。"某甲有位亲戚在座，当时哈哈大笑，说："请问老先生，大黄跟大（待）黄，既是两样，大夫跟大（待）夫，也是两样了？"说的这位先生，脸也红了，脑筋也绷起来了①，忙忙的告辞而去。曾记三十年前，家严正在兖州任上，请了本地的大夫。家严爱说话儿，问他："当大夫不容易罢？"这位大夫摇头晃脑的说道："医道是很深，最不容易学。望、闻、问、功，这四样最要紧。""切"字他念成"功"字，也没敢吃他的药，给了他两吊钱，让他请了。这位望闻问功，跟这位大黄大（待）黄，真是无独有偶。连这个都不懂得，居然也给活人治病，活人也能让他给治死。天地间的事情，真是无奇不有。

---

①脑筋也绷起来了：意识到周围有对自己有恶意的人，心里戒备、恼怒。

土埋半截

1921年4月16号

梅 蒐

　　星期三下午一点，记者出城有事。走在东四牌楼迤南，忽然怪风怒吼，尘埃蔽天，一时走石飞沙，黄尘扑面，路上行人，相视若鬼。后来到某报社稍微休息，浑身的尘土，掸下真有八斤来，两眼也让沙子迷了，鼻孔里的土，都快塞满了。漱了口，洗了两盆泥粥，脸上的土还不净。反正回头还得着土，赌气子，我也不洗了。社役①给我倒了碗茶，里头都带胡椒面儿（尘土）。坐了一会儿，风更大，天更黄。事情没得办，赶紧坐车回家。彼时约有四点多钟，街上电灯都作白色，这分愁惨景象，令人生怖。古人词上有话，"天昏地暗，日月无光"，就应在那天了。好容易回到家中，进了街门，孩子都不认识我啦。后来一听语声，才知道是我。要过镜子来一照，打一个志目②，整本大套的《泥书生》③。窗户也都破了，屋门也刮下来了。晚饭带花椒盐儿④吃的。屋里的尘土，说有一尺那叫瞎说，真有十寸。晚晌风势更大，孩子们都害怕。我说："咱们吹灯睡觉，不管那些个闲事。"对付着掸了掸土儿，阖家安歇。我是躺下就着，第二天，尘土把我呛醒了。床上土都满啦。俗话有云："土埋了半截。"如今算是应验了。有一位街坊家的老者，经验很大。据他说，前清道光年间，刮大风，下黄沙，比这个还利害。不是吉祥之兆。这话固然是迷信了。刮黄风，下沙子，另有学理，暂且不提，就以现在的时事论，那一样儿又是吉祥之兆呀？

---

　　①社役：报社干杂务的工友。　②志目：一套书里的一个篇名。　③泥书生：《聊斋志异》中的一篇。　④花椒盐儿：指尘土。

合婚理宜禁止

1921年4月17号

梅　蒐

中国旧日婚制，讲究父母之命，媒妁之言，两句话算是天经地义，没人敢驳。但是作父母的，未定都是明白道理的贤父母，媒人的话，更是听不的了。父母一贪便宜，媒人两头儿再一造谣言，往往就能耽误事。婚姻是终身的大事，受专制的缚束，不得自由，最为可叹。此外更有一宗无情无理的迷信，就是合婚。多年的恶风，牢不可破。常见美满的婚姻，被这宗合婚的，三言五语，就能给破坏了。可是极不相宜的婚姻，他楞给成全上。可作不可作，父母跟媒妁无权，竟听他一句话，您说够多们邪乎！北城旗人某甲，日前给儿子续弦，他儿子是属牛的，续娶的媳妇属马，某甲向来迷信，这次因为女家妆奁好，陪送多，所以把迷信破了，居然没合。及至过门之后，妆奁也不甚多，新妇又有几个麻子，过门没有三天，婆婆又病了。因此三端，又把迷信勾起来了。说是"白马不配青牛"，这门亲犯相。找到媒人家中，大闹之下，让媒人给了某甲两个嘴吧（该打），后经鲁仲连辈出来调停，结果如何，尚不得知。若某甲者，始而听说妆奁好，居然破除迷信，后来种种不如意，又犯迷信，不但迷信，而且没根基。虽然某甲不足责，合婚一道，非严行禁止不可。

傻 辫 子

1921年4月19号

梅 蒐

傻者,憨也,呆也,愚鲁也。脑筋简单、不灵明,都谓之傻。辫子是前清的制度,傻辫子三个字,要是搁在前清,没有讲儿①。前清时代,除去和尚不带辫子,剩下都有辫子。要说是带辫子的都傻,也没有这宗道理。这句话搁在如今,倒是有点谨儿②。如今带辫子的,没有一个不是傻子的,所以今天的题目,叫作傻辫子。辫子这宗东西,无一益有百损,人所共知,无须备述。时至今日,还搭拉着一条辫子,其愚真不可及也。要真是胜朝遗老,眷念故情,不肯把朝粹牺牲,已然不对,其情尚有可原。一般寻常社会的人,还舍不得辫子,也就很可怜了。记者时常出外,在火车上听人讲究,每逢跳火车遭险的,大半是乡人居多,并且都是带辫子的。您见坐头等包车的,有几个不等车停,就往下跳,把腿摔折了的?这且不说,每逢乡下人进城,楞楞颗颗,在马路上直眉瞪眼,汽车来了,他都不知道躲,走在马路上,东张西望,两只眼睛不够他使的。就是不让汽车撞,也时常让洋车碰。并且进③来有些个怯拉车的,都带着条辫子,拉起车来,在马路上横走,平地就能爬下④。记者让他们摔过两回,如今立志不坐辫子车。昨天由前门回家,仓皇之际,雇了一辆车,上车之后,我才瞧出他带辫子来,心里就有点不放心。一路倒还平安,快到家了,他老先生倒⑤底爬下啦。我没跟他炸,起来他倒恼啦。我看在辫子分上,不跟他一般见识,原价之外,格外给了两枚(摔钱)。谁知他还嫌少,巡警过来一干涉,他又不敢要了。如此看来,带辫子的先生们,实在是真傻。

---

①没有讲儿:没什么可说的,是当然的事,大家都明白。 ②谨儿:应为"讲儿"。有讲儿:得说说。 ③进:应为"近"。 ④爬下:指摔跟头。 ⑤倒:应为"到"。

官准立案耍钱

1921年4月20号

梅 蒐

自辛酉学会掉下去之后（旧日赌局被抄，叫做掉下去），警厅特出布告禁止赌钱，洋洋大文，说的非常严厉。自出布告之后，一般小赌徒，倒是稍稍敛迹。无如自共和以还，国人嗜赌已成风气，三天不耍钱，简直吃不下饭去（好德行）。再一说，深堂广厦大洋楼里，大耍麻雀、扑克，谁能进去抄办？官厅投鼠忌器，种种掣肘，一言难尽。我们说便宜话儿容易，赶到你担上责任了，就知道其中的困难了（实话）。昨天听人讲究，某巷某照像馆里，有某某等人，借着某机关为护符（连用"某"字，可不是要敲竹杠。所为劝他赶紧收了，也就完了。报纸所为劝人，何必给他宣布），大耍特耍，知法犯法，未免的不对。奉劝某某，赶紧停办最好，等著披露贵赌的内容，彼此没有面子，那是何苦？有人说了，你竟嘈嘈耍钱，各省奖券，比耍钱亡道，简直是官准立案的耍钱，你怎么不嘈嘈呢？先生这话责备的极是。从先业已说过，如今谨遵台嘱，再嘈嘈一回，过两天还要细说。您猜怎么样？说出血来也叫瞎说，决不能发生效力（那还提）。

一　圆　钱

1921 年 4 月 21 号

梅　蒐

　　前天一早,记者将起来,老婆子拿上一个片子来,说是有个陈先生拜访。一瞧片子,是陈友文,字彬生(湖南岳州)。记者朋友虽多,跟这位陈公,是素昧生平。人家既来造访,焉有不欢迎之理,当时倒屣出迎。这位陈君三十多岁,衣履虽然不齐(我可不是库缎眼),举止非常文雅。让到茅舍,陈君称呼我老前辈,我实不敢当,说了些个仰慕的客套。据陈君说,去岁进京谋事未成,现在某学校寄居。现在有点失眠的病症,久仰高明,冒昧前来,特求医治。记者给他看了看,以脉象论,稍有阴亏,并没有大病。我让他吃六味地黄丸一两,匀三次服。陈君作揖致谢,不必细提。他自称在湖南某报馆担任过编辑,论说、短评,他都能作。谈了会子各种报纸,还都有点意思。临走的时候儿,脸一红向我说道:"久仰大名,慷慨好交,小弟才敢启齿,恳借番佛①一二尊,改日奉赵②,决不食言。"说着,深深的一揖。记者是个脸热③的人,他张了会子嘴,不好拒绝,两尊虽然没办到,我借给他一尊。陈君谢了又谢,说是改日再来拜访,羞搭搭的去了。当时孩子们很抱怨我,说他是骗子手,不该给他一块钱。这宗人总然是骗子,也还骗的文明。他既知道有我这个人,老远的奔了我来,一圆钱算的了什么?再一说,我这一圆钱也是骗来的。我骗社会,他骗我,不亦宜乎?

---

①番佛:外国银元,主要指西班牙有头像的银元。一尊,指一枚。　②奉赵:完璧归赵,奉还。　③脸热:不好意思拒绝别人的请求。

忙

1921年4月22号

梅 蒐

记者自投身社会以来,无日不忙。由创办"进化阅报社"、"北京第一宣讲所",直到如今,整整受了十八年苦(跟王宝川①一个样)。已过的事情,也不必丑表功。虽然屡屡败失,竟打击受过八次,其中的原因很复杂,不能算我没有敌力②。过去的事情,细说得三个月,如今暂且不提,就以现在说,每天我就要忙死。现在担任三个报馆的小说、《短评》、《余墨》,还有"进化通信社"的事情,星期一、三、四下午还有模范讲演,赵氏补习学校举我当名誉社长,还兼着顾问,见天还看十几个义务病,照例是一点钟睡觉,六点钟就得进起来(睡不了五小时觉)。清早起来,先看几个病,十点钟动笔,先作小说,两点钟出门,看完了病到通信社。星期一、三、四、日下午还赴各处讲演。十点归家,十一点又动笔,找补作《短评》、《余墨》,一点钟睡觉(又回来了)。日日如此,毫无休息。以上所说,是原则③的事情,还有例外。接连不断的,这位求拟信稿子,那位记④作挽联,这位又求作寿文。始而我是来者不拒,如今真累不来⑤了。每到晚晌,脑袋疼的要死,心忙的要迸出来。友人德少泉,通西医,他说我要不调摄⑥,准得痨病。好在这个年月得痨病也好,活著也是受罪。可是我担负很重,又不敢得痨病。我本就忙的要死,朋友还是很赏脸,枉顾见访⑦,客不离门。不周旋,怕冷淡朋友;周旋,耽误光阴。如今与诸君请愿,谈话以十分钟为限,逾时恕不招待。见客时间,上午七点,下午一点、十点,均在舍间;下午四点,通信社;星期一下午八点,模范讲演所。今借《余墨》聊当声明,知交近戚,幸⑧垂鉴⑨焉。

---

①王宝川:王宝钏,京剧《红鬃烈马》中的人物。她的丈夫薛平贵出去打仗,王宝钏独自在寒窑里苦等了十八年。 ②敌力:相搏的力气。 ③原则:一般情况。 ④记:大概应为"请"。 ⑤累不来:累不起。 ⑥调摄:调理保养。 ⑦枉顾见访:敬语,屈尊来访。 ⑧幸:希望。 ⑨垂鉴:敬语,看。

又代李寿山求助

1921年4月23号

梅蒐

日前,老友李寿山因伊弟、侄、女婿相继而亡,两侄卧病,挽恳①登报介绍。乃蒙仁人君子大发热心,数日之间,两方共得善款数十元之多,存殁均沾②,至为可感。记者已代为鸣谢。乃日昨下午四时,忽接李君手书,字体欹斜,语意哀惨,兹将原函照录③下。

(友梅弟如见④:日前分心⑤,至交不谢。兄命途多舛,阖家病瘟,生意已停一月。兄虽稍好,不能出门,大小六口,坐以待毙。欲再求登报,实无颜面,今实无法,仍恳笔下超生,叩恳仁人施助,救一命即系六命。倘蒙援手,当结草衔环⑥云云。

展诵之下,颇觉酸心。李君人极耿直,素日不受人怜,且事亲至孝。老境困苦,备极可哀。但愿与心违,爱莫能助,除命小儿赶送番佛三尊外,望求各界慈善家,悯其境遇,大发慈悲,多固甚佳,少亦无防⑦。诚如李君自云,救一命即系六命,施一文有如百文。好善,人有同情,救命,甚于救火。况既经周济于前,想当援救于后也。倘蒙捐助,请直捷⑧送交东直门外中中街路西双槐树院内,交李寿由⑨亲收无误。

---

①挽恳:哀求。 ②存殁均沾:生者、死者都得到好处。 ③此处大概少一"如"字。 ④如见:写信时的套话。 ⑤分心:费心。 ⑥此处少")"。 ⑦无防:无妨。 ⑧直捷:直接。 ⑨由:应为"山"。

敬告某甲

1921年4月26号

梅　蒐

　　西城住户某甲，前清贵族也。早年历史极为复杂。庚子年间，曾练义合神拳，民国元、二年间，因贩黑货发觉，遁逃①口外。头二年，始归北京。姑举此两端，其余可知矣。在帝制时代，某甲有空头钱粮②多分，外间仍有吃租小房数处。自共和以还，钱粮虽然糟心，而房租较前增长，故家道尚称小康。先是某甲兄弟三人，伯③仲④皆物故，两嫂亦亡。伯氏乏嗣⑤，仲氏遗有子、女各一，依其度日。伊妻某氏，待遇侄男女，尚称和平。伊则时加叱骂，稍有小错，鞭挞。然之，尚足温饱者，皆伊妻之力也。乃待某甲老而且荒，近有外随⑥，且将姘妇子，招致家中，百般优⑦。反将无父、无娘之侄男、女驱逐出门，流入乞丐。邻里无不唾骂，亲友亦均切齿。记者有远族，系某甲比邻，知之最悉。日昨因事来舍，痛谈伊之行为，双眦⑧欲裂，恳作《余墨》，以资警劝，并乞不必宣布姓名，以留伊改悔地步。敬告某甲，看在骨肉分上，速将侄男、女寻回，施以教养，不仅乡里称颂，令兄嫂于九泉之下，当亦抿目⑨也。愚直之言，尚希采纳。

---

①遁逃：逃亡。　②空头钱粮：填写不存在的人名，冒领钱粮。　③伯：老大。　④仲：老二。
⑤乏嗣：没有子孙。　⑥外随：在外面养的女人。　⑦此处少一"待"字。　⑧眦：眼角。　⑨抿目：应为"瞑目"。

读日记感言

1921 年 4 月 27 号

梅 蒐

"烦恼①侵寻,无方出浊世",此六朝人诗也。庄周有云,"人之生也,与忧俱生",这两句话,猛听似乎没理,细一研究,实在是一宗万古不磨的哲理。来历浅的人,没有道根的人,不懂得这宗哲理,就是你跟他细说,他也不了然。人生在世,欢喜时最少,愁闷时最多。虽境域、地位各有不同,多愁少乐则一也。汽车洋楼诸君,表面看着,他乐子大了,他心里那分难受,外人不得而知。阔人儿尚且如此,其余可想而知。古人诗上说,"一月主人笑几回",这话是一点不错的。记者自十八岁上,立了一宗日记,如今也有三十多年了,攒凑起来,也有好几十本啦。我这宗日记,敢说记载翔实,一点扮饰②没有。就是我不够资格的事情,我也要记上。前天晚间没有③,我把三十年的日记,灯下翻阅了一回。已往的事情,过眼云烟,有如蕉鹿④,增了无限的感慨。细细的考查,这三十年中,穷愁孤闷、牢骚、抑郁、凄凉、悲惨的事情,占大多数,真正高兴痛快、欢喜庆幸的事情,很不多见。我是个最心宽的人,琐屑苦恼,向来不走神经,然而尚且如此,比我心窄量小的可想而知了。如此看来,"人之生也,与忧俱生"这句话,是一点不错的了。但是"烦恼日侵寻",还是"无方出浊世",赶到与世长辞的时候儿,烦恼也随之而去。西哲有云,"此身为百患之原",真不刊之论也。

---

①此处少一"日"字。 ②扮饰:应为"粉饰"。 ③此处少一"事"字。 ④蕉鹿:梦幻。《列子》上记载的故事:一个郑国人看见一只受惊的鹿跑来,便打死了鹿,藏在蕉麻下。不料,过了一会儿就找不着了,他想,这大概是一场梦吧。

答艾学痴君

1921年4月28号

梅蒐

记者自山荆①物故,因儿女众多,誓不续弦,曾借《余墨》发表意见。昨有汇文学校艾学痴君来函,因疑质问,兹节②余③原函稍加注解,以代答覆。

"启者,观前日《一圆钱·余墨》中,有'老婆子拿进名片'一语。'老婆子'三字,在京东一带,为老妻之通称(不但京东有此称呼,旁处也有)。暨闻友人云,京中女仆,亦称'老婆子'。雌黄终日④,莫衷一是。敝人住家京东,想阁下或许是同乡乎?(原籍上蔡,寄籍大兴,也算是同乡)此老婆子系尊夫人欤?(不是)抑⑤贵府女役耶?(在舍下雇工好几年了,人极扑⑥诚,每月工钱两元,节钱⑦一元)若是府上女役,(是耶)应母⑧庸议,否则,先生之言,前后不无矛盾。(老哥误会了)前在《余墨》中,见有旗人某甲,因续弦大起家庭革命,而先生云,亦在鼓盆之列,有鉴于兹,誓不续室,并戒世人。敝人亦系同病⑨,始萌续意,既感先生之《余墨》,复因儿女众多,恐步旗人某甲之后尘,遂将续弦之念完全打消。今见先生有老婆子,(雇工人氏⑩。不禁重有感焉,亦颇为之心动。(您动心不动心,是您的自由,我是决不动心了)但自前日观《余墨》后,立志与先生等,遂未敢骤发,必待商请先生,此老婆子是否尊夫人?伏祈择暇赐教为感"云云。

昔亡妻弥留时,因儿女众多,幼子甫五龄,颇不放心。记者曾对伊言,"决不再娶"。口血未干,不忍食言于亡者。且续弦之糟心者,数见不鲜,故毅然决定宗旨。人生家庭状况,各有不同。奉劝艾君自己斟约⑪情形,万勿效法敝人之固执也。

---

①山荆:妻子。谦称。　②节:节录。　③余:应为"于"。　④雌黄终日:乱说了半天。　⑤抑:还是。　⑥扑:应为"朴"。　⑦节钱:春节、端午、中秋时给仆人的赏钱。　⑧母:应为"毋"。　⑨同病:指和蔡友梅一样丧妻。　⑩此处少一")"。　⑪约:应为"酌"。

另寻世界

1921年4月29号

梅 蒐

前天早晨，有个老朋友来到舍下，谈起某工厂的内容，令人听着，有肺都要气炸。老朋友是向来诚实，不会撒慌①，所说的话，大概一个字不假。老朋友还没走，来了一个京兆外县的朋友，谈起他们本县一档子官司来，令人双眦欲裂，内容也就不用说了。一早晨我就听见这们两档子事，很觉堵心。还没吃早饭，又来了一个穷朋友，形容憔悴，说是闹病将好。乍一病的时候儿，赴某医院诊治，连着去了好几天，病也没看好。据他说，该医院诊疗室那分内容，一言难尽。三位谈了会子，陆续告辞。因为我陪客谈话，儿女们已然吃完早饭，客走之后，又给我开饭。竟气，我就气饱丁②，那里还吃的下饭去？那天儿女辈格外孝顺我，他们吃面条子，给我预备的是煮角子③。每天我得吃三十，那天居然吃了五六个，外带着④都且⑤眷⑥梁骨下去。赌气子我要出城溜达溜达。将要走，可巧至交德少泉来到。我跟他一提这三件事，少泉哈哈大笑，说："老弟，你太愚了。工厂、外县、医院，这不都是小事吗？现在那一处不腐败、不黑暗？你瞧门外有站岗的，里头是大洋楼，竟卖的是那点表面，内容的真像，简直的说不得。老弟要生这个气，你得离开这龌龊社会，另寻世界。既在这个社会里，就是眼不见心不烦，这个耳朵听，他个耳朵冒，那才行呢。"记者后来一细想，少泉说的话，虽然消极，也很有道理。

---

①慌：应为"谎"。　②丁：应为"了"。　③角子：饺子。　④外带着：而且。　⑤且：从。　⑥眷：应为"脊"。

不打就哭

1921年5月1号

梅 蒐

昔东坡云:"宁可食无肉,不可居无竹。无肉令人瘦,无竹令人俗。"本来竹子这宗植物,是极雅的东西,骚人逸土①,没有不爱竹的。竹的外号,又叫"此君",所以又说"不可一日无此君"。没想到如今社会上,无论男女老少、雅俗人等,都跟此君感情很深,真把此君糟踏苦了。明明是要钱,偏要说是竹戏。自维以不新②,风气大开,竹戏这宗玩艺儿,已成家喻户晓,不亚如布帛菽粟,无论男女,见了面儿,先要谈他(昨天我满了一把青一色,谁又发了一个白板,谁又满了一把浑③的,我常听他们说,我全不懂的)。这真应了东坡的话,不可居无竹了。偶一为之,贤者不免,要是入了迷,可真犯不上。听说西城某世家,从先家道饶余,大奶奶专好打牌,老爷并不禁止。可是每天必打,每打必输,一打就乐,不打就哭。现在家道衰落,将有断炊之势。大奶奶还是要打牌,大爷因为眼看挨饿,勒令停止打牌。大奶奶一天不摸牌,比犯大烟瘾还亡道,哭了两天,央求大爷,说是"再打一个星期,从此戒赌"。听说该大爷,宗旨决定,一定不准他打牌。大奶奶瘾的难受,自言自语,大有神经病的状况。呜呼,为打牌要急疯了,可称咄咄怪事。

---

①土:应为"士"。　②维以不新:讽刺"维新"是"维以不新"。　③浑:大概是"混一色"。

晚归三叹

1921年5月3号

梅 蒐

前晚由社归家，在琉璃厂东口，租了一辆胶皮，车行甚迟。记者九点钟上的车，直到十一点才到东四牌楼，整走了两小时，其慢也可知。好在记者怕坐快车，慢车倒稳当。车之快慢无关紧要，暂且不提。最可怪的是由琉璃厂到东四牌楼，竟追车要钱的，男女老少满算上，少说着足有三十。这是竟说追我这辆车的，其余追别人车的，还有没啦？这是第一可叹。行至皇城根，有一个老太婆（这是我们南边话，北京叫老太太），且行且哭，连说带骂，据他说："我有这个儿子，不及没有，有钱不养活妈妈，他可养活外家①。妈妈跟他要钱，他张口就骂。他还念过书呢。还当差呢。唉，啧啧（咂嘴儿）。怎么好！"后来走远了，也就听不见啦。这是第二可叹。后来快到灯市口儿，这个拉车的，简直的走不上来了。我说："伙计，你没拉过车罢？"问了他两声，他不言语，待了会子说道："先生，您可别笑话我。我拉了连今天才两天。"我问他从先作甚么，他叹了一声说道："我是个世袭红顶子，民国二年，我家里还有车呢。"我一听，没敢往下再问。这是第三可叹。以上三事，看着没有甚么，往细里一研究，足可以代表生计困难、道德沦亡。诸公谨记，民国十年四月，是这宗现像，不是我说丧话，往后许一年不如一年，一日不如一日。这话您要是不信，赶到民国二十年四月再瞧（二十年太远了）。但愿意我的话不应验，不愿意言之幸中。

---

① 外家：在外面娶妾另成家。

种山药蛋

1921年5月4号

梅 蒐

友人刘寿绵①,素具热心,对于慈善事业,任劳任怨,虽赔钱受累,在所不计也。故西城一带,咸称之为刘善人。日昨致函记者,今将原函照录如下。

(前略)近畿不见透雨,恐成旱象,屡现灾年,民命难保。今有种山药蛋一法,尚可补救于万一。区区之诚,愿供献于社会。贵报胞与为怀②,为言论界泰斗,恳将此节登入《余墨》,以供众览。倘能实行,皆贵报所赐也云云。(以下录原稿)

"昨有友人自豫省来京,据云该省雨水调匀,麦秋大有丰收之望。惟过直省以北,麦苗干旱非常,近畿情形,亦复如是。有保民责任者及慈善团体、慈善大家,亟宜设法补救,以防巨患。查有种山药蛋一法,甚为简便。据素③经验者云,此种食品,所含养料极多,煮食亦可,磨粉亦可,食之与人有利益。其种植之法,即用刀切若干块种之,平时并不费工,荒年不怕干旱,秋后长成,每亩可收获四五百斤。种在清明之后,现在赶快办理,尚不为迟。惟必须由官绅极力提倡,拨施蛋种,监督劝导,庶④收实效,以备灾荒。闻西洋各国,对于此种物品,非常注重,种植亦极发达,足征⑤与人民大有益处云。"

---

①刘寿绵:祖上为清代大官,家里非常有钱,据说房产曾占西直门大街一半。刘寿绵一生乐善好施,散尽家财后出家当了和尚,法号宗月。著名作家老舍也是得到刘寿绵的资助才得以上学。刘寿绵去世后,老舍先生写了《宗月大师》一文纪念他。 ②胞与为怀:对所有的人和物都抱着同样的心情去爱。 ③此处大概少一"有"字。 ④庶:广。 ⑤征:证明。

年高无德

1921年5月8号

梅 蒐

上星期下午,被友人拉赴华乐园,强迫看剧。是日天气甚热,戏座儿①又多,戏园子不讲卫生,进空气的地方儿又少,将一进去,炭酸气扑人鼻观②。好容易在下场③小池子④,找了两个地方儿。因为天热、人多,汗如流水,坐了会子,我怕殉难,提倡着要走。朋友再三的挽留,说是坐定了就凉快了(也未必)。少时朋友出去,买了两把扇子,还带了两瓶汽水来。要说人家这分至诚,总算热心请人听戏,我要再说走,未免就是我的不是了。汽水一砸心火,又有这把扇子,倒是舒服一点。那园子内容的状况,看过戏的都知道,不必多赘。那天戏之好歹,也无足一谈。第一不是戏评,第二现在的戏无足一评,就是现在的戏评,我也不常看。最可怪的是,程艳秋一露面儿,彩声四起,屋瓦为动。可是⑤现在戏场以旦角为重,这原不足为怪。最可怪的是,记者身后,忽然又一个喊好儿的,喊出来的声儿,比夜猫子⑥还难听。他的声浪,直达我的耳鼓,震的我脑袋嗡嗡的,一嗓子跟一嗓子,络绎不绝。起初我以为是个下等社会,年少无知之徒,及至回头一瞧,原来是一个老者。瞧神气年逾耳顺⑦,戴着个眼圈子⑧,打扮不俗,看外表不是封翁⑨,就是遗老。艳秋唱了一出,他直喊了一出,招得前后左右的人,没有不瞪他的。他自己那分得意,不必细说。

---

①戏座儿:看戏的人。 ②鼻观:鼻孔。 ③下场:下场门,对观众来说,在舞台右侧。 ④小池子:当时的戏台是凸出的,前方和两侧都可以看戏。池子或大池子是戏台前方的座位席,小池子是戏台两侧的座位席。 ⑤可是:确实。 ⑥夜猫子:猫头鹰。 ⑦耳顺:六十岁。语出《论语·为政篇二》:子曰:"吾十有五而志于学,三十而立,四十而不惑,五十而知天命,六十而耳顺,七十而从心所欲,不逾矩。" ⑧眼圈子:眼镜。 ⑨封翁:因为子孙当官受过封的人。

有人说这位老者,是内务府①人氏,有几个糟钱,因为欢迎旦角,全花出去了。痰迷之性②,老而弥笃③。俗语常说"年高有德",似乎这位老者,可以说是年高无德。

---

①内务府:包衣,是满语"奴仆"的音译,每旗都单有包衣佐领,为旗主服务。镶黄旗、正黄旗、正白旗因为是直属皇帝的,所以叫做"上三旗"。内务府便是由上三旗的包衣组成,直接为皇帝一家服务,包括十五个包衣佐领,十八个旗鼓佐领,两个朝鲜佐领和一个回子佐领以及三十个内管领。包衣佐领由满族人、蒙古族人组成,旗鼓佐领由汉人组成,朝鲜佐领由朝鲜族人组成,回子佐领由回族人组成。 ②痰迷之性:糊涂。 ③老而弥笃:越老越严重。

打 车 夫

1921 年 5 月 10 号

梅 蒐

　　日昨某报登载，本月一日鲜鱼口内，有一红包领章奉军，要雇人力车，车夫因为拉有车座儿①，在天有信②买布，婉言谢绝。奉军大怒，抡起皮带就打，并且口出不逊。车夫好言央求，奉军拳踢脚打，巡警给奉军帮喘③。车座儿也不敢出头，车夫含着眼泪，拉着军爷去了。记者以为某报说的太过，文明军人，未必如此。没想到三日下午七点，我照旧遇见一档子。是日走在前门桥头迤北，将要进城，看见一位军爷，挟着一个包袱，拿着一根棍子，追着一辆空车直打。好在没打人，他竟打车（倒没搜山④）。拉车的说："您别打了，再打就碎了。"军爷还直说新名辞（"奶奶"等等）。记者坐的是熟车⑤，我要停车看一看。拉车的小常说道："咱们走罢。"进城之后，小常向我说道："这个热闹儿，您不用瞧，没有什么好儿。我整天在街上，这个事情见多了。发官价⑥，楞上车，慢了是骂，争钱⑦就打。所以我们拉车的要起誓，说屈心让他遇见大兵，您就知道我们怕不怕了。去年九月，我拉了一位老总，由东四牌楼北边上车，坐到天桥儿，给了我三个子儿。我将一争，伸手就是俩嘴吧，骂算白饶，您说那儿讲理去？"小常是个诚实人，言语定然不假。首善之区，汽毂之下⑧，居然这样横行。要是到山高总统远的地方儿，小民就更该死了。对待本国苦同胞，如此尚武，假令开到滂江⑨，见了敌人，不知道有一气没有。

---

①车座儿：坐车的客人。　　②天有信：布店，北京老字号。　　③帮喘：帮忙干坏事或帮坏人。　　④搜山：《搜山打车》是一出昆曲的戏名。　　⑤熟车：经常坐的车，认识车夫。　　⑥发官价：当时军队常用低价买粮、雇车，号称官价。　　⑦争钱：讨价还价。　　⑧汽毂之下：京城。辇毂，皇帝的车。辇毂之下，代指京城。因为当时国家政要坐汽车，所以蔡友梅说"汽毂之下"。　　⑨滂江：位于今内蒙古锡林郭勒盟苏尼特右旗。1921 年 3 月俄蒙军进攻滂江。

得意时须慎言

1921 年 5 月 12 号

梅 蒐

人力车之入北京,说起来也有三十五六年。乍一兴的时候儿,是轿车的样子,土路又难走,形式又笨劣,所以没有几辆。甲午之后,日见发达,前三门外很多,北城还少。庚子义和团之先,渐渐的可就多了。至于车式之沿革,及拉车之状况,系属另一问题,姑不具论。己亥①年间,记者正在神机营②营务处充当委员,有一个同手③办事的伙计,姓名可以不必提,人都称你④为酸美。因为他家里有几个钱,见了人又酸又美⑤,竟说狂傲无知的话。他家里拴有轿车,每逢上衙门,自然是乘坐家里车啦。同人有坐人力车的,他就要雁儿抓⑥,他说:"人力车虽然是人拉,可不是人坐的。坐实在在⑦憨蠢,我坐不起车,不坐车。洋车是决不坐的。"有人说:"你不坐洋车很好了,你要混穷了,你拉洋车不拉呢?"他说:"既不坐洋车,还能拉洋车吗?"彼时不过闲谈,这话一说,二十多年了。自营务说⑧解散之后,同人各奔前程,音问⑨也就不通啦。民国二年,我还见过酸美一次。据他说由南京将回来,举止神气,比从先可就差多了。一晃儿又有七八年没见,昨天在西直门脸儿,碰见此公啦,原来他老先生也入了胶皮团啦。我看见他,他也看见我啦,不但他难过,我更离⑩过,彼此只好一低头罢。记者今天说这话,诸位要听明白了,我可不是幸灾乐祸,我是深有所感。格言有云,"福不可以亨⑪尽,话不可以说尽"。人在得意时,说话不可太狂,总要留点有余地步才好。

---

①己亥:指1899年。　②神机营:咸丰皇帝死后,慈禧太后从各兵营中挑选精兵强将,组成神机营,成为她的王牌军队。　③同手:一起。　④你:应为"他"。　⑤美:洋洋自得。　⑥雁儿抓:应为"雁儿孤"。　⑦在:衍字。　⑧说:应为"处"。　⑨音问:音讯。　⑩离(離):应为"难(難)"。　⑪亨:应为"享"。

李君之函

1921年5月13号

梅蒐

昨有李君,为夏氏虐待前妻之女投函本报,兹将原函照录如下。

"(前略)贵报主持清议[1],一秉大公,无任钦仰,而《余墨》一门,尤令人百读不厌。一切言论,不外激劝[2]人格向上,且痛论种种黑幕,实与社会增无限教人材料。前阅梅蒐先生'决不续室'一语,殊为感佩。梅公既以此事为不可,兹有虐女一则,望乞假《余墨》代为宣布,是为切祷。"(以下事实,均照录原函)

"前外兴隆街西头,庆云巷内八号,住户傅喜顺,前妻去世,遗下一女,名叫小云,现年十四岁。傅某又继娶夏氏,现已生有儿女。傅某原在戏班打鼓,现赴哈尔滨作事。夏氏待遇小云,非常之狠。除毒打之外,尚有以针、剪刺伤头面等事,并有夏氏之弟(乳名锤子)助纣为虐,不分昼夜,打的狼号鬼叫,惨不忍闻。四邻以其大背人道,在法庭提起诉讼,刻[3]已将夏锤子看押待质[4]。因夏氏所生之女出疹,故未到庭。闻夏氏刻正多方运动,并与小云捏造种种谣言,所为减轻伊姊弟之罪。至将来如何判决,法庭自有权衡。众街邻激于义愤,出首法庭,古道热心,亦足令人钦佩。尚望有保民责任者,对于难女小云,应随时保护,以免夏氏再生毒计,是为最要。"

---

[1]清议:敬语。名士对政治或政治人物发表评论。 [2]激劝:鼓励、劝导。 [3]刻:现在。
[4]质:审问。

席票①硬作七折

1921年5月14号

梅 蒐

送礼开票②，吃亏极大。从先《余谈》中，详细说过两次，兹不赘述。中国商家，讲商德的固然有，不讲商德的也很多（竟剩了伤德了）。有道德的商家，您可别挑眼，我说的是缺德的商家。先使了钱，已然是得了便宜拉③，便宜中还要套便宜，未免的不对。昨接友人学仙子来函，照录如下，以供众览。

"余于本年四月二十九日上午十时，被友人约往西四牌楼同和居。坐下不久，隔壁房内，亦来了男客三人、女客一人。听其说话，该女客似系请客者之妇。后来吃完算账，共吃了三块多钱。请客者即出一四两席票，令其填写已吃多少，尚余多少，下次再吃。店伙持往柜上，少时旋即持票回来，谓此票系前清发出的，只能作七折算。请客者斥之曰：'此票究竟是否汝店所发？'伙答曰：'是。'请客者曰：'既是汝店所发，则不必说七折。汝即诋为一文不值，亦系汝店不顾名誉，与我固无甚关系也。况汝店当日发票时，岂仅收银七折乎？既收十足，而今忽作七折，吾恐天下便宜，均被汝店占尽矣。须知发票日子愈久，则汝所得利钱愈多，硬要算作七折，似乎不合情理。'伙谓：'此系商会规定，并非仅我店为然。'请客者大笑曰：'恐北京无此荒谬绝伦之商会也。为此区区，吾实不屑与汝计较。'遂将票收回，另给现洋而去。余听之既审④，颇为不平。以稍有生意⑤之同和居当不顾信用如此，则北京商界道德真不可问矣。"

---

①席票：饭馆开出的礼券。　②开票：开礼券。　③拉：应为"啦"。　④审：详细。　⑤稍有生意：生意还行。

明火自由

1921年5月17号

梅 蒐

  庚子以前,北京没设巡警,军队也不多(除有名无实之腐败绿、步两营①外,还有神机营、虎神营、骁骑营②等练兵。练兵除差操外,不管地面),五城③虽有练勇④,可也不多。内外城地方,明火盗案,虽然不短发现,可是有时有响,分一个时令。或是年底,或是天气一冷,哨子风⑤下来的时候儿,窃盗两案,必然要发达,所以有注重冬防一说。到了如今,北京地面可热闹了。巡警之外,又有警备队、马巡队、提署的游缉队⑥、戍卫司令部⑦的军队、宪兵营不提,军警都察,还有各处侦缉探访。此外这个司令部,那个司令部,以及各处驻扎的军队,一时说也说不尽。要说"军警林立"四个字,还说的不到家,可以说军警如蚁(言其多也)。没想到明火的案子,倒比从先增多,以⑧过的事情,载诸各报,人人共知,无庸多赘。本月十一日晚间,前门外石碑胡同隆兴和粮店,以及南官园隆继昌家,又有两档子明火发现。从先专制时代,明火都讲个时候儿,如今共和时代,明火也不论月分儿了。从先讲究注重冬防,如今得注重夏防,□说邪怪不邪怪?吾无以名之,名之曰"明火自由"。

---

  ①绿、步两营:绿营和步军营。绿营:清代除旗人外,由汉人组成的军队。 ②骁骑营:根据兵种不同,作战部队分为前锋营、骁骑营、护军营、虎神营等营,从八旗中选拔士兵。 ③五城:当时京城划分成中、东、西、南、北五城。 ④练勇:地方组织的兵丁。 ⑤哨子风:北京冬天的大风,发出像吹哨子一样的声音。 ⑥游缉队:民国初年,北京治安由警察厅和步军统领衙门共同管理。游缉队是从步军中挑选出来的精干人员,主要负责侦察不法案件,如贩毒、赌博等。 ⑦戍卫司令部:应为"卫戍司令部"。 ⑧以:应为"已"。

李某可风

1921年5月18号

梅 蒐

友人德少泉,昨谈其邻人李某一事,古道热心,颇足动人观感。李某为汉军旗人,历代经商,不吃钱粮(好),故无旗人习气。有陆某者,与李系孩提交,俗所谓"吃喝不分"者也。陆系世家,变政①后家业一空。伊有至戚,在热河经营矿务,约伊帮忙,并劝其入股。陆向李假②洋三百元,于去岁前往。陆本浪荡公子,到热半载,不但盘费花光,而且负债甚巨。伊戚因矿务不佳,赴察哈尔另谋他事。陆某淹溜③异地,贫病交加,于去岁阴历十二月间病故。陆妻陈氏得信后,遍告族人,叩求将伊夫灵柩接回。族人相应不理,陈氏异常悲愤。盖陆有钱时,族人受好处者甚多,今竟转脸不识。世态人情,亦可慨已④。先是有人劝陈氏,令其往求李某,陈氏因公款未还,无颜再去。后李某于二月间闻知陆故,自备资斧⑤,将灵柩接回。一切安葬等费,又耗去二百元之谱。陈氏因贫携子女归娘家居住。李每月资助五元,准于阳历一号,令妻春氏亲自送去云。呜呼!世态炎凉,人心险诈,父子兄弟往往各不相顾。见死不救者有之,下井投石者亦有之。骨肉如此,遑论朋友?当此道德薄弱时代,若李某者,亦可以挽颓风而励薄俗矣。

---

①变政:指清帝退位,民国建立。　②假:借。　③溜:应为"留"。　④已:矣。　⑤资斧:钱财、旅费。

带病还家

1921 年 5 月 20 号

梅　蒐

　　庚子四月①，正赶上妙峰山开山（例年四月初一至四月十五）。忽然北风其凉，雨雪载涂，这分邪冷，就不用提了。又搭着山风刺骨，比平原加倍的冷。本来四月光景，就说阔家上山，顶多带件棉袄，也就算可已②啦。大立夏的，谁能带火狐皮袄、貂斗篷？至于一班穷苦同胞，带一件小夹袄子，也就不错了，甚至于还有穿单的。冷不防这一阵风雪，把善男信女们都给冻傻了。听说那年，因为烧香，阵亡殉难的很多。听说有一位贵族，冻的走不动啦，两手抱着一棵树就圆寂啦。起先也不知道他是宗室③，因为他系着一根黄褡包④，被风一吹，金带风飘（倒是细秧的菊花），这才知道他是贵族。那年那分惨剧，可怜可叹。在⑤迷信家还说呢，是阵亡殉难的，全是没有虔心，或是有什么恶行，所以遭这宗报应。这宗没有价值的话，不值一笑，也无须驳他。据记者说，那年邪冷，正是神人示警，不让人迷信的意思。要是明白神意，义合团⑥也就起不来了。可是稍有脑筋的人，由那年觉悟，也就不傻迷信了。一般庸庸碌碌的人还是深信不疑，所以这二年的妙峰山，又很发达。前天下了一天雨，又冷的邪乎。记者向来不怕冷，前天我会穿上破皮袄啦。山上老哥儿们，其冷也可知。这荡山回来，虽然不能带福还家，带病还家，大半许占几成。

---

①四月：阴历四月。　②已：应为"以"。　③宗室：清显祖塔克世（努尔哈赤的父亲）的直系子孙为宗室，旁系子孙为觉罗。　④褡包：宽腰带，里面可以装钱。黄带子：指宗室。宗室腰中系黄色带子。　⑤在：在……这方面。　⑥义合团：义和团。

今世古人

1921年5月21号

梅 蒐

　　友人李少堂,原籍济宁,伊祖父曾为部郎,因在北京落户。少堂之先德①,弃儒业商,家道小康。少堂毕业于师范学堂,清末叶充某学教习。有同事金某,河南汲县人,于辛亥秋间,因丁母艰②,假少堂三十元,奔丧回里。少堂旋③亦辞去教职,数年来只字未通,久已忘之。昨据少堂言,本月初间,金某忽至,相见极道契阔④,并言遭家多故,致所欠钱未能即时偿还,抱愧良殷⑤。当时除偿还三十元外并送土仪⑥数事。在少堂处小住二日,洒泪而别。此事原不足为奇,而当此鬼蜮世界,已属难能可贵矣。事隔十数年,路隔千余里,而金某跋涉来京,偿还旧债,无愧"信人"二字。孔氏⑦云,"自古皆有死,民无信不立"。无信之害,恒为社会所不齿。晚近风俗薄弱,道德坠落,国人于"信"之一字,往往不知注重。寻常之期会⑧,随意爽约;商贾之买卖,任意索价。习非胜是⑨,而人不以为欺,甚且诪张为幻⑩,欺诈相寻,光怪陆离,一言难尽。呜呼!信,国之宝也,民之庇也。我国人轻信⑪如此,其言可胜言⑫乎?若金某者,亦可以振颓风而矫末俗矣。谓之为"今世古人",亦岂过誉哉!

---

①先德:对他人去世的祖父、父亲的尊称。　②丁母艰:封建社会时,要为父母守丧三年:不婚、不宴、不做官、不应考。　③旋:不久,立刻。　④契阔:久别想念。　⑤良殷:非常。　⑥土仪:当地物产,作为礼物送人。　⑦孔氏:孔子。　⑧期会:确定时间的约会。　⑨习非胜是:错误成了习惯,大家就以为是正确的。　⑩诪张为幻:诳骗。　⑪轻信:不在乎诚信。　⑫胜言:可以说。

奴 隶 性

1921年5月22号

梅 蒐

　　中国下等没有学识的人，有一宗特性。这宗特性，叫作奴隶性。要说中国人都秉有这宗特性，未免一网打尽。这类过火的话，记者不敢说，就说下等没有学识的人，就完了。这宗人无聊的时候儿，他比谁都谦和，稍挣二十块钱以上，立刻就来劲，目空一切，狂妄之态，令人望而生厌。这宗人随在①皆是，也不能一一的细述。最讨厌的，是一沾官面儿，或是借点洋仙气儿，美的透邪行，真能把老姓都忘了。旁的不用说，惟独火车、轮船、电报、邮政、银行、医院等等机关，这类的人们很多。我说这话，高超的人不必招眼②，不够资格的人，我也不怕他招眼，他要招眼更好。我知道些个内容，我就全给他宣布啦。就以邮政说，无论沾官沾洋，是一宗营业性质，总应该对人和平才是。买卖的规矩，真是主任、头脑人，或者还没有恶习，越是三路儿碎催，越美的厉害。对待人，摇头撇嘴，楞着眼睛，訑訑③之声音、颜色，拒人于千里之外，真比旧日衙役对待囚犯还亡道。邮局人跟送信人④打吵子⑤，屡见报纸，兹不多赘。记者每日发信虽多，自己送时甚少，这类情形还不深信。昨天赴东城某邮局亲自送信，该局有个年轻的漂亮小伙儿，这分傲睍⑥自若，就不用提了，跟他说话，他都不爱理。记者那天还架弄⑦着一身库缎，他居然如此对待（足见人家不是库缎眼），遇见乡下老儿，不定怎么虎⑧了，这路人没有别的可说他的，就是那三个字考语"奴隶性"。

---

①随在：到处。　②招眼：以为说自己。　③訑訑：洋洋自得的样子。　④送信人：寄信人。
⑤打吵子：闹纠纷。　⑥傲睍：大概应为"傲睨"，傲慢斜视。　⑦架弄：为了充门面而装扮（贬义词）。　⑧虎：装腔作势，吓唬人。

好味道了

1921年5月24号

梅 蒐

臭味薰蒸,专酿传染瘟气。这宗浅近的学理,稍明卫生的人都知道,无须赘述。北京自设立警察以来,对于卫生一事,表面上好像讲求。怎么知道表面上好像讲求呢?每逢春夏之交,瘟疫流行的时候儿,各处官中厕①外头,总要撒点石灰末子,那敢情就叫作讲求卫生。您要到中厕里头一瞧,那分肮脏,简直的睁不开眼,下不去脚。那分味气②,称得起味压江南。各中厕虽然有味气,关系还小,架不住不进去出恭③,或是躲着他走,也还闻不见。最要紧的,是冲要之衢,躲不开的地方儿,要是味气熏天,那可是要命。齐化门迤北城根儿,有一道臭沟,那分味道,真正气死芝兰水④,不让法国皂,一上鼻子,马上就能得鼠疫。记者常出齐化门有事,我住家就离城根儿近,那里是必由之路。我因为怕薰死,所以宁可绕道走大街,远二里地我都愿意。我怕染瘟。齐化门这道臭沟,还有可说,一来是股背道⑤,二来往来的行人不多,三来还可以绕道。最邪行的,是正阳门那道桥,出城是必经之路。那分味气,说不上来的难闻。所有行人,无不掩鼻而过。每天往来的人又多,无不攒眉疾首,怨声载道。现在天气渐热,简直是虎列拉⑥的制造场。首善之区,都城的大门,居然如此之臭,实在是一宗怪现像。人民不讲公德,往河渠里倾倒秽水脏物,官厅既不禁止,又不想法子,实在令人不解。昨天同着朋友出城,看见两个英国人,一边堵着鼻子,一边打西洋乡谈。朋友通英语,据他说,英国人说了,他们伦敦城里,没闻见过这宗好气味。哈哈,岂但伦敦没有,大概巴黎、罗马、柏林、维也纳也都没有,华盛顿更不用提了。可羞!

---

①官中厕:公共厕所。 ②味气:气味。 ③出恭:上厕所。出大恭是大便,出小恭是小便。
④芝兰水:香水。 ⑤背道:偏僻的路。 ⑥虎列拉:霍乱。

陈君之言

1921年5月25号

梅蒐

昨于友人席上，遇山东陈君（前清曾作教官，现在某公馆教读），六十余岁岸然道貌，发言声震堂壁。饮酒中间，论及时事，陈君慷慨而谈，颇中窾要。兹将陈君之言照录如下。

"现在都说军政两界没有英雄。此言未免一言抹倒，一般争权攘利之徒，不足一谈，姑且不说，而所谓英雄豪杰者，亦难免意气之争。昔日荆公变法，苏氏诋之①，同甫杂霸，紫阳讥之②，大儒都不能免此弊，遑论今人。躁释矜平③，谈何容易。但使各以国家为前提，不以个人为本位，则气亦可稍平，所为交让之精神是也。昔之主张破坏者，率④皆才气宏毅，一旦成功，快然自足，目空一切。呜呼！此意气之为也。昔之主张保守者，既非出一家一姓之私，一旦民国成立，正当同心一志，共谋建设，以期共和国基之巩固，乃或心灰意冷，屏时事而不闻，或努目疾视，恩报复以为快。呜呼！此亦意气之为也。当此之时，内患相寻，外忧相逼，凡为国民者，皆当化除意见，作同舟遇风之计。稍有不慎，同归沉溺，尚安容意气之为哉"云云。

陈君言罢，阖坐无不点头，特泚笔⑤记之，以作《余墨》。闻陈君仍拟发表意见，送登各报，老年人关心时局，有此热心，实在令人钦佩。

---

①荆公变法，苏氏诋之：荆公，对王安石的尊称。苏氏，指苏轼。王安石曾经发动过一场社会变革，苏轼上书反对。　②同甫杂霸，紫阳讥之：同甫，南宋思想家、词人陈亮的字。他认为王道之治正是通过霸道之业来实现的，即王中杂霸。紫阳：南宋思想家朱熹的号。朱熹和陈亮曾经就王道和霸道的问题发生过争论。　③躁释矜平：矜平躁释，心平气和，有涵养。　④率：大体上。　⑤泚笔：用笔蘸墨。

马褂儿变烂报

1921年5月26号

梅 蒐

　　近日生计困难,举国皆穷(坐拥千百万的军阀官僚不算),饥寒交迫,民德日偷①,欺诈拐骗之事,日有所闻。变幻离奇,出人意料之外。北城有个拉洋车的杨三,人称杨秃子。日前下午由北新桥头,拉上一个客座儿,三十多岁,本京口音,穿章虽不甚阔,也还将就的。看车②的时候儿,看见他提留③着一个包儿,是一条白手巾包着一件青缎衣裳,是一件马褂儿。走在东西牌楼合昌纸店门首,唤车站住,让拉车的给他买了一张东昌纸,自言自语的说道:"包上点好看。"当时打开手巾,把马褂儿包好,这才又让车走。原讲的是廊坊二条口外下车,及至走到该处,向拉车的说道:"你把我拉到西口儿罢。多给你三枚。"杨秃子当时认可。及至走至珠宝市口外,又让车站住,将要下车,"唉哟"了一声,说:"我忘了换钱啦。我买点东西,你先借给我两吊钱,马褂儿搁在你车上,放心不放心哪?伙计。"杨秃子说:"只要您了珠④放心就得。"当时数给他两吊钱。这小子借钱在手,进⑤宝市,一去渺如黄鹤。杨秃子等了好大半天,心中生疑,打开纸包儿一瞧,马褂儿不见,变了几张烂报。翻了会子白眼儿,只⑥晦气,白拉了十里地,倒找了两吊钱,算是落了一张东昌,几得认了⑦张烂报。拉车的凭血汗挣钱,人类中算是苦到极点了。这宗人忍心吃拉车的,真正身该万死(阴历正月,记者被拉车的骗了三吊钱去,似乎那个拉车的,应当让他遇见这个车座儿)。

---

①偷:不厚道。　②看车:叫车。　③提留(dīlou):提着。　④了珠:排版错误。应在下行"宝市"前面。　⑤此处排版错误。应加上"了珠"。　⑥此处排版错误。应加上下行的"得认了"。　⑦得认了:排版错误。应在上行"晦气"前面。

狗彘食人食

1921年5月27号

梅蒐

前天邻人某君,赴东四牌楼饽饽①铺买点心,看见一个老媪,是大家女仆的样子,在那里买油糕。铺伙②向老媪说道:"这五斤油糕,都是喂猫的?"(奇)。老媪说:"猫吃不了这们些个,还有六个哈巴狗儿呢。姨太太是爱猫,姑娘是爱狗,见天除去油糕,还有四吊钱肉馒首呢。一天一个肺头还不算。"铺伙说:"多少猫呀?"老媪说:"从先二十多个呢。现在还有十五六个呢。"邻人闻所未闻,逢人便道,以为是奇事。这宗事北京常有,不足为奇。从先我听父执③苑先生说过,从先在后门里内务府某宅教馆,该宅有一位老姨太太,自己可吃素,时常在猪肉铺叫盒子④喂狗。老师的两馔,倒是草草而已。待老师不及待巴儿狗,该宅的家风教育可知。后来苑先生教了不到三个月,把馆就辞了。这宗事情,层见迭出,不足为奇。老官儿⑤当牛马苦掖⑥,抠来的造孽钱,姨太太在家填还⑦猫狗。填还猫狗还算不错呢。总比那个(那个呀?)、那个什么强。日前本报《京闻》中,登载顺义灾民的状况,阖家吃树叶子,顺着嘴流绿汤儿,大概诸君都看见了。呜呼!顺义灾民,还不如某宅的猫狗!实在可叹。子舆氏说过,"狗彘食人食而不知检,涂有饿莩而不知发⑧",没想到应在今日。

---

①饽饽:满洲点心的总称。 ②铺伙:铺里的伙计。 ③父执:父亲的朋友。 ④盒子菜:熟肉铺把各种熟肉,清酱肉、酱肘子、猪头肉、猪肚、猪肝、酱口条等装进有一格一格的食盒中卖,叫盒子菜。也可笼统把熟肉叫做盒子菜。 ⑤老官儿:老头子。家里的男主人。 ⑥苦掖:拼死拼活地干。 ⑦填还:把钱物给不应该给的人。例如女子出嫁后"填还"娘家。 ⑧狗彘食人食而不知检,涂有饿莩而不知发:语出《孟子·梁惠王上》。狗、猪吃人的食物却不知道制止,路上有饿死的人却不开仓赈济。彘:猪。检:制止。涂:道路。饿莩:饿死的人。发:开仓赈济。

将军卖报

1921年5月28号

梅　蒐

日前各报登载,参谋部所属某局的科员,因为薪水一年未发,白天上衙门,晚晌卖花生。又某小学的教习,放学之后拉个晚儿(拉晚儿是胶皮界的名辞),及某区巡警,辞差拉车。某现任副都统,阖家打粥。这类的事情很多,一时也说不尽。昨天回家很早,门外有个卖晚报的,我自己出去买了一张。这个卖报的,有四十多岁,衣裳褴褛,跑的全身是汗,跟我寻了一碗茶喝,感激的了不得。我问他贵姓,他叹了一声,自叙历史,原来是一位贵族,还是一位将军(前清制度,近支宗室,由辅国公降为奉恩将军,食四品俸,有职无权,等于骑都尉①世职②之类)。变政后,俸米无着,租项不进,别的本领又没有,白天出来作买卖,又怕憨蠢,晚晌趸些分晚报,串胡同儿叫卖,闹个一吊两吊的,暂为糊口云云。言语之间很透惭愧。记者很勉励了他一番。假令要是前清在着,这位将军,吃完了晚饭正在过瘾,抽足了许闹四圈,何至于黑天没日的,满胡同子里奔走叫喊。从③福也享够了,现在受罪也不屈。可是话又说回来了,能够卖功夫、自食其力还是好的。同是将军也,这位卖报的将军,要比起搂足了、挣够了的威字将军们,可有天渊之别了。

---

①骑都尉:清代可以世袭的武官爵位,正四品。　②世职:世袭的职。　③此处少一"前"字。

照录石生君来函

1921 年 5 月 29 号

梅　蒐

日前《余墨》中，登有《好味道了》一节，连接数函，诘责交至，谓记者不明事理，措辞失当。记者自知失言，知错认错。各函立意大致相同，惟石生君之函，尤为切要，敬谨披露，以志吾过。今将石生君之函，照录如下。

"昨阅二十四日贵报《余墨》，谓正阳门前，臭味熏蒸，实在是一宗怪现像。官厅不想法子整理，实在令人不解等情。先生诚昧于事理而妄肆讥评也。查京师向为藏垢纳污之地，社会秽浊，为全国之冠。故冲要之区，臭气冲天，正所以为社会现状之代表，非此，恐名不符实也。至于行人掩鼻而过，想系初入都门，薰修[①]未成者。倘久入芝兰之室，则习而不闻其香矣。彼多年主持京师市政之阔人物，虽常过其地，曾不觉有香臭之分。桥头站岗之警察，昼夜呼吸此特别空气，亦未闻薰死若干名。且恐偶换新鲜空气，反觉不如是味之浓且厚也。若谓伦敦、巴黎无此气味，则国情不一，各有特色，又何必舍己之长，从人之短耶？先生以后对于此等似是而非之论，稍加审慎。万一触官厅之怒，则不但无益于人，将有损于己，何苦乃耳？词芜[②]意切，诸位谅察。"云云。

呜呼！石生君之责备，记者真不能置辩，惟有认错而已。

---

① 薰修：薰，厕所的那种呛鼻臭味。薰修，习惯臭味的修行。　② 词芜：语句杂乱。

大捧秃场

1921年5月31号

梅 蒐

前天给朋友贺喜，遇见一位上人（和尚称为上人），黄袍子黄鞋，一望而知为某大庙的住持。既是佛门弟子，应该慈眉善目、对人和蔼，那才对呢。这位大方丈说话摇头撇嘴，比恶官僚的习气还大。单①有几个人给他贴靴。和尚摇着脑袋大开演说。据他说，靳爷②怎么样，曹爷③又怎么样，张、王、范、李④当道的诸位伟人，都跟他很有交情。军阀派他也很熟，某师某旅，某混成旅⑤，背了个飞熟⑥。交通系怎么样，他说的源源本本。记者在新闻界吃饭，都没有他知道的详细。内中有一个下流社会，大捧秃场⑦，说："老方丈走动⑧的真宽，那不是瞎说的。"和尚被捧，面有德色⑨，这分秃美就不用提了。呜呼！既当和尚，应当一尘不染，万法皆空，无我无人，非空非色，焚五香⑩而清五浊⑪，去六欲⑫而得六通⑬，悟七心⑭之尽妄，扫八垢⑮之皆空，那才够和尚的资格。若该方丈者，尘根未净，俗骨难医，势利薰心，靦不知耻，其得意处正是表示他不够资格处。稍有知识的人，遇见这宗怪物，不必说不跟他过话，直可以不看他。而一般庸俗人，争先恐后，拍马贴靴，可怜亦可鄙也。虽然，这类事很多，每逢会场，要是

---

①单：偏偏。　②靳爷：指靳云鹏。当时的内阁总理。　③曹爷：曹锟。　④张、王、范、李：大概指当时的交通部总长张志潭、教育部总长范源濂、教育次长王章祐、财政部总长李士伟。　⑤混成旅：由步兵、骑兵、炮兵、工兵等各种兵种混合编成的旅。　⑥飞熟：特别熟。　⑦秃场：因为和尚没有头发，所以说"秃场"。　⑧走动：交际。　⑨德色：应为"得色"。得意的神色。　⑩五香：五种香料，有不同的说法。　⑪五浊：大乘佛教在佛经中提出的劫浊、见浊、烦恼浊、众生浊、命浊。　⑫六欲：对异性所具有之六种欲望：色欲、形貌欲、威仪欲、言语音声欲、细滑欲、人相欲；或指眼、耳、鼻、舌、身、意等六欲。　⑬六通：1.神足通：能飞天如地，出入三界，变化自在。2.天眼通：能看见一切人眼所不能看见的情形。3.天耳通：能听见一切人耳所不能听见的声音。4.他心通：能知道众生心中所想之事。5.宿命通：能知道自己和众生世世的宿命及所做之事。6.漏尽通：能断绝一切烦恼，摆脱生死轮回。　⑭七心：亦即"瑜珈七垢"，即：欲、见、疑、慢、骄、惰、奸。　⑮八垢：《翻译名义集》：念烦恼、不念烦恼、念不念烦恼、我烦恼、我所烦恼、自性烦恼、差别烦恼、摄爱烦恼，是名八垢。即八妄也。

来个阔人儿，大家必要特别欢迎、足捧一气。记者遇见这类人。我是相应不理，你找来跟我谈话，还得赶上我高兴。您猜怎么样？我这是不发财的脾气。

胖界注意

1921年6月1号

梅 蒐

友人萍寄生,许久未见,日昨造访。适风雨骤至,记者亦不能出门,因沽酒小酌,借以谈心。萍寄生言其族人某甲,体素肥,贪肉,善眠,行半里许,即喘哮欲死。幸系便①家无劳动事,且不费用脑筋。日前赴亲串②家吊祭,乘车归家,方与家人谈笑间,忽倒于床下。细视之,已归道山。伊家咸谓中邪,迷信语,不足信。考其真理,确系肥胖之病。此病之原因甚多,或滥饮酒类,或生殖器有病,或精神使用过少,或多食脂肪,或因血行障害,或本于先天之遗传性,皆足以致此病。肥胖病虽亦喘嗽,并非肺病。其胸围粗大,腹部隆凸,并非筋肉发达,乃脂肪沉着于皮下之故。较之筋肉强壮之人,运动活泼,作事有力,实有天渊之别。治肥胖病,法则甚多,不能备述。最关紧要者,第一,须食清淡。第二,须多运动,习劳苦。第三,少饮液体。如茶、酒、汤、粥之类,均须限制。第四,每夜睡眠以八小时为度,切勿多睡。第五,须使用精神。安然坐食,无事可作,实为造肥胖病之一大原因。仲尼云:"饱食终日,无所用心,难矣哉。"记者原不知医,不过于卫生之道,略议皮毛,谨贡所知。胖界诸君,幸注意焉(使用精神,总是求点学问,竟打麻雀、扑克,还不及不用精神呢)!

---

①便:应为"他"。 ②亲串:亲戚。

怪事发达

1921年6月3号

梅蒐

近日北京方面,有几样怪事非常发达。第一是诈骗(拐款潜逃,也在其内);第二是动凶仇杀;第三是因贫寻死;第四是明火盗案;第五,失业穷人,奄奄待毙,由各报介绍求助。以上这五样,层出迭见,报不绝书,那一天都有几档子。记者每见报纸登载这类事,心里是非常难过。及至到社会上一调查,市场公园,游人如蚁,奇装异服,斗胜争妍。饭馆、戏馆、妓馆,一天比一天增多。闯死人不偿命的摩托车①,络绎不绝于道。电灯(不亮)、电话(不灵)、自来永②、马路、洋楼等等物质的文明,总算很有进步,奢侈的风气,较比从先是一日千里。月挣二十元左右的先生们都是纱马褂、新草帽儿、眼挂金丝镜,手提打狗棒③,没事也要打两块④么二⑤的。月挣一百元以上,就要弄一辆包车⑥。一百五十元以上,就要置姨奶奶,碰巧就抽大烟。二百元以上,要坐四轮大马⑦。三百元以上,要坐汽车,如夫人至少得有三位,打牌都讲究一百块钱二四的。再往上更不必说啦。这宗奢侈之风,上行下效,虽不能说全国一致,也可以说到处相同。方才所说那五样怪事,全是受奢侈的影响。质言之,公园、市场,花天酒地,汽车、洋楼等等,就是制造诈骗、仇杀、明火、乞丐、寻死的张本⑧。物质进化而道德不进化,生活程度高,而生利程度不高,焉能不酿成这宗现像?呜呼!可哭!

---

①摩托车:汽车。 ②永:应为"水"。 ③打狗棒:指手杖。 ④两块:指两块一底。一底:打麻将时,先用镌着点的骨牌计数,然后按骨牌算钱。打之前,决定每人分到的骨牌算多少钱,叫一底。例如,两块一底,如果把手里的骨牌都输光了,要拿出两块。 ⑤么二:大概指赔赢率,庄家的赔赢是两倍。 ⑥包车:包月的洋车。 ⑦此处大概少一"车"字。 ⑧张本:缘由。

照录笑笑生来函

1921年6月4号

梅蒐

前门桥头臭味薰人一节，目前《余墨》中，说过两次，兹不多赘。关于此事又接有笑笑生来函，照录于下，以供众览。

（前略）敝人喜读贵报，尤喜读贵报《余墨》。前读《好味道了》一段，实令人钦佩。石生君之一封书，虽然言之成理，究无正当办法。今不揣冒昧，妄拟办法三条，望乞代为宣布。

（一）前门桥为冲衢要道，往来行人甚多。臭味薰蒸，与卫生大有妨碍。应断绝交通，另备轻便飞机若干架，城内在东、西交民巷口售票，城外在大栅栏、鲜鱼口售票。往来飞驶，庶免臭味之苦。

（二）飞机一时不能举办，应由公家多备避瘟闻药，在城内外施送。往来行人，均须闻药，以免染瘟。

（三）该处站岗巡警，须择聋鼻①者充任，以免恶味激刺②。

以上三则，在臭河未能修浚之先，暂时可以施行，以维现状而重卫生。一得之愚，伏望当道采择施行，是慎重民命之一道也。

---

①聋鼻：闻不见气味。　②激刺：刺激。

老太太义愤填膺

1921年6月5号

梅 蒐

　　日前记者赴南锣鼓巷访友,看见两个巡警,跟随一个男子,后随着一群瞧热闹的。这宗现像,原是社会常有之事,不足为奇。后来在路东烟卷铺,换钱买烟,有一个老太太在那里大开演说。据老太太说,这个人姓高,在小菊儿胡同住。现当陆军部头等录事①,素日为人十分奸诈,并且惧内。他女人非常厉害,一瞪眼他就没脉②。高某的儿子在某学堂当书记③,儿媳某氏,美而且贤,小夫妇十分伉俪。高某的女人看着生气,朝打暮骂,一切虐待的手术④,应有尽有。媳妇的身上,永久不断伤痕。最可恨的是,高某的女人骑在媳妇身上,让高某下手打。高某奉命惟谨,不敢不打。媳妇现有七月身孕,因为受刑不过,吞服火柴身死。高某的儿子,向来懦弱,有时见他父母毒打媳妇,不但不敢劝,他还帮忙。街坊邻里还夸他孝顺(这宗孝顺我不赞成)。高某人极狡猾,并且走动也宽。媳妇娘家又没有什么势力,儿子又听话,他一定让他儿子承认夫妇不和,没有他们老两口子的事,也就完了。老太太一边儿说一边儿大骂,大有义愤填膺的意思。听话音大概不假。至于结果如何,老太太猜的对不对,可就不得而知了。似乎这类事情,要真糊里糊涂就完了,未免暗无天日。最可惨的,是该少妇怀有七月身孕,一命即是两命,听着有多惨哪!

---

①录事:政府部门负责文书工作的人。　②没脉:脉搏不跳了。指吓得不敢喘气。　③书记:办理文书工作的人。　④手术:手法。

道听涂①说

1921年6月7号

梅蒐

　　昨赴友人处贺喜,同席某君,谈及中国财政。据某君云,现在中国财政,已到水尽山穷,累走了周自齐②,吓跑了李士伟③。财政总长一席,闹得无人敢来担任。靳揆④无法,只好自己担任罢。说起靳揆财政上的能力,只有潘馨航⑤的盐务和张远伯⑥的交通。现在财政如此奇窘,力量总嫌薄弱,所以约出钮传善⑦来帮忙。听说这位钮氏,是首创中国烟酒税的第一家,办理财政倒是有点本领。现在中央收入,烟酒税也算一大宗。若由钮氏认真整理,每年收入,大约可多进几千万之谱。不过这位钮氏,在五年前,因为政潮很受了点子影响。党派臭味重的人,不免怀疑。可是现在的时代,是非曲直,也很难说。甲党说乙党不好,乙党也不能夸甲党好(我可没党,我也不配有党),入主出奴⑧,莫衷一是。钮氏此次出山,若能施展本领,将烟酒税整理一下子,把财政难关渡过,能够不借外债,便是小民的幸福。况且钮氏近年奔走奉桂,调和南北,颇著勤劳。此次登台,原经各督军联衔力保,各要人既然保举他,嗣后或者不至再截留税款。果能如此,中央财政自然也就宽绰了。某君所言,颇为持平,故泚笔记之,以作今日《余墨》。

---

①涂:同"途"。　②周自齐:财政总长。　③李士伟:字伯芝,河北人。以直隶官费留学日本,早稻田大学政治经济科毕业。1921年5月14日靳云鹏任命李士伟为财政总长。为人清廉,但因被视为亲日派,遭人反对,所以没有上任。10月被正式免职。1927年10月病逝于上海,享年50岁。　④靳揆:内阁总理靳云鹏。　⑤潘馨航:潘复,字馨航,1920年1月5日至11月5日任财政部次长兼盐务署署长。　⑥张远伯:张志潭,字远伯,1921年5月14日被任命为交通部总长。　⑦钮传善:1921年6月1日,北京政府任命钮传善为财政次长。　⑧入主出奴:当了权就是大人物,丢了权就是小人物。

家庭魔鬼

1921年6月8号

梅蒐

　　记者前在某报登过一篇小说,题目为《家庭魔鬼》①。内容的大致,是某姓家道饶余,因为一个妇人,搅的家宅不安,一门几无噍类②。虽然稍有铺张,事迹是一点不假。大凡清静家庭,安宁的日子,无端引鬼入室,未有不乱者也。东城旗人某甲,系世职官员,现在虽无俸米,有房十余处,月租百余元。虽不敢称财主,"小康"二字,当之无愧。某甲去岁断弦③,家有三子两媳,并且抱孙,天伦之乐,邻里无不称羡。乃伊年近耳顺,不甘寂寞,本年春间,花洋百余元,续一孀妇。该妇三十许,且带有子女各一。自过门后,无日不吵,刻已各奔他乡,一家分作四股矣。先是某甲欲续弦,商之子、媳,其长子欲与伊父纳妾,次子、三子不但反对纳妾,而且反对续弦。某甲违背舆论,竟以番佛百尊,娶该孀妇至家,迫令子、媳辈以母事之。该妇恃某甲之宠,亦以老太太自居,因之大起革命。某甲左右为难,双方受困,几欲寻死(何苦)。经亲友调停,彼此分居。该妇好馋,且酷好竹戏,其带来子女,亦善花钱,母子三人零花,日需两元之谱。某甲稍示限制,则哭骂随之,且欲下堂求去。某甲不忍割爱,只得隐忍。常对人云:"我一时糊涂,烧香引鬼,弄得一家离散。如今后悔,迟矣晚矣。"呜呼!若某甲者,真可谓"有福不会享,无罪找枷扛"者也。

---

① 指蔡友梅从1914年9月22日到12月11日在《顺天时报》上连载小说《家庭魔鬼》,笔名"退化"。　②噍(jiào)类:活着的人。　③断弦:妻子去世。

那件事这件事

1921年6月10号

梅 蒐

前天上午十点多钟,记者正在上磨(作小说),第三、第四两个小儿(蔡华、蔡葩,同在公立第二十三小学肄业)忽然回家,不但回家,还直抹眼泪。我问他们为什么哭,两个孩子齐声说道:"我们正在上堂①,来了高等什么学校的两个人。待了会子,职教员②传话,就罢了课啦。"两个孩子不愿意回来,"大家都走啦,我们也不能独留",所以哭着回来啦。我家的孩子是这样子,大概别家的孩子也未必不如此。后来我一打听,敢情各小学校,罢课的很有几处。这件事未免可叹。上两次教潮,记者于《余墨》中,还瞎论过两回,这次③我就没提过一个字。雷同的议论,人云亦云,我引以为耻。特别的论调,干犯众怒我倒不怕,何必好奇呢?再一说也受嫌疑。许有人说,记者给政府拍马屁。其实这宗政府,有什么可拍的。他也不希罕我拍,我也不配给他拍。八校职教员举动,我也不是不赞成,不过稍觉操切④一点。以我的主义,上课干上课的,要求干要求的,虚耗光阴,荒废学业,实在可惜。这几年的功夫,竟罢课罢了多少回啦?中学以上的学生,姑且不提,最可怜的是高小、国民的学生,无缘无故,也陪着罢课。高小、国民的职教员,顾念同行的义气,不能不随个众儿。这下子不要紧,北京公立大、小学校,大半全叠了(宝局歇业,叫作叠了)。教部直辖的各校,暂且不提。中、小学校,隶于学务局,奉劝张仲苏⑤先生,设法劝谕中、小学职教员,第一别加入战团,第二赶紧上课,第三是那件事,我也就不必说了(别费话了,不为那件事,还没有这件事呢)。

---

①上堂:上课。 ②职教员:教职员。 ③这次:1921年5月21日,北京大学等八所学校的教职员辞职,每天到教育部索要欠薪,6月2日,北京中、小学生在新华门集合,向国务院请愿。6月3日,学生、八校教职员到教育部请愿,和卫兵发生冲突,双方都有人受伤。 ④操切:过于急躁。 ⑤张仲苏:当时的京师学务局局长。

巡警拉车夫

1921年6月12号

梅 蒐

今天《余墨》标题，诸君乍瞧，必以为是巡警因穷拉车，其实不然。今天这个问题，是判评巡警与人力车夫的是非曲直。巡警专门打拉车的（汽车司机的，赶马车的，不打他就是好事，所以他们就会拿拉车的出气），各报上都常嘈嘈，诸位也都看见过，兹不多赘。警章①既无打人的权利，拉车的也没有挨打的义务，这些个事且不说。巡警打拉车的，我们看着固然可怜，可是拉车的那分可恶，也一言难尽。到了晚晌，非干涉不点灯，拉着座儿是胡钻混创②。空车来往盘旋，不听指挥。近来更有一宗德行，拉到了地方儿，瞪眼楞讹钱。这不过略举大端，其余恶习一言难尽。好言相劝，他们还不爱听。您说这可有什么法子？我说这句话未免过火，瞧他们那分可恶，可也真不宜好待。昨天友人胡君，在西城马路上，被一位拉的，跟人赛米达③，这个拉车的爬④下啦，胡君的腿也摔破啦。拉车的不说好话，起来他先叫横，好像他摔人有功，总得给他加钱才对。友人老实，倒没说什么。巡警看不过眼儿了，敬了他两个嘴吧。挨上打了，他也说懂情理的话了。您说这个事怎么裁判？有人说巡警跟拉洋车的，是八两半斤，一十跟二五，论程度可以画一个等号儿。这话您可听明白了，这说的是打人的巡警，跟不够资格的拉车的，高超一点儿的，不可一概而论。

---

① 警章：警察厅制定的治安、交通章程。　② 创：应为"闯"。　③ 赛米达：百米赛跑。　④ 爬：趴。当时"趴"一般写作"爬"。

照录二十三国民学校来函

1921年6月14号

梅蒐

日前因小学罢课，曾于《余墨》中论及。昨接公立第二十三国民学校来函，声明事实，今将该函照录如下。

"（前略）贵报主持清议，一秉大公，无任钦佩。惟日前《余墨》所登敝校罢课一节，事实稍有不同。缘学潮起后，敝校照常上课。日前有某小学校学生两次来校，劝敝校一同罢课。敝校职教员，对于罢课一事，初无成见，一任学生自动。故于九日令各生归家，商诸各家长，愿否罢课，听其自便。乃据各生报告，且有家长到校接洽，多数论调，一如贵报所言，虚耗光阴，荒废学业，甚为可惜等情。本校概从多数主张，过夏节后，已一律照常上课矣。深恐外间不明真像，今细述原委，恳为登录，以供众览。"云云。

按此次学潮，与小学校毫无关系，似不必附和罢课。该校征求家长同意，概从多数，办法极为妥当。至某小学校学生游说鼓吹，记者甚为不取。十几岁的学生，知识幼稚，最易受人利用。自己虚掷大好光阴，而又欲劝诱他人，岂非一误再误？该校学生，既赴二十三校游说，想必亦赴他校。教育当局，对于此种行动，不知何法以善其后？呜呼！我为地方教育一哭。

排　闷

1921年6月15号

梅　蒐

记者前几年，最爱看报，没事的时候儿，也爱赴肆间品茶。茶室①我虽然不去，茶楼、茶馆、野茶社②，我都爱去。再闷的慌了，我还爱看戏。近二年来，这三样儿，都跟我很没缘。先说看戏，头一样儿没有好戏，戏价还是很贵。戏园子设备的也不完全，卖座儿的讹茶钱，外带着不给开水喝。听戏的不讲公德，卖吃食东西的，来回竟吵。冬天脚冷，夏天人多气味大，乐不抵苦，何必花钱找罪受？再说品茶，茶楼倒还干净，南腔北调，我也倒听的懂。所谈的无非牌谱、嫖经、官迷、财迷，这些个肮儿脏，自然我是不爱听了。就是最高等的，谈点时事，我也是不爱听。次等茶馆儿，除去旗人盼饷，就是下等人玩笑。还有一类谣言派，信口胡云，更没有意思。至于看报这节，记者吃报界，要说不爱看报，未免下不去。其实我真怕看，小说、《杂组》③，对式④我许看一气，《要闻》《京闻》，我怕看的厉害。专电我更不敢瞧。昨天晚晌，买了一张报，上头有九个专电。（一）是小徐⑤遭党煽惑军队。（九）是冯旅与党仲昭开始攻击⑥。当中的几个电，也没有吉祥如意的事情。瞧了这宗专电，您说心里有多们堵的慌。品茶、看戏、瞧报，原为排闷，排不成闷，倒添了若许烦恼，这是何苦？所以近来要闷的慌，在家里是读诗、浇花、睡大觉。实在闷极了，出城找个树林子，听听鸟语，看看野色，倒比什么都强。有人说了："你为什么不打两圈呢？"告诉您说，那件事没我。

---

①茶室：二等妓院。上等妓院叫"小班"。二等叫"茶室"，通常，客人先去饮茶、聊天儿，双方互相都满意了，才留宿。也有的客人目的仅是饮茶、聊天儿，或者和朋友相聚。下等妓院叫"下处"，目的只是提供性交易。　②野茶社：野茶馆。　③组：应为"俎"。　④对式：合适。对胃口。　⑤小徐：徐树铮(1880—1925)，字又铮，号铁珊，江苏省萧县醴泉村(今安徽省萧县醴泉村)人。北洋军阀皖系上将，陆军中将加上将衔、远威将军。1918年组织安福俱乐部，操控选举。1919年任西北筹边使兼西北边防军总司令。直皖战争后，安福俱乐部被解散，徐树铮被通缉，逃到日本领事馆躲藏。　⑥冯旅与党仲昭开始攻击：6月9日，新任陕西督军阎相文的先头部队第16混成旅冯玉祥部抵达潼关，与陈树藩部党仲昭接触。

对不起"义"字儿

1921年6月16号

梅 蒐

端阳节后一日（初六），记者闷闷不乐，带着儿女辈出齐化门,买舟①迳奔②二闸③。同舟有一位老者，六十多岁，相貌轩昂，打扮不俗（我可不是洋绉眼④）。既在同舟，不能不谈喽。先说了些个闲话儿不提，后来提湖北武昌兵变，老者有点特别的议论。据老者说，现在兵变一事，师喻旅晓（比家喻户晓强），不足为奇。惟独武昌这个地方儿，似乎不应出兵变的事情。辛亥那年，武昌首倡革命，并且由军界起义。直到如今，"武昌起义"四个字，腾诸人口⑤。要没有武昌军界起义，不能推倒专制，改建共和。直到如今，留下的双十节，就是武昌军界的名誉。要以民国比前清，武昌就是发祥的地方儿。前清发祥地是长白山，民国的武昌，就比前清的长白山。军队稍有知识，应当尊重当年起义的荣誉。在别处哗变抢掠则可，万不可以在共和发祥的地方唱这宗武戏。起义的所在，作此不义之事，未免对不起"义"字儿。老者所谈，虽近诙谐，颇有意思。故归家笔记，以作今日《余墨》。

---

①买舟：花钱坐船。 ②迳奔：直奔。 ③二闸：庆丰闸，北京城东通惠河第二道水闸，老百姓叫二闸。因河宽水清，景色宜人，为夏季游览胜地。 ④洋绉眼：势利眼。看见穿洋绉的就巴结。 ⑤腾诸人口：在人们口中传扬。

覆巢无完卵

1921年6月17号

梅 蒐

昨接友人天冷生来函,关于私立学校停课一事,非常愤懑,特寄《余墨》一则,恳为登录。天冷生,相好多年,人极诚实,对于教育事业尤具热心,盖亦有心人也。今将原稿稍加润色,照录如下。

"大事旁落,政府无能,教育破产,早在吾人意料之中。自八校教潮演成六三惨剧①,吾人虽代国立学校教职员、学生鸣其不平,幸而尚有私立各学校,可为吾人子弟求学之所。盖教育本为社会事业之一,正不必专委政府公仆代办,而公仆亦绝无丝毫维持教育之诚意(雇工人氏那里有管主人翁教育事情的)。时至今日,不料教潮已波及私立各校矣。即如记者近邻之私立朝阳大学②,其管教之合法、校风之高尚,在教育界早有法校模范之定评。近年经职教员热心从事,朝大校誉,益复蒸蒸日上。乃不幸于昨日亦因外界潮流而辍课,并闻主其事者,异常灰心,有一切事务停止进行之表示。果真如此,则今后吾人子弟,直无一完全学校可供求学之地者。呜呼!社会事业,难由主人翁自理,而受雇工人氏影响,亦不得聊生。真所谓覆巢无完卵。岂不痛哉!"

---

①六三惨剧:见6月10号注释③。 ②朝阳大学:创办于1912年。1949年改建为中国政法大学,1950年并入中国人民大学。

名　利

1921年6月18号

梅　蒐

　　唐诗云："世间名利客，都似梦中过。"西儒埃机的有云："名与利为缚束人之物。"世俗土谚，有"争名夺利"之说。质言之，人生在世，奔波一生，不过给名利当奴隶而已。可是古人好名之心，甚于好利。孟二先生①说过，"好名之人能让千乘之国"，千乘大国都肯让给人，所为买个名誉。您说这不是半疯儿吗？好名心盛，可就全不顾了。孟子说话的时候儿，是战国时代，距离如今两三千年。那个时候儿的人，头恼②简单，能够作那宗傻事。到了后来，好名之人虽有，让国之事，概不多见，可是有篡国跟卖国的。您想这就差的多了。到了如今，记者要说一个好名的没有，未免屈心、造孽、得罪人、挨骂，反正贪利的多，好名的少就结了。有人说了，"你这话不尽然。你说没有好名的，你要损坏谁的名誉，谁也不答应。说屈了，自然许人家不答应。说的满对，他也要辩驳一气。比方说，他家里贩黑货、开宝局，真而又真，切而又切，你要给他一宣布，他就该不认账啦。反正是那几句刻板的文章套子话：'昨阅某日贵报登载某事，不胜骇异。敝人束身自好，并无什么什么事。想系奸人捏造，道路传言不实，恳为更正，以全名誉。'云云。这宗千人一面的玩艺儿，不是好名是什么"？这话猛听似乎很对，其实不对。真好名，别作对不起人的事情。再一说，这宗好名，还是由好利上起。比方说，他当个办事员，或是头等录事，被人嘈嘈两回，差使不好往下当了。马上辞差，每月就短进好几十块，不能不转转面子，以固饭锅③。万总归一。有八个字考语，是"缺欠教育，为穷所逼"。

---

①孟二先生：孟子。　②恼：应为"脑"。　③饭锅：饭碗。

勉奎段诸艺员

1921年6月19号

梅蒐

戏剧词曲，为社会教育之一。若果①编演得法，感化力较讲演为大，与风俗人心有密切关系。在教育未能普及时代，一切社会教育最为紧要。北京方面，旧日流行词曲，约为两种。一为凤阳歌（即什不闲②，又名莲花落），一为八角鼓③。后来之各种大鼓、时调、小曲等类，皆脱胎于凤阳歌、八角鼓。以价值论，八角鼓高于凤阳歌。因凤阳歌注重包头（旦角俗称包头），状态秽亵，令人生厌。而凤阳歌中，亦不乏警人之曲。早年官厅对于此种歌曲，视为无关紧要，纯取放任主意。若辈④迎合社会眼先⑤，倚疯撒邪，肆无忌惮，伤风败俗，一言难尽。维新以来，警厅对于淫戏已加取缔，孰不知未经取缔之戏，表情过火，甚于淫戏，而曾经取缔之所谓淫戏者，若能稍加改良，未常⑥不是警世好戏。官场办事，照例敷衍表面，不求实际。至凤阳歌、八角鼓，既不在大戏园演唱，临时市场、野茶社等处，遂亦无人过问矣。抑知⑦临时市场、野茶社等处，下流社会居多，较比大戏园尤关紧要。盖上、中流社会，知识本高，无须歌曲感化，下流社会脑筋简单，最易受一切影响也。日昨被友人约赴齐外⑧荷花汀品茶（俗名菱角坑⑨），该处演唱、杂耍，凤阳歌、八角鼓兼而有之，且有新戏。昨观奎星垣⑩、段剑石⑪合演新剧，虽不能十分完善，而颇饶⑫警世之意。若能再加研究，与风俗人心益处非浅。寄语奎、段诸艺员，好自为之。

---

①若果：如果。　②什不闲：流行于北京、天津、河北一带的一种曲艺。有单曲、彩唱两种形式。单曲为一人演唱故事，彩唱二、三人，分别扮演旦、丑，又唱又跳，尤其插科打诨，逗人一笑。　③八角鼓：清代曲艺的一种。因为敲打着八角鼓唱，所以叫八角鼓。　④若辈：这些人。　⑤先：应为"光"。　⑥常：应为"尝"。　⑦抑知：岂知。　⑧齐外：齐化门外。　⑨菱角坑：野茶社的名字。　⑩奎星垣：艺名奎第老，当时演唱什不闲的著名演员。　⑪段剑石：段剑石。当时演唱什不闲的演员。当时，"段"即常写作"叚"，为方便起见，后文直接改为"段"。　⑫饶：多。

小长挨打

1921年6月22号

梅 蒐

友人李君,昨赴德胜门外有事,见一丘八先生,揪着人力车夫,大打之下。丘八爷打人,与拉车夫挨打,这两样是北京常有之事,不足为奇。至被打的原因,无非为争钱起见。车夫格外勒索,丘八坐车发官价,这两档子是背道而驰的事情,焉有不捣乱之理。好在打的也不重,经人解劝,也就完啦。这个车夫,坐在那里,大哭之下。据他说,自幼儿没受过这个,从先家里拴车养马,黑、黄寺①、南顶②等处,每年跑车跑马③,都有他一分子。如今被家所累,替人跑道儿(俗称拉车为替人跑道儿),已然丢人现眼,没事还受这宗委屈,真正的窝心。越说越痛,泣涕如雨。瞧热闹的,安慰了他一番,悲悲切切,拉着车去了。旁边有一个拉车的,知道他的历史,说此人叫小长,黄旗满洲人氏。有他父亲在世,保过库兵④,放过阎王账⑤。小长年轻的时候儿,一身青洋绉,引类呼朋,到处抡虚子(抡虚子是北京土语,当闯光棍讲),专一欺负小本营业人。从先在斗鸡坑住家,打过卖京米粥的,踹过沙锅挑子,虽不算大混混儿,小小的也有个字号。共和以还,家业一落千丈,落到拉车为生,恶习也好多了。他说没受过这个,实在不假云云。呜呼!原因结果,天道好还。格言云,"得饶人处且饶人,将来自有人饶你"。这话确有至理,并非迷信。小常⑥挨打不过是一件小事,世界事可以类推。

---

①黑、黄寺:黑寺本名慈度寺,因为瓦是黑色,所以俗称黑寺。位于德胜门外马甸,建于清朝初年,毁于民国十四年(1925)。黄寺位于安定门外黄寺大街。 ②南顶:北京最著名的五座泰山神庙,也叫碧霞元君庙,分别为东顶、西顶、南顶、北顶、中顶。南顶位于南苑大红门外,建于明代,清乾隆三十八年重修,民国年间倾倒,现已无存。 ③跑车跑马:赛马车、赛马。 ④库兵:在钱库当差的。因为"旗"是军队编制,旗人都算军人或军人家属,所以叫"库兵"。在钱库当差,可以偷银子,一年可以弄几千两。 ⑤阎王账:指高利贷。 ⑥常:应为"长"。

英文书甩头一子[①]

1921年6月23号

梅 蒐

记者于数年前自北新桥宣讲所归家,天已十点多钟,行至观音寺地方(王大人胡同迤北之观音寺),忽然由路北大门内,突来一条恶犬,拦住去路。这条犬一汪汪,真是一犬吠影,众犬吠声,招来五六条野犬,当时来了一个包围。虽然没真下口,这分危急,也很够瞧的。不由的心血跳荡,大喊救人。幸经两位下夜[②]的巡警,前来救护,算是解了此围。警士还送了我一程。至今我是谈犬色变。乃日昨接友人张伯强君来函,据称于本月十五,也遭了一次犬劫。是日下午十一点余,张君行至达智营,忽来恶犬十余条,将张君围住。当时手无寸铁,幸由伊友处,携有英文书数本,一时情急,用书当标[③],且战且走,大喊"巡警救命",亦无应者。后至内右[④]第二十八派出所内,报告恶犬情形。该警土[⑤]态度非常傲慢,张君问他喊救时,曾否听见?(被困处,距离警阁二十余步)警士言,并未听见,并言此项野狗,不但巡警无办法,区里亦无办法云云。野狗咬人,警区亦无办法,该警士之答辞,可称奇怪。张君连惊带气,病了好几天,几本英文书也丢了。张君这次遭犬劫,较比前数年记者那次遭劫,可就有幸有不幸了。该处野犬拦路,警察既无法保护,又不能驱除恶犬,嗣后晚间由那里行走,带英文书不行,总得带甩头一子啦。

---

①甩头一子:一种手掷的暗器。 ②下夜:夜间巡逻。 ③标:镖。飞镖。 ④内右:内右区。和宣武区合并以前的西城区。 ⑤土:应为"士"。

西皮赌局

1921年6月24号

梅 蒐

昨接多事人来函,大致说前门西皮市长泰皮局①大赌特赌,警士置若罔闻,恳为登报等情。今将原函照录如下。

"(前略)贵报公正无私,有口皆碑。《余墨》一门,尤为脍炙人口,婉言开导,曲尽忠直,令人钦佩。今有一事,恳代为宣布。敝人笔墨粗劣,祈斧削②登诸《余墨》栏内,至为切祷。前门内西皮市黑皮大院长泰熟皮局,近因生意萧条,想一维持之道,乃招集附近皮作坊要手艺人等,大赌特赌。开幕以来,非常发达,大有人满之患。闻每日所抽头钱③,约五六十吊之谱。夜以继日,人类复杂,有时吵骂之声,达于户外,全巷住户,一夕数惊。该巷虽亦有警士巡逻,无耐伊等装聋作哑,置若罔闻。窃思赌之为害,不但废时失业,聚集多数无教育之人,日久天长,非凶即盗。望有保民责任者,多多注意为是。"

按多事人来函,说的真而又真,照有闻必录之例,当然代登。但是现在社会的事情,鬼蜮百出,变幻无穷。因为耍输泄愤,投函报馆者有之;关心本巷治安,出于公心者亦有之。赌局见报立即停办,立刻假充好人者有之;警区查无实据,致函报馆,谓所登子虚者亦有之。以上种种情形,记者吃报界垂二十年,我是知之最悉。但愿该处没有赌局,即或有赌局,从此停办,也是最好的事情。

---

①皮局:皮货店。 ②斧削:请修改。 ③抽头钱:赌场老板和杂役从赌赢了的人赢的钱中按比例抽取一定的钱。

原函加注答高少如君

1921年6月25号

梅蒐

昨有高少如君致函记者,大致说,记者小说,虽寓惩恶劝善之意,惟叙事稍有过火处,且失之刻薄,有伤忠厚之道。今将来函加注以代答覆。原函如下。

"亦我先生阁下:敝人喜读小说,于阁下小说,尤为钦佩(不敢当)。近二年来,阁下在贵报所登各种小说,颇有佳作(过奖过奖),如前登之《双料义务》《势力鬼》等等小说,固然描写尽致,绘影绘声,(这八个字更不敢当)但时有过火之处,(这话诚然不错,但戏剧小说,非过火不能表情)且往往讽世太甚,语言刻薄(这宗龌龊社会,自有说不到的,没有作不到的。刻薄着他还不怕呢)。如《势力鬼》中之王小峰,翻云覆雨,反复无常。试问社会上有此类人乎?(有比他厉害的,我说的还不到家呢)阁下著意描写,不但不能感化人,反与一般不够资格者,开无限法门(这话更奇了,那们孔子作春秋,也是给乱臣贼子开法门呢)。最近所登之《刘三怕》,形容怕婆①人,亦未免太甚。敝人原不怕婆,(未必)不过就事论事,阁下幸勿多心。(我才不多心哪)阁下在报界小有名誉,(不要这个小字儿,行不行)正宜保守名誉,笔下请宜谨慎。(者②)口德呀口德,(你听)贡献直言,(谢谢您哪)余容面罄③不既④。(敬候赐教)"

---

①婆:老婆。　②者:满语,是。　③面罄:详情面谈。　④不既:谦语,"信中意思没表达清楚",写信时的结束语。

好吃懒作

1921年6月26号

梅 蒐

昨天上午,舍下去了一个讨饭的女士,四十多岁,天足京口①,还带着一个孩子,约有十来岁。"奶奶、太太"的喊了几声,女儿们给他送出一碗饭去,虽然是剩饭,一点不谀②,记者吃的是打卤面,剩下半碗卤,给他,在饭上。他吃了半碗,其余给孩子吃了。吃完了,向舍下的女仆说道:"这个卤真不错,一定是高白汤,里头还有料酒。"女仆说:"你倒吃过见过,说的一点儿也不错。你贵姓呀?从先作什么呀?"讨饭的女士叹了一声说道:"我是蓝旗满洲人,娘家阿玛③当过同知④,公公作过副都统。我们孩子他阿玛,在世的时候也当过主事⑤,民国二年死的。我们要是勤俭过日子,吃不了花不了的。不怕这位妈妈你笑话,我是好吃懒作,见天带着孩子们逛市场、听夜戏,家里不起火食,由饭馆子里往家里叫小圆笼儿⑥,多分家业已然花光。大儿子拉洋车,拉了钱就吃,还不够他花的呢。(这都是你的教育)大女、二女在仓上作活,剩下我们这个二哥儿⑦(穷到这步天地,还称哥儿呢,有多要命)见天跟着我出来。您这宅里赏的这饭我能吃,旁处赏的我就不能吃。"说着叹了两声,又往别处叫老爷、太太去了。呜呼!好吃懒作,为旗人特性。近来生计困难,旗人亦颇知勤俭。若该讨饭女士,混到当乞丐,还挑吃挑喝,实在特⑧。溯本穷源,不能怨他,是娘家父母缺欠教育之故。

---

①京口:北京口音。 ②不谀:不奉承。此处是不夸张的意思。 ③阿玛:满语,爸爸。
④同知:五品官。 ⑤主事:六品官。 ⑥小圆笼儿:大概指外卖。饭馆的伙计挑着小圆笼送到家。 ⑦哥儿:对大户人家公子的称呼。 ⑧此处少一"别"字。

汪某无良

1921 年 6 月 28 号

梅　蒐

　　昨天被友人约逛二闸,由便门外包了一只船,所为清净。照例包船不带旁人,有一个六十多岁的老者,再三央求携带,船家不敢作主。我见他愁眉泪眼,老态龙钟,当时认可。老者上船,非常的感激。驶船的也是个老者,跟他认识,问他事情怎么样了。他叹了一口气,掉了两点眼泪,摇着头说道:"我也不找他了。他害苦了我啦。"朋友爱说话,当时问他怎么回事情。老者细述原委,听着令人发指。老者姓白,二闸人氏,从先在仓上有事①,稍有积蓄。后来仓事取消,年终卖瓜,也很获利。老夫妇跟前一个女儿,给与东四牌楼住户汪某为妻。现在他女儿已死,汪某续娶赵氏。去岁汪某要谋差使,非三百元不行,再三的央求他,许下得差之后,迎接他们老夫妇同居,以父母事之。白老者认以为真,手内有二百多块钱,连当带卖,又凑了一百多块钱,悉数交与汪某谋差使。现在汪某倒是得了一个差使,每月有五十多块钱。赵氏也戴上金首饰啦,汪某也弄了一辆包车。他去了,连顿饭都吃不出来,并且见他去了就说闲话,甚至于指着孩子大骂特骂。那天白老者进城,跟汪某借一块钱,汪某不但不借,反把老头子骂了一顿,所以赌气子回家。老者越说越委屈。说话中间,已到二闸。老者千恩万谢,悲切切下船而去。若汪某者,真可以谓之无良而已。

---

①有事:有工作。

审刺客

1921年6月29号

梅蒐

昨天同着朋友观剧,听了一出《审刺客》。据戏文说,是晋朝的事情,其实晋朝并没有这档子事情。记者听先师朱月楼先生说过,《审刺客》这出戏,就是明末三案之一,廷击的那档子事①,史龙就是张差(高腔班史龙作史能),贾玉就是魏忠贤,闵爵就是左光斗,至大承②相贺道安,不知所指何人,大半亦系忠贤之党云云。该剧发生于明末(先有的昆腔,皮簧③脱胎于昆腔),当时不敢明说,故托言晋朝。月楼先生所言如此,是与不是,记者也不敢断定。但是中国古时,暗杀行刺的事情,代有所闻,战国时尤其的发达,如曹沫④、聂政⑤、专诸⑥、荆柯⑦之流,都是很著名的。但是那些个刺客,或因公愤,或为私恩,全都有点大侠义之气。记者每读刺客传,千载之下,凛凛犹有生气。汉晋以还,六朝五代至于前明,暗杀行刺的事情,虽然也有,可是并不发达。自前清末叶,行刺之风甚炽,论者都

---

①廷击的那档子事:梃击案,明代三大奇案之一。明万历四十三年(1615年),张差手持木棒闯入太子居住的慈庆宫,打伤了守门太监。被审时,张差供出是郑贵妃手下太监庞保、刘成引进的。最后,张差被处死,是否有幕后人不再追究。 ②承:应为"丞"。 ③皮簧:京剧。 ④曹沫:《史记》上为"曹沫",战国时鲁国的将军。他和齐国打仗,败了三次,鲁国不得已割地求和。当鲁庄公和齐桓公在坛上盟誓时,曹沫公然持匕首劫持了桓公,逼他归还鲁国的土地。桓公不得已只好答应,但脱身后,就想反悔。管仲说,不行,不能失信于诸侯。桓公只得归还了占领的全部鲁国土地,包括曹沫三次败仗失去的土地。 ⑤聂政:严仲子在韩国当官时,和国相侠累互相攻击。他怕侠累杀他,便逃到齐国。听人说聂政是勇士,便带重礼去拜访。聂政说,他还有老母要奉养,谢绝了礼物。后来,聂政的母亲去世,姐姐出嫁了,他为了报答严仲子的知遇之恩,仗剑闯入侠累府中,杀了侠累,然后毁了自己的容颜,剖腹自杀。 ⑥专诸:战国时吴国人。吴王诸樊觉得弟弟季子札贤,所以不立太子,要把王位传给弟弟。传到季子札时,季子札不肯接受,逃跑了。吴国人就立了季子札的儿子僚为王。诸樊的儿子公子光不忿,想派人刺杀僚。伍子胥乘机把专诸献给光。光厚待专诸。专诸自告奋勇去刺杀僚。光邀请僚到自己家赴宴,席间离开。专诸把匕首藏在鱼肚子里,借上菜的机会,杀死了僚,自己也被吴王的侍卫杀死。 ⑦荆柯:应为"荆轲"。战国时,秦国灭了赵国,大军逼近燕国边境。燕国太子丹请荆轲效法曹沫劫持秦王,逼他返还诸侯土地,如果不行,便刺杀。荆轲把有毒的匕首藏在地图里,想借献图的时候刺杀秦王,但没成功,自己也被秦王杀死。

说,是专制压力逼出来的。这话好像也很对了。现在是共和并非专制,怎么刺客更闹的欢了？即以最近之事而论,吴庆桐①死了日子不多,贵州第二师师长袁祖铭②又被人刺。日昨报载广西陈炳焜③,在陆川高州交界又被人敬了两枪,所幸未能命中。听说捕获的嫌疑犯很多,这两天正唱审刺客呢。前后三位被刺的,一位死了,一位受伤,一位没受伤,可是三位都是军阀一派,实在是一件怪事(有什么可怪的?)。

---

①吴庆桐(1872—1921):字子琴,河南商丘人。1914—1920年任南阳镇守使。1921年在天津寓所被侍从曹森刺杀身亡。　②袁祖铭(1889—1927):号鼎卿,贵州人。1918年任贵州第二师师长,1921年遇刺负伤。1922年任贵州省省长。1927年应唐生智手下师长周斓之邀赴宴,在宴席中被杀。　③陈炳焜(1868—1927):字舜琴,广西人,1917年任广东督军,1918年任广西省长,1919年辞任,闲居家中。1921年任广西护军使,兵败后,逃到天津,后迁居香港。1927年病死。

无奇不有

1921 年 6 月 30 号

梅 蒐

旧日官僚,钱搂足了,孽也造够了。三房五妾,积玉堆金,岁数儿也不小啦,看着妻妾儿女财帛,都舍不得,就是怕死。再一说他又怕死了下地狱,两下里一挤,就该练道念佛了。这都是照例的套子。从先汉武帝求神仙,就是这个意思。后来才醒腔①,说天下安有神仙?服食练养,差可②却病延年耳。没想到共和以还,此风更盛。从先还是搂足了钱,再练道念佛。如今是一边搂钱,一边求道,您听有多们邪行。昨天友人在宣南饭店请客,同席有一位先生,四十多岁,跟记者座位相近,彼此换了一个片子③。他那个片子上,勋章职衔,好些个顶批④。瞧神气,每月输入⑤至少总在六百块钱以上。谈起话来,自称研究佛学,并且说,见天早晚还要作两遍功夫。喝了一盅酒,吃了一箸菜,向主人捧拳道谢,声称东兴楼还有饭局。穿上马褂儿,对大家周旋了一番,告辞而去。有知其底蕴者,说他家里有三四位如夫人,并且走动很宽,重要人大半都有联络,偶然还敲两下子竹杠。某善社⑥里他也常去,并且专爱捧坤角儿,历史复杂,一言难尽。呜呼!既研究佛学又敲竹杠,已然就很可怪了,外带还捧坤角儿。您说他这叫那道佛学?茫茫人海,可称无奇不有。

---

①醒腔:明白过来。 ②差可:勉强可以。 ③片子:名片。 ④顶批:写在文章上方的批语。此处指印在名片上的职衔。 ⑤输入:收入。 ⑥善社:慈善团体。

出井觉悟

1921年7月1号

梅蒐

坟丁马三,日前因事来舍,谈及伊邻村郑狗儿因鸽打娘坠井遇救一事,颇饶趣味。郑狗儿七岁丧父,伊母爱之若掌上珍,自幼娇惯,俗所谓"要星星,不敢给月亮者"是也。家道小康。狗儿素有爱鸽之癖,日前由城内买有凤头点子(鸽子别名,最称上品)一对,爱若性命。惟新来之鸽,例须缝翅(怕飞了)。狗儿赴孙河有事,嘱其母善为看守,以防猫扑。乃伊晚间带醉归家,一对凤头点已丧狸奴①之腹矣。狗儿痛鸽心切,暴跳如雷,谓伊母太不留神,伊母稍与辩别②,竟饱老拳。经鲁仲连辈出而排解,狗儿余怒未息,负气夜奔(夜奔比打虎强),竟坠于赵氏菜园井内,被看青人刘七捞救,酒亦顿醒。经人送至家中,入门见母长跪不起,自挝无算③。据言殴打娘亲,上天降罪,从此誓改前非,膝前尽孝云云。此事不奇于狗儿打娘,而奇于打娘后即坠入井内。坠井被救不足为奇,而奇于出井之后,恍然大悟。若狗儿者,本质原非甚坏,一由于生长乡间,无知无识,二由于自幼娇惯性成,以致如此。素根④本厚,所以觉悟甚速。王在山⑤云:"多少好儿女,都被愚父母给养坏了。"此真万古不磨之论也。

---

①狸奴:猫。 ②辩别:分辨。 ③无算:不计其数。 ④素根:应为"宿根",佛教、道教所谓前世的根基。 ⑤王在山:蔡友梅的朋友。

私 公 寓

1921年7月2号

梅 蒐

　　共和以还，赴京谋事的人，日见加增，所以前三门外大小旅馆，是非常发达。但是政、学两界，在内城各处作事的也很多，前三门距离窎远①，诸多不便，而内城的房子，因之租价陡增。还有一节，租一处独院儿房子，没有合式的，有合式的，您就听价儿罢。租杂院儿，一来房子不整齐，二来也乱的慌。于是有高明人想出投机的买卖，起名叫作公寓。一兴的时候儿，东西南北城没有几个，如今拧啦，大街小巷，是处皆有公寓。干净正派的公寓，固然很多，含垢纳污的公寓，也实在不少。麻雀、扑克，那是奉天承运的事情，不必细说。吸食阿芙蓉②，也在所难免。此外鬼鬼祟祟的事情，也短不了。前些时《余墨》中，也曾说过，兹不多赘。听说有一路私公寓（名称出奇），既未呈报，又没有字号，表面上，他有房子租街坊③，你不能干涉他，内容就是不挂牌子的公寓。不但包饭，别的也就不能说了，男女混杂，一言难尽。并且专勾引青年的学生，与风俗治安很有关系。奉告有保民责④诸君，认真调查，⑤行取缔才好。

---

①窎远：遥远。　②阿芙蓉：鸦片。　③街坊：指房客。　④此处少一"任"字。　⑤此处少一"实"字。

改良拉替身

1921年7月3号

梅蒐

北城新开路赵姓，系顺直①议员，为人忠厚。赵姓有个族叔（已然出了五服②），名叫松林，世传无赖，由他祖父说起，专吃本家。前几年，赵姓还给他拴③过皮车④，十吊八吊、一块两块、三吊五吊，那都是常事。借了当去，就算完了。二十九日晚间，松林又赴赵姓家讹钱，给了他也不是多少钱，他嫌少，闹了会子。始而巡警把他劝走了，没想到当日夜内，竟在赵姓门外悬环自尽（右边门环子上）。这件事要掏⑤在前清，倒是有点麻烦，到了民国，没有那些个猫儿溺。检察厅验完，既系自尽，抬埋完事，没有别的问题。这件事原不足为奇。在新开路之东王大人胡同，住户何姓（拉洋车为业），已然休过两个媳妇，现在是第三个的，见天那分虐待，不必细说。三十日赵姓门外验尸，何姓全家前往参观，家中就剩了一个媳妇，一时精神感触，竟自悬梁而死。何姓全家瞧完了验尸的回来，家里挂上一位。一般那无知无识的迷信人，纷纷议论，都说吊死鬼儿拉替身儿。这话不但糊涂，而且可笑。俗语儿云，"三年拉替身儿"，也没有不到三天就拉替身儿的（也许是改良的年头儿，提前拉替身儿）。何姓全家不瞧验尸的，该妇也想不起上吊。可是素日不受虐待，瞧验尸的，他也不至于上吊哇。日前菊儿胡同，高姓少妇吞服火柴毕命。到了官厅，声称媳妇糊涂、不孝，就算完了。至于何姓这档子事，将来结果如何，刻下尚在不可知之数。

---

①顺直：顺天府和直隶省。中华民国成立后，北京有正式国会，各省有省议会。1913年3月，顺直省议会成立，是直隶省地方立法机关、民意代表机关和监督机关。 ②五服：从前按照亲属关系的远近，丧服分为五种，称为"五服"，由近而远，依次为：斩衰：由粗白麻布制成，下摆不缝边儿。齐衰：由较粗白麻布制成，下摆缝边儿。大功：由白粗布制成。小功：由较粗白布制成。缌麻：由较细白布制成。因为只有五代之内才穿丧服，所以，出了五服，意思是在五代之外。通常，出了五服，便不算亲戚。 ③拴：买（马车等）。 ④皮车：胶皮车。 ⑤掏：应为"搁"。

孟子^①拉车

1921年7月5号

梅 蒐

昨天由前门回家,乘坐胶云^②,听这位团员说话,不类男子的声音。始而我以为是妇人拉车,后来我一细瞧,他可又带着前清的朝粹(辫子)。这事又透邪行。我问他贵姓,他说姓张,河间人氏。我问他从先作什么事,他叹了两声说道:"从先在内廷□宫当过大师傅(首领^③以下,有个大师傅)。"我一听他这话,恍然大悟,原来他是一位孟子(寺人^④孟子)。孟子都拉上车啦,时事可知矣。他说:"我可走的不快,先生要坐快车,我给您倒^⑤一辆。"我说:"不必倒,咱们可以谈一谈。老爷当差多少年啦(旧日对于内侍,都称老爷)?"他又叹了一声说道,他今年四十一岁,有西佛爷(旧日称慈禧后为西佛爷)在世,他差点没得茂德斋^⑥首领。因为脾气耿直,不会运动,轮^⑦应他得,居然没得。内廷那分黑暗腐败,更比旁处还亡道。我问他现在怎么样。他说,现在比从先更厉害。撑的撑死,饿的饿死。最近因为一件事,赌气予^⑧托病辞差。拉车虽然受累,倒省得生闲气。后来谈了会子内廷的事情。据他说,清帝虽然退位,一切的排场还都照旧,优待费又不能如数拨给,各等处的弊病又大,所以当差人等,不能按月发新^⑨,日复一日,将来不堪设想。清室要是有主意,□早力求缩小,节省经费,不必用这些个闲人。就是优待费稍有拖欠,也可以自存云云。没想到一个内侍,居然有这样高见解,实在可敬。因为他稍有见解,所以差使不得意,才落到拉车。由此看来,劳动界埋没英雄不少。

---

①孟子:此处指太监。语出《诗经·小雅·巷伯》:"寺人孟子,作为此诗。" ②胶云:指洋车。 ③首领:首领太监。一般七品或八品。 ④寺人:皇帝的近侍,此处指太监。 ⑤倒:把客人倒给别的车拉。 ⑥茂德斋:大概是故宫中的一所院子。 ⑦轮:轮到。 ⑧予:应为"子"。 ⑨新:应为"薪"。

怪 传 单

1921年7月7号

梅蒐

昨天携二三友人,赴十刹海①闲游。彼时微风驱暑,爽气如秋,高树鸣蝉,水田飞鹭。茶寮小坐,领取风景,很有点意思。一时红男绿女,纷至沓来,异服奇装,争妍斗胜,怪状万千,一言难尽。正在这个时候儿,又接着一个怪物传单。门票②形式,横排五个大字,是"修养安乐馆",旁边五个大字,是"灵气感应术",上头又有两行小字,是"神秘派不用药",下头有两行小字,是"哲学真理,治病妙法"。以上所述,不过是标题,通与不通,且先不论,今将将③该传单正式的文章照录如下。

"凡年深日失(也不是失什么),经中、西医药无效之症,七情所感,精神无形之病(费解),无论男女,诸般陈疴("陈"似应作"沈")瘤疾,烟酒赌淫,顽恶嗜好,怪异奇癖,性情改常,不能自主,致有家庭失和者,皆可立见应验。若年不能亲至就医者(年不能亲至,也不是什么),可将病人之像片,心好之玩物,或身上佩用之品,只要与病者心性相爱之物,不据何种("据"字大概系"拘"字之误),送来一件,叙明病情,即可虔理施术(费解)。无论远近,灵气弥漫法界(倒不弥漫英界④),无所不达,与面治无异,且无不灵。此即心灵布气、脑电传达空间波动力之妙用。谅诸君之贤(我不肖),决不河汉是言⑤。延授胎息三脉长生术,延寿、广嗣超然法(超然比有党派强)。凡欲得长生、却病、修养正法者,若来问津,诚余之荣幸(你听)。后门外鸭儿胡同五号李罍林启。"

他这宗玩艺儿,冤人不冤人,姑且不说,就看他这篇文章就悬的慌。这宗传单,警察会不干涉? 我真纳闷儿。

---

①十刹海:什刹海。 ②门票:印着店铺字号、地址及商品介绍等的纸,通常是大红的,捆在蒲包上面。 ③将:衍字。 ④英界:是蔡友梅的调侃。把"法界"(佛语)说成是"法国地界","英界"是"英国地界"。 ⑤河汉是言:认为是空话、胡说。

详志改良拉替身

1921年7月8号

梅 蒐

日前登载《改良拉替身》一节，昨接萍寄君来函，述其事甚详。据云，何姓系海军部茶房①，上吊的少妇行（音杭）二，翁、姑②在堂，还有哥哥嫂子。夫妻之间也还伉俪。最厉害的，是家里有一位大姑子（北京土语，呼夫姊为大姑子，夫妹为小姑子），丑而且麻，人称"麻大姑娘"。从先休过两个弟妇，都是麻大姑娘的主持。这次该少妇上吊，也是麻大姑娘之力居多。至于身上有无伤痕，其说不一，那也就不必管他了。少妇的娘家姓安，非打官司不可，麻大姑娘闻信远扬③。安姓来了不少口子，进了门儿大摔大砸，连哭带骂，不必细说。经鲁连、宋硁辈，极力排解，安姓要求三条。第一，婆婆打幡儿，第二，大姑子摔盆子（北京习惯，发引的时候儿，丧家讲摔丧盆子），第三，亡者的妆奁一律销毁。何姓一一认可。出殡的那天，不亚如人山人海。衣衾棺椁之丰厚，不必细说。听说麻姑娘没敢露，由伊大弟妇松氏临时代理摔盆，还让亡人的胞姊，敬了两个嘴吧。所有嫁妆，搭在门外要烧，巡警怕生危险，虽然没烧，砸了个粉碎。虽然这样，亡者的娘家还不大满意。同是上吊，同是发送，何安氏较比赵松林可就强多了。可是话说回来了，赵松林讹了本家一辈子，临死还害族侄，听说赵静怀君（就是门环子的主人）还给他族婶几个钱，总算忠厚。近二年来，北京方面，寻死自尽的案子，是层见迭出。揣其原理，一半是生计问题，一半是缺欠教育，唉，可叹！

---

① 茶房：负责茶水、接待等杂事的工友。　② 翁、姑：公公、婆婆。　③ 远扬：逃到远处。

特别首善

1921年7月9号

梅 蒐

去岁友人在歌舞台下场看戏,有一肩章五六六军人,在脑后喊好儿,声浪直达友人耳鼓,差一点没给震聋了。友人越躲他越追,赌气子不听了。一切详情,日前《余墨》业已备述,兹不多赘。前天记者被友人约赴广和楼看剧,去的稍晚一点,下场可巧有两个座位。我们将要坐下,来了两位赳赳干城,可穿着便衣,自己一道字号,才知道他们是八太爷①。虽然没楞揪开我们,那个意思,简直是得让他。天气也热,我本来就不赞成,不好违拂朋友美意,他们这一不讲公理,倒给我送了题目②啦。我很感激他们,借着这个机会,拉着朋友,走之乎也。这类的事情,非常之多,真没有地方儿讲理去。这个朋友,是新由张家口来京。后来我们赴青云阁品茶,据他说,张垣的戏园子,戏虽不好,秩序比北京强的多。除少数弹压军警之外,其余军人听戏,均须购票,借着虎皮白听戏,叫作不行。张垣较比北京,那是个山高总统远的地方儿,咱们这是汽毂之下。那个地方,办的会如此得法,这此地会办不动,您说有多们特别。要按着规矩说,张家口是特别区域,北京城是首善之区,要单按这件事情说,人家那个地方儿成了首善之区,我们这个地方儿成了特别区域啦。

①八太爷:指军人。 ②题目:指借口。

照函更正

1921 年 7 月 10 号

梅 蒐

日前《余墨》,登了一段《怪传单》,明善功①有话,那是一个字不改,敬录他老先生原文,稍加了两个括弧。传单之怪与不怪,有目共赏,无须多赘。原底子②敬谨保存,以备考查。乃昨天忽接李皨林君来函,要求更正,并言如不更正,有相当对待之法,并有在警察厅控告的话语。对待不对待,告与不告,那都是滑稽玩艺儿,姑且不提。人家既来函要求更正,按着手续,就得来函照登,那才合乎规矩。今将该来函照录如下,还是一字不改。一来更正,二来请诸位读读这个来函。

"今日见贵报登《怪传单》,系将鄙人名誉有了损害,想告警察厅,要陪③偿。虽然,先礼后兵,贵报要与我更正,登在要紧之新闻内。不然,岂敝人之无法对待哉!贵报想敲竹杠,将鄙人之告白④传单批评不通等语。不知鄙人自少读书,近又研究化学、哲学,心得非少。佛经之言,岂读三两书的初学所晓者耶?且夫灵气弥满法界,贵报谓为英界,佛经岂有此语者耶?不然,我岂能杜栈⑤耶?鄙人之术,可以治病,贵报谓警厅会不干涉!夫若此之妙术,专制国之君主,干涉不能,警厅会又能之耶?休矣。贵报无敲竹杠,然,速为鄙人更正也。否则对待矣。此候大安!

李皨林启"

---

①明善功:大概应为"明善公"。明善,字韫田,富察氏,满洲镶蓝旗人。历任笔帖式、步军统领、郎中。道光中,任湖北荆州知府,修万城堤坝。不久发生水灾,沿江郡县都发了大水,只有荆州因为堤坝坚固得以保全。后来调到武昌。咸丰二年(1852 年),率众与太平天国巷战,战死。　②底子:底稿。　③陪:应为"赔",写信的人写错了。　④告白:广告。　⑤杜栈:应为"杜撰",写信的人写错了。

赵君所谈之三件事

1921 年 7 月 12 号

梅 蒐

友人赵君，许久不见，昨天临舍造访，谈了三件事情。头一件是，前天下雨，有某君赴东城空府寻人。路经段合肥①新居，因影壁外泥泞，打算由影壁内穿过，被站岗丘八连打带骂。某君未敢与较②，忍辱负痛而去。从先在府学胡同，就断绝交通，兵败之后，居然余威尚在，实在是怪事。第二件是有刘姓小女，患牙疳③之症。伊家带伊赴内城某医院看病，医者因该女嘴里稍有味气，将到跟前，大声急呼，直嚷"快抱走"。问他吃什么药，他说"你们先出去"，提笔一挥，开了一个单子。并未细瞧，就开单子，这不是拿着人命打哈哈吗？（官事就是那个事）第三是内城左四区，鞭梢胡同，门牌八号，已故全月如④（唱单弦儿最出名）之侄，世管佐领⑤全佐乡之子麟元，一家数口，不得温饱。麟元日前忽患瘟病，因医药乏资，于九日病故。家徒四壁，无力抬埋。麟元之祖父海公为昆弋票界⑥中泰斗，为人忠厚，霭然可亲，于庚子之先病故。彼时家业尚好，海公对于慈善事业极肯乐为。没想到善人的后裔，会落得这般结果。赵君与麟元系属近邻，故知之最悉，恳为登报求助。诸君见义勇为，对善人之后，想当量力资助也。如有善款，请直接送至内左鞭梢胡同（又名龙王庙）门牌八号，本社不代收款。

---

①段合肥：段祺瑞，安徽合肥人。　②较：计较。　③牙疳：牙龈溃烂出血。　④全月如：北京人。单弦艺人。　⑤世管佐领：家族一起来投靠而形成的佐领，叫世管佐领。世管佐领的佐领是世袭的。　⑥票界：票友界。

官纱眼华丝葛鼻子

1921年7月13号

梅蒐

　　友人胡君家里虽然有钱,他有点名士派头儿,向来不好修饰。这个月分儿,就是一个半旧的白夏布衫儿,抽冷子竹布大褂儿也穿,官纱、生丝纺都有,高兴也穿,反正随随便便,不拘形骸。前天他穿着一件旧夏布衫儿,赴前门外某大洋货店买东西(不必提字号,反正连号①的买卖很多),站柜的都是些个官纱眼、华丝葛鼻子②,看见穿夏布衫儿的,且心里生厌。友人不知进退,还要到柜后看看,伙计就不招待,胡君一赌气子不买啦。第二天换了一件新行头,坐着牛狗③又去了。一进门儿阖铺欢迎,掌柜的立正,伙计要举枪又没有,直举掸子,让在楼上,长城烟、龙井茶,这分招待,真比书寓④周到。其实买了两块多钱东西。临走的时候儿,掌柜的送至门外,恨不能要搀着上汽车。同是一个人,前后两样儿待遇,我中国商家无商德,于此略见一斑。日昨某报登载,法国巴黎澡堂,不分等级,价值画一⑤,无论贫富,全是一样待遇,侍役者并没有裤缎眼睛云云。如此看来,平等二字,人家算作足了。但不知我们中华民国的商店,还得待多少年,才够巴黎澡堂的程度。

---

①连号:同一资本家开的买卖。　②官纱眼、华丝葛鼻子:势利眼。看见穿官纱、华丝葛的人就巴结。　③牛狗:汽车。　④书寓:高级妓院。　⑤画一:划一。

何姓不是海军部茶房

1921年7月14号

梅蒐

十五年前，记者在《进化报》上，登过一个论说，题目为《一人难称百人意》，大致的意思，说的就是办报的难处。头二年记者在某报又登过一个演说，题目为《当铺厨子大插班》，内容也说的是报纸无非是一人难称百人意的意思。报纸这宗东西，本来是得罪人的玩意儿。再说现在的时代，社会这宗龌龊，人心这宗险诈，道德沦丧，无奇不有，腐败野蛮现像，满眼皆是。随便一说，未免就得罪人。许他作不够资格的事情，不准你说，你要一说，立刻就炸。除去动凶①的事情，他不能更正（检察厅将验完尸，他更正什么），剩下没有不更正的。"前读贵报所登某某事，不胜骇异"云云，都是千人一面的文章。事之有无，姑且不提，既求更正，就是爱惜名誉。既知爱惜名誉，便不失为好人。所以报馆的规矩，既经有关系人来函，当然照登。至于偶有传闻失实，或情形稍有不同，更应当给人更正啦。报馆的人，反正是有闻必录，一秉大公，毫没有诚见②。至于要求更正的来函，也应当和和平平才对。瞎说些个激烈话，一点益处也没有，倒能耽误事。日前所登《详志改良拉替身》一节，兹调查，何姓早年曾当茶房，并不在海军部，现又接海军部茶房来函，合亟③再志④，以昭核实。

---

①动凶：行凶。　②诚见：应为"成见"。　③亟：紧急。　④志：记载。

七吊假票儿

1921年7月15号

梅 蒐

十刹海临时市场,自开办以来非常发达,每到夕阳在天,游人如蚁,红男绿女,趋之若鹜。其实有什么可逛的,不过几个茶棚,几个玩艺场儿,一渠臭水,青汪汪的有点子稻苗。每年还瞧几个荷叶,今天连荷叶都瞧不见了。怪热的天,奔了去,真是乐不抵苦。虽然这们说,单有这们一类人,有个热闹场儿他就去,不为瞧别的,就为瞧人,你说有多们讨厌。日前友人文君再三相邀,赴该处品茶。朋友美意,只得随喜①。那天也还凉快,茶棚人也不多,我倒很愿意②。照例听戏、逛庙、看会③等等,我最愿意人少(你愿意了,人家可不愿意)。后来同赴路西卖苏造肉饭棚小酌,伙计之不温和,招待之不周到,物品之劣,价值之昂,均属不成问题。那天我们吃了八吊钱,文君给了一元现洋④,找了七吊票子(一五吊,一两吊)。因为天不好,恐怕下雨,我们赶紧走了。后来听文君说,所找的七吊票子全是假的。次日文君派当差的到该饭棚迁换⑤,当差的嫌路远,在四牌楼买物,把七吊假票子使出去了。后来文君知道,很抱怨当差的,因为他只图省事,移祸于人。已然使出去了,也就不能说什么了。奉告逛临时市场诸君,要在该棚吃饭(棚内有一棵大树),多多的注意(找钱千万不要票子,铜元也得细数)。

---

①随喜:看见别人行善,也跟随行善。 ②愿意:遂意。 ③会:集饮食、演出为一体的传统活动,在庙里举办的叫庙会。 ④一元现洋:1921年7月15号牌价,1元现洋兑换15吊34。 ⑤迁换:换。

呜呼！临时市场之水战

1921年7月22号

梅蒐

十七年前，记者办《进化报》时，自己作过一个论说，题目是《呜呼！同室操戈》。因为驻扎内廷的军队殴打巡警，所以我大犯牢骚。接①了日子不多，又有大军机②瞿子玖③的轿夫，殴打巡警之事发现，当时的是非曲直，不必细说。北京自设立警察以来，警爷就不敢惹丘八。至于军机大臣的轿夫，他们更不敢惹了。以上所说，系属专制时代的事情。那个时代腐败黑暗，野蛮无理，发现那宗现像，不足为奇。时至今日，无论如何，好像，似乎，对对付付，沾乎这们一点儿共和的影子，这类事就不应当发现才对。没想到较比从先是殆尤甚焉。日前临时市场军、警水战，巡警受伤一节，已见各报。听说寻殴的军人，系某巨公的便衣护兵。要说这点势力，较比瞿子玖的轿夫，有过之无不及。从先瞿子玖还有点护犊子，某巨公负中外之望，尊重法律，爱国爱民，听见这件事，一定要气的了不得。听说警厅殷先生，对于这件事也很挂劲④。至于结果如何，且看下回分解。记者说句直话，这类事要办不出个道儿溜儿⑤来，已后警察就不用办了。这话你可别说，警察就为拉洋车的设的，自用车⑥还不敢管。⑦可叹，可哭。)

---

①接:隔。北京话"隔"读音为"jiē"。　②大军机:军机大臣。　③瞿子玖:瞿鸿禨(1850—1918)，字子玖，号止庵，湖南善化(今长沙)人，清末军机大臣、外务部尚书。　④挂劲:起急，冒火。　⑤道儿溜儿:样子。　⑥自用车:自己的车，雇人来拉。　⑦此处少一"("。

警 跸

1921 年 7 月 23 号

梅 蒐

客有自南省来者,据云某督军之泰山①(现充某局局长),全省绅商官场,皆呼之为老太爷(官中的②老太爷)。今日之督军,等于旧日之总督。旧日女婿当总督,而泰山充局、所总办,实不多见。民国成立,解放回避一条,一人升天,鸡犬皆沾仙气,亲族、同乡勿论矣。这类事到处皆然,无足异者。听说该老太爷,每当出门,军警站岗,特别戒严,较比专制时代之君主出门,也不在以下。旧日制度,除君主出入警跸(天子出入,戒行路之人,谓之警跸。一说,皇帝辇左右持帷幄者称警,出殿则传跸。警跸者,止行人、清道路也),其余如亲王、大军机,都没有这宗仪注③。共和以还,总统出门等于皇帝,姑且不提,国务总理出门,也有警跸的神气(从先合肥出门,就是那宗意思)。没想到督军的外老太爷④,居然也出入警跸,可称咄咄怪事。欧美共和国的总统,时常单人独骑出来闲游,所以民间疾苦,社会状况,他没有不知道的。我们中国拧啦,督军的老丈人出来,都要静街⑤,这叫那道共和!您就盼着,早晚当科员、办事员的,都出入警跸,那就进化到家了。可叹!

---

①泰山:岳父。 ②官中的:公共的。 ③仪注:礼仪。 ④外老太爷:对当官的岳父的尊称。
⑤静街:不许普通人行走。

打快杓子

1921年7月24号

梅 蒐

前清乾隆时代，查抄奸相和珅家产，共计动产、不动产约值八万万有奇，可抵甲午、庚子两次赔款总数。自古贪囊之巨，未有出其右者。民国成立以来，官僚、军阀发横财的，也很多。他们诸位的贪囊，我虽然没盘查过，道听涂①说，都说某某有几千万，某某有几百万。人言啧啧，不为无因。就说外间风传的都是真话，几千万也罢，几百万也罢，反正到一万万的，很不多见。比较前清之和珅，瞠乎其后②矣。如此看来，现在之官僚、军阀，还算清廉，实在令人佩服。可是话又说回来了，和珅在专制时代，当了十数年宰相，国家正在富庶，各省大僚，都讲应酬阁揆。再一说，和珅当国③时，兼管的机关、处所很多，那一处都有陋规。彼时圣眷很隆，内廷的赏赉④无算。常言说的好，"官久自富"，所以贪囊如此之巨。如今之官僚、军阀，与和珅大不相同。三天半横搂竖抢，讲究打快杓子。听说某督军，四五年的功夫，居然搂有三千万之多。某督军如此，其他可知矣。有人说，民国作大官，比从先搂钱容易。这句话确不确，记者是外行，不得而知。

---

①涂：同"途"。　②瞠乎其后：只能瞠着眼睛在后边看着，比喻远远不如。　③当国：主持国政。　④赏赉（lài）：赏赐。

胡公之言

1921年7月26号

梅 蒐

前日与执友某公贺寿，席罢书斋闲坐，有几位先生，组织了两桌麻雀，院子里是大唱影戏。这两宗玩意儿，我是怕听怕瞧，世谊至好，我又不能吃完就走。好在有一位老者，跟某公是远亲，在座的都管他叫大舅。这位大舅有六十多岁，语言爽快，听他坐逞豪谈，倒也破闷。据大舅说（也不是谁的大舅），今年天气很凉快，去年可热的邪乎。去年这个月分儿，琉璃河的西瓜阵①将摆完，正在关城的时代②，转瞬之间，已然是周年纪念会了。今年虽然没有琉璃河，发现的这些个逆事③，比琉璃河殆尤甚焉。旱水虫灾，这些个玩玩④意儿，属于天灾方面，姑且勿论，咱们单说人祸。人祸者何，兵灾也（真转一气）。粤桂之战⑤，阎陈之争⑥，湘南的赵李⑦，四川的熊刘⑧，这都是人所共知的事情。此外西藏还不安静，更有争蒙的问题⑨。至于兵变、匪乱两项，暂且先提不到。总而言之，中国全部，

---

①琉璃河的西瓜阵：1920年7月直皖战争爆发，在琉璃河一带激战。据说直系吴佩孚曾经把西瓜布置成疑兵。 ②关城的时代：直皖战争皖军战败后，段祺瑞下令关闭北京城门，防止败军入城。 ③逆事：倒霉事。 ④玩：衍字。 ⑤粤桂之战：1921年6月，第二次粤桂战争爆发。6月13日，陆荣廷下令进攻广东，18日，粤军总司令陈炯明对广西下总攻击令。7月15日粤军攻克南宁。 ⑥阎陈之争：1921年5月25日，北京政府任命直系将领阎相文为陕西督军，原陕西督军陈树藩免职，改任祥威将军。阎相文接到命令，率兵入陕，在临潼关和陕军陈树藩部发生冲突，陕军败退，阎相文到任。 ⑦湘南的赵李：驱逐了原督军张敬尧之后，湖南主要由谭延闿、程潜、赵恒惕三派把持。谭延闿身兼湖南督军、湖南省省长和湘军总司令三职。1920年11月，程派军人发动倒谭。11月23日，谭延闿宣布废除督军，民选省长，建议由赵恒惕接任总司令。赵恒惕接任总司令后，就以开军事会议为名，将湖南陆军第六区司令李仲麟等程派将领诱至长沙杀害。 ⑧四川的熊刘：刘存厚1917年12月任四川督军。1918年，熊克武奉孙中山之命讨伐刘存厚。刘退驻汉中，强迫农民种鸦片交税。他的军队烧杀奸掠，民愤极大。1920年，川滇黔战争爆发，熊克武、刘存厚弃嫌修好，联手驱逐滇黔军。 ⑨争蒙的问题：1921年2月3号库伦陷落。9号，外蒙活佛宣布外蒙独立，恩琴成为实际统治者，自任总司令。1921年2月21号，逃入苏联的蒙古逃亡者召开蒙古人民革命党大会，成立人民革命政府，组建蒙古人民革命军。1921年7月2号，苏联不顾北京政府的反对，出兵蒙古，协助蒙古人民革命军进攻恩琴。6号，恩琴大败。8号，苏联红军和蒙古人民革命党中央委员会、临时人民政府进驻库伦。10号，蒙古人民革命政府正式在库伦成立。

简直没有一块干净土。最可惊人的,是太平洋会议。这个议会,据他们外人说,是解决远东问题。远东是谁呀?就朝着我们说哪①。将谈到这里,那边满了一把清一色,大家跟高俊保②学的,一路劈牌(批劈同音)。红中白板之声,震人耳鼓,把大舅的话头也给打回去了。晚饭没吃,大舅走了,我也溜了。雨窗无事,敬录大舅之言,以当今日《余墨》。后来我跟人打听,才知大舅姓胡,还是一位拔贡③呢。

---

①朝着我们说哪:说的是我们。 ②高俊保:北宋大将,京剧《劈牌招亲》中的主人公。刘金定在双锁山立牌招亲,高俊保路过,劈了招亲牌,双方大战,最后,刘金定赢了高俊保,两人互相爱慕,订下终身。 ③拔贡:由各省学政从生员中选拔,保送入京,到国子监学习。

争　烟

1921 年 7 月 27 号

梅　蒐

某烟卷公司为推广营业、招徕买卖起见,在各处大舍洋烟,一般好贪便宜同胞,得着一盒儿纸烟,如护①至宝。日前齐外荷花香社,有该公司在彼舍烟,两个少年因为争一盒子烟,几乎起打,该公司又给了一盒儿,算是完事。友人亲眼得见,回来对记者一提,记者还以为他造谣言,社会程度虽然不齐,或者还不至如此。没想到天下事无独有偶,居然又有一个对证②。昨天赴临时市场品茶,又有该公司赴茶棚舍烟。他并不言语,按着桌儿上随便一扔。有一个桌儿上坐着两位先生,一位穿着新白夏布大褂儿,一位穿着半旧官纱大衫儿③,看神气都沾点儿文明气象。这一个桌儿上,就坐他们两个人,程度也相仿,大概该公司以为他们是一帮儿来的,于是放下一盒儿烟。这两位先生,当时也没言语。后来那位白夏布褂儿,伸手要抓那盒儿烟,旧官纱大衫儿发了言了,说:"你先慢动手,这是给你的吗?"白夏布褂儿说:"不是给我的,莫不成是给你的?"两个人越说越拧,虽没起打,恨不能要起誓。后来旁边有位鲁仲连,出来调停,让他们以二除之。两个人虽然认可,又争这个烟盒子。鲁仲连也真会了④事,当时拿过一个空盒儿来,这个问题才算解决。记者身临其境,又要乐又要哭。假令这件事不是我目睹,我又该疑惑人家造谣言了。唉,社会现像,真是无奇不有。

---

①护:应为"获"。　②对证:已核实的证据。　③大衫儿:类似蒙古袍,大襟儿,长到脚面以上,下摆是斜的,前后左右都有开气儿。　④了(liǎo):解决。

反正打虎①

1921年7月28号

梅 蒐

共和以还,外省人在北京作事的,非常之多。月挣百元以上,素无道德,不耐岑寂②者流,差不多都要娶一个女人。一说的时候儿③,应下月送丈母娘若干点心钱,还许下给舅爷找事,连娶带聘,都是他的事儿。专有一般人,拉这宗人纤(称不起媒人,所以说人纤)。近来北京生计困难,穷人居多。家中有女儿,一听这个事很便宜,于是表示欢迎。过门之后,得圆满结果者,固然也有,占最少数,糟心者十之八九。要一听他说,不是初婚,就是续弦,碰巧家乡原有结发,一年半载,不但条约不能履行,差使一摔下④,扔下⑤就一跑儿。一个网篮一个竹箱,黑早⑥就走啦(奔车站)。应下给带钱⑦,就是一句话。带才是带呢,即或把人带了走,别的刻薄话我们不说,反正是受罪。这类事近来很多。记者给他们起了一个新名辞,叫作反打虎。更有一宗正打虎的,又专吃外乡人。过门之后,一家子全跟来了,吃了个落花流水,临完了敛把⑧敛把一跑儿。外江老⑨闹个人财两空。这类也数见不鲜。诸君不信,请您注意报纸的《京闻》,接不了几天,准有这们两档子。害人人害,循还⑩不已。无论被虎打与打虎,反正是因贫所累,为饿所逼。

呜呼!廉耻道丧,鬼蜮百出,溯本穷源,实在是教育缺欠、实业不兴的原故。要打算根本解决,竟仗着法律、警章是不行的,非设法教养不可。

---

①打虎:女子假意嫁到某家,趁家人不注意,席卷家财逃跑。 ②岑寂:孤独、寂寞。 ③一说的时候儿:一说亲的时候儿。 ④差使一摔下:工作一没了。 ⑤扔下:指扔下妻子。 ⑥黑早:天还没亮。 ⑦带钱:托人给带钱来。 ⑧敛把:收拾。 ⑨老:应为"佬"。 ⑩还:应为"环"。

预先提个醒儿

1921 年 7 月 29 号

梅 蒐

日昨听商界传说,有人提倡,要在中华门内、天安门前倡开办市场,形式实质,兼采东安市场及城南游园的样子。提这宗事情,表面是发达商业,容纳些个闲人,官家得点子捐,好像有益无损,其实是有损无益。诸君不信,待记者略举数端:

(一)北京繁华热闹场儿,大街不算,其余如各市场及新世界等处已然很够使的啦。该处距离东安市场及前门大街都很近,没有设立市场的必要。

(二)现在金融奇紧,全部经济困难,原有的买卖都很赔钱,再增添些个买卖,还是那个逛主儿,一定不能获利。

(三)既开市场,没有引人入胜的玩意儿不成。本来北京人就好逛,男女不务正业,专好游荡,再添这们一个所在,虽然养活些个闲人,也要收拾些个人,害大利小,治一经损一经。

(四)教育缺欠,人民程度不齐,每逢娱乐场,时常发现伤风败俗之事,白云鹏①前车可鉴。某报从先说过,多一个娱乐场,多败些个风俗。虽然这话说的过火,也不可厚非。

(五)准知将来没有好结果,不如不办。假如成立,官家所得捐款有限,人民则受害无穷矣。

这事我是道听涂说,窃以为不可,所以胡乱发了这些个议论。至于是否有人提倡,官家能否允准不能,尚不得知,不过是有闻必录,预先提个醒儿。

---

①白云鹏:著名京韵大鼓艺人。

得病滥投医

1921 年 7 月 30 号

梅 蒐

友人于君的夫人，日前得了一个病症，按中医书上说，叫作梅核气。这宗梅核气，由那一经所得，今天不研究医学，姑且不说。当病一发现的时候儿，正在吃饭，觉着咽喉堵塞，以为是骨鲠[①]。有人出主意，说是某医院看的最好。及至到了该医院，足耗了有四点多钟[②]，病人都支持不住了，医生才给看。看了半天，也没说出所以然来。后来该医院说，某某医生能用电光照法，咽喉里有物没物，可以照的出来。次日即赴某某医院，又耗了个无耐[③]心烦。据他们说，会使电照法的医生，今天没来（没来为什么不早言语），明天上午十一点再来。及至次日十一点又去了，某某医院又说，非到下午一点不成。耗到下午一点，有位女医生给照了一下子，代价是五元。照完了，问他怎么样，他说是，"怎么样，今天不能说，非洗出照片来不能知道。明天下午再来听信"。次日下午又去了。他说是"洗照片的医生没在"。于君真急了，说是"让我们今天下午来，怎么医生又不在呢"。医院的人支吾闪灼，待理不理，直耗的落太阳，说是"洗出来了。什么没有"。耗了好几天，花了不少钱，病人耗的要死，好人急的要疯，算是落了这们一个结果，您听够多们新鲜。后来又请名医杨君诊治，说是梅核气之症，不过耽误了这几天，治着有点费手，能否挽救，尚不可知。俗语有云，"得病滥投医"。这个"滥"字儿，实在的害人不浅。

---

①骨鲠：鱼刺、小骨头等。　②四点多钟：四个多钟头。　③无耐：无奈。

以人殉牌

1921年8月2号

梅 蒐

  自麻雀输入北京，一时风气流行，普及各界，几至无处不打牌，无人不打牌，男女老少、穷富人等，以打牌为惟一之功课。遇见庆吊的事情，亲友遇上，不组织两桌麻雀，主人算是缺就①，来宾算是不够资格。寻常没事，只要凑上法定人数（四位），德②得闹几圈。什么叫几块二四的，那又叫几块么二的，常听他们批评，我也摸不清怎么回事。废时失业，劳民伤财，以有用之精神、宝贵之光阴，不作别的，聚精会神干这宗营生，实在令人不解。要说解闷、消愁、陶情遣性③，高雅的玩艺儿很多，何必单跟红中、白板结不解缘呢。日前抄办大赌局之后，官厅也曾出过布告，无奈禁者自禁，赌者自赌，律不加尊④，法不责众，叫作任法子没有。这类话记者在报纸上说过六万多回，一来得罪人，二来也不发生效力。无耐我对于此道，深恶痛绝，且脑子里不赞成，对了劲我就要说说。昨天在朋友处听见一回事，尤其特别。据说西城有某君者（人已作古，不必宣布姓名），视麻雀如性命，每日必打，打上非常用心。日前在某处打牌，因为一把清一色没满成，动了点心，当时吐了两口血，从此得了重病。不多的日子，居然驾返仙城⑤（麻雀城）。弥留的时候儿，大呼白板者三（倒不是大呼过河者三，那是宗泽⑥）。呜呼！以人殉牌，实在是闻所未闻的事情。

---

①缺就：不会迎合大众。　②德：衍字。　③陶情遣性：陶情遣兴。陶冶情操，抒发情怀。　④律不加尊：法律不管地位高的人。　⑤驾返仙城：去世。　⑥宗泽：北宋著名将领，重用岳飞北伐，病逝前大呼"过河！过河！过河"！

遗 传 性

1921 年 8 月 4 号

梅 蒐

东城住户某甲，游手好闲，爱鸟成癖（人家子弟要得这八个字考语，就算结了、完了），家中少有积蓄，暂时还不至于挨饿（将来可不敢说）。日前花了三十块钱，买了一个靛颏儿（鸟名）。某甲爱之如命，朝夕奉养，大有昏定晨省的意思。没想到偶不留神，被邻家狸奴扑伤。某甲痛哭号啕，如丧考妣，咬牙切齿，大有不共戴天之势。自己发下洪誓大愿，一定要报此仇。他有位叔叔，跟他同院居住（另过），那天劝了他几句，说是"你也三十多了，不打个正经主意，拿着人竟跟鸟儿捣乱。何时是个了乎"？他叔叙①劝他原是好话，某甲正在哀痛之余，一听这个话，当时跺脚捶胸，大起革命，甚至于要动武。后经鲁仲连辈出而排解，某甲还骂了一阵，他叔叔倒不言语啦。听人说某甲还是个世袭子爵呢。要按封建时代的制度，男五十里②，还是小小的一路诸侯呢。诸侯这宗德行，未免可叹。某甲要生在春秋时代，也是卫懿公③的底子④，⑤好鹤亡国）。可是卫懿公虽然好鹤，还不骂叔叔。听说某甲的父亲，就为鸟儿跟街坊动过刀。如此看来，真正地道的遗传性。

---

① 叙：应为"叔"。 ②男五十里：《礼记·王制》："公侯田方百里，伯七十里，子、男五十里。"周代制度，子爵、男爵管辖的范围是五十里。 ③卫懿公：卫懿公喜欢鹤，甚至让鹤乘坐车子。狄人攻打卫国，卫懿公请求将士们出战，将士们说，让你的鹤去作战吧。卫国灭亡。 ④底子：品性。 ⑤此处少一"（"。

寒心友函南皮匪患

1921年8月5号

梅蒐

昨接寒心君来函,附寄伊友原函,痛谈南皮匪患,恳为登录。寒心君虽系一面之交,人极朴诚,伊友之函,想非虚语也。原函照录如下。

"梅蒐公鉴:阁下《余墨》,言论主持公平,不偏不倚,救世益人,钦佩无既。兹有南皮友人寄来一函,摘录中节,附送台阅。如合报章,恳乞登载,是为至荷。

'今春以来,本县境内遍地皆匪,毫无一块干净土地。大凡乡间人民,稍能糊口者,无不受此盗匪蹂躏,轻则宣告破产,重则全家伤亡。前虽请兵缉剿,不过暂靖一时,兵来匪散,兵去匪来,死灰复燃,无济于事。加以本县知事①关于盗匪案件,均系纸上空文,毫不实事求是。即有被抢报案者,出一张缉捕票子②,就算万事大吉。因此上控之案③,层见叠出。日前省长派员查明属实,当即牌示撤任。刻下新任来到、旧任未去之际,而各乡盗匪土棍,竟与县署差役合为股分公司,勾串④抢掠、分赃交易。本县全境如同贼业商场,闻如⑤事亦系暗中股东,坐享权利。近日以来,人民遭此惨害者,不可胜计,以致移居他县者,十有九家。现值农忙之时,任其田地荒芜,背乡离井,实为可叹。昔秦人避难,尚有桃源可居。今人避匪,恐无隐身之地。言之可为伤心也哉!'

)⑥鄙人春间曾阅某报,载有《盗匪世界》一段,当时以为言之太过,因久居都城,只悉官匪吏盗之害,仍以为乡间尚在桃源之境,不料更有甚焉者也。人生斯世,将何以堪?素悉我公⑦急公好义,故敢乞为登载,倘承允诺,想南皮人民,定颂贵报大德于无涯矣。专此即请撰安。寒心谨上。)"

---

①知事:民国初县的最高长官,后改为县长。 ②缉捕票子:缉捕令。 ③上控之案:上诉的案件。 ④勾串:勾结、串通。 ⑤如:应为"知"。 ⑥):应为"("。 ⑦我公:您。

人皆掩鼻

1921年8月6号

梅 蒐

　　记者在报上，常看登有藕香榭，又常听人传说，那个地方儿不错。未能身临其境，不知道是怎么一个消夏避暑的洞天福地。久欲抽暇观光，总未能如愿。前天出城公干，事情办完了，遇见一个朋友，要约我逛藕香榭，这下子正中下怀。藕香榭诸位都去过，我也不必铺张。听着挺好，原来周围是一汪子臭水，一座小桥，藕在那里？香也没闻见。至于馆子里头，还算凉快，有两个风扇①，倒拉了两下子（比别的戏园子强，设而不作）。所演唱的玩艺儿，千人一面，无评论之价值。惟有刘静斋②、大傻子③，带着那几个孩子，那当④子大飞活人，倒是有点功夫。我最爱那几个孩子，身子非常轻灵，亚赛狸猫一个样。这些个事且不提，那天几乎没把我薰死。有一个卖座儿的伙计，三十来岁，矮身量，外乡人，身穿蓝布小褂儿，上头竟汗碱的蓝布上起白花儿，站在人跟前，这一分汗腥臭味，比死人味儿难闻。他一过来张罗，大家就堵鼻子。大概他有生以来，并没洗过澡。这件蓝汗褂儿，许是六年没下水啦。娱乐场中，有这们一个障碍物，不但与卫生有碍，与该园营业也很有关系。奉告该园主人，总是让他讲讲清洁才好。

---

①风扇：用人力拉的风扇。　②刘静斋：武术、杂技表演家。曾组建刘静斋武术团。
③大傻子：刘静斋武术团的艺人。　④当：应为"档"。

瞧着支票发愁

1921年8月7号

梅 蒐

  北京学潮,自经王铁珊上将慰问被伤教职员之后,风潮总算告了结束。不过政府答应给的经费,仍然是无着。前天在某处,遇见一位专门学校的教员。听他说,六月分的经费,教育部给学校一张支票。学校派人到银行里提款,银行人说,款项尚未拨到,不能照付。中、小学方面,也是如此。六月分尚且如是,时①七月八月分可知矣,以后的事更可知矣。当初调人②了事的③候,政府是满应满许④,财政部既用盐余⑤担保,教育部又布告各校,说每月二十五号准发⑥,信誓旦旦,铁案难翻。谁想政府的口血未干,支票已然无灵。教职员、学生挨了会子打,罢了会子课,课业上的损失,身体上的痛苦,不知受了多少,到如今只落得瞧着支票发愁。半年来所抱的目的,依然是不能达到。虽说是财政困难,点金无术,可是堂堂的国家、赫赫的总长,说话就这们没信用吗?您别瞧办教育没钱,办无用的事,可真有钱。两方面争地盘,政府也拨款,个人扩充势力,也拨款,而且电⑦到就是钱,一分钟都不敢耽误。我们人民纳税供给国家,敢情他们都干了这个啦。您说冤不冤?几个月的教潮,好容易有了头绪,头一个月就是窟窿桥儿⑧,往后还有准儿呀?与其将来办不下去,何如预先想法子。话又说回来啦,这个调人,也不能脱卸责任。一块石头总得往平里端,教职员方面,既然让步,政府答应的款项,也得有个干脆,那才叫了事呢。咳,瞧你们几位的了。

---

  ①时:排版错误,应在下行"候"前。　②调人:周代官名,负责调解民众之间的争端。北京政府请原教育总长范源濂和汪大燮、张一麐、蔡儒楷、傅增湘等五人出面调停。　③排版错误,上行的"时",应在此处。　④满应满许:满口答应。　⑤盐余:每年盐税收入中扣除外债、本、息和行政开支后的余款。　⑥教育部又布告各校,说每月二十五号准发:6月16号,北京政府教育部通告,决定京师学款办法三条:1.财政部就交通部协款项下,每月拨付京师学款22万元,准于每月25号前发到教育部。2.此款特别收存,不得移作他用。3.在财政部未筹到款以前,此办法永远有效。7月28号,八校教职员复职。　⑦电:指电报。　⑧窟窿桥儿:用假的来搪塞。

又快接骂信了

1921 年 8 月 10 号

梅 蒐

邻人吴阔庭,昨天谈了一回事情,又可笑又可气,如今说与诸君听听。吴君有个把弟,从先当过下级军官。琉璃河一仗,弃甲曳兵而走。赋闲多日,难以支持,托人找事,老没成就。最近有人给他找了一个铁路的事情,言明七月底事情可以下来。此公谋事心盛,又恐事情未必准成,郁久情急,而迷信生焉。(你听)把夹袄、夹裤当了一块钱,出城找某大风鉴求相(相面称为大风鉴,风水称为堪舆。今人多以风鉴为风水,系属错误)。这位大风鉴是谁,咱们先不必说。他告诉人家,在此地谋事决不成,非正东二百里之外不行,必有贵人提拔。此公一想,天津是正东,那里又有朋友,于是借了几块洋元,迳奔天津。这是上月初间的事情。到了月底,他又回来了。原来朋友没找着,在店里害了一场病,病好了一文皆无。算是遇见熟人,给了两元钱,狼狈而归。铁路的事情,已然下来,他既没在家,人家还能等吗?花了一元钱,跑了二百地,害了一场病,闹的鸡飞蛋打,差一点人财两空。这都是这位大风鉴的好处。警厅考医生,因为怕他害人。这类星相家也往往无形害人,似乎也应考一下子。找一个生人让他相,有无父母妻子?现在作何职业?说对了,准其挂牌,说不对,勒令歇业。要真那们一办,也短害好些个人。我这个条陈不要紧,瞧罢,过两天又该接骂信了。

庆乐园看剧记

1921年8月11号

梅 蒐

庆乐园前天开张，有个戏迷朋友，再三纠缠，一定约我前去观光。您想，国事如此纷扰，天气如此暑热，我素来又爱国（别冤人啦），又是多愁多病的身子（成了林黛玉了），那有闲情意①致去看戏。朋友苦苦劝驾，一番盛意也不好违拂，只得随喜。那天又是星期，不到一点多钟，已有人满之患。正面凳子上，已无隙地。朋友一定要坐第一排，卖座儿的说："第一排不行了，您坐第五排罢。"我一想，第五排比薛蛟②还晚一辈呢（老《举鼎》《观画》③所④傅的⑤），不如小池子儿罢。虽然看不见正面儿，省得挤的慌。那天的戏怎么样，记者又不会作戏评，本报也不登戏评，无须瞎论。惟有北京戏园的设备，实在不完全，习惯也太坏，如今略微说说（从先说过多次了）。凳子比扁担还窄，并且挺赃⑥，又没有垫子。一张桌儿恨不能要挤十八个人，比边床⑦还难受。最可恶的是，好戏将一露面儿，他就打钱⑧，茶钱没限制，给多少也争。这分喧咙⑨争吵，就不用提了。争完了钱，就不露了。再让续水，相应不理。以上所说，是戏园的毛病。再说听戏的主儿，放着戏不听，在那里叙家常，扰的旁人也不得听。平常跟我一个样，是极乏的乏人，到了戏园子，他比军阀派都横。这分不够资格，让你看着生气。人多，空气又不好，虽有风扇，就是那个事。喝点子不开的水，头昏脑闷肚子疼，罪孽简直大了。《汾河湾》没等听完，我受不了啦，朋友也要走。当时起身出了戏园子，吸着一点新鲜空气，好觉舒坦。从此我发下愿了，三伏天我是决不听戏。

---

①意：应为"逸"。　②薛蛟：《薛刚反唐》中的人物，薛丁山长子薛勇之子。《薛家将》的故事，第一代，薛仁贵；第二代，薛丁山；第三代，薛勇、薛刚；第四代，薛蛟。　③《举鼎》《观画》，京剧剧名。唐朝时，薛刚闯祸，被满门抄斩，薛刚逃走，他的侄子薛蛟被徐策救走。薛蛟长大，力气惊人，能举起门口的石狮子。徐策见状，让他看祖先的画像，并讲述了他家的历史，让他去报仇。　④所：应为"师"。　⑤老……师傅的：跟……学的。　⑥赃：应为"脏"。　⑦边床：一种刑具。　⑧打钱：向观众收钱。　⑨喧咙：吵闹。

张麻子挨打

1921 年 8 月 12 号

梅　蒐

　　日昨邻人某君,说了一件事情,虽系小事,颇可以劝人警世。北城安定门一带,有一个串胡同儿卖酱豆腐的(代卖卤虾、小菜等等),人称张麻子(可不说相声)①。卖了好几年,也很有些个主顾。没想到由去年秋天,又出来一个卖酱豆腐的,是一个三十来岁的瘦子,也走那一股道,价廉物美,人极和气(有这八个字考语,商战所得占优胜地位)。这一来不要紧,张麻子大受影响,因此怀恨在心。去年九月就骂过瘦子一顿,意在寻殴,瘦子不惹事,这架算没打起来。今年两个人又走一股道,张麻子见头骂头,见尾骂尾。瘦子低头作买卖,干不理他。头些时,瘦子有事没过来,张麻子造开了谣言啦。他说瘦子当过路劫,头两天犯的案,大概快枪毙了。大家信以为真。没想到过了几天,瘦子又露啦。有人问他"官司完了"? 他说,没打官司,这两天没卖,是他母亲病了(孝子)。大家这才知道张麻子造谣言。又一问张麻子,他说他听人说的。前两天张麻子又不过来啦。有知底的,说他住杂院儿,跟街坊妇女耍活②,被人大打了一顿,虽没腿折胳臂烂,也不能出门。在一般浅近人说,他给人造谣言,所以遭报。其实不然。这宗不够资格的人,素日存心说话行事,没有一样儿不招人恨的,那一天都可以被打。就是他不给瘦子造谣言,跟妇女耍话,早就该打。大凡招打的人,并不是人家打他,还是他自己打自己。

---

①张麻子:张德泉(约 1880—1919),艺名张麻子,当时著名相声演员。　②耍活:应为"耍话",甩闲话,耍贫嘴,讽刺人。

新柳林会①

1921年8月13号

梅 蒐

东直门外大金庄北,住户万姓,系汉军旗人,厚②住城里,后因家贫,所以落乡③。万姓娶妻汪氏,夫妻之间,也还伉俪。万某有一分红炉④的手艺(因为是汉军旗人,向来挑钱粮⑤、下场⑥、作官、当差,都比汉⑦、蒙旗人艰难,所以肯学手艺。满、蒙旗人,从先看不起汉军旗人,有女儿都不跟汉军结亲,说汉军人道路窄。如今可肯跟汉人结亲,可称怪事)。民国元年,夫妻唱了一回《别窑》。万某赴张家口耍手艺,起初还来信,后来二三年没来信。前年五月忽然来了一个姓王的,到张⑧氏家中送信,说万某死在绥远了。汪氏痛哭了一场,直要寻死觅活,街坊劝解,算是没死。现在以针黹度日。又搬到城内小街,打算要接灵⑨,又没钱。日昨汪氏□□□门外看他妹妹,在树林子里歇息,没想到万某拉着个驴,□□那里些歇⑩。这要搁在戏上,又得入《武家坡》⑪《汾河湾》的套子,至不能为,得来出《马蹄金》。不然就得彼此对说:"打鬼。打鬼。"那全叫老谣。拢共离别不到十年,没有个不认识的。彼此虽没抱头,倒是痛哭了一场。后来一细谈,那个姓王的,是万某在口上拜的把弟。因为借贷不遂,跟万某恼啦。他进城,万某求他带信。他见了任⑫氏,楞说万某死啦。回到张家口,他又说任⑬氏改嫁了。万某也差点没气死。夫妻见面才都对出来,当时化悲为喜,一同回家,不必细说。至于这个王某,因为借贷不遂,双方造谣言,几乎没害两条人命。这分行为,真是枪毙有余。

---

①《柳林会》:莫怀古逃亡,他的妻子以为他已经去世,在柳林哭祭,恰巧碰上莫怀古,夫妻相认。 ②厚:应为"原"。 ③落乡:到偏僻的乡下居住。 ④红炉:做点心的铺子。 ⑤挑钱粮:选拔当差的人。 ⑥下场:下场考试。 ⑦汉:应为"满"。 ⑧张:应为"汪"。 ⑨接灵:迎回灵柩。 ⑩些歇:大概应为"歇息"。 ⑪《武家坡》:薛平贵出去打仗,他的妻子王宝钏在寒窑里苦等。18年后,薛平贵回家,夫妻团聚。 ⑫任:应为"汪"。 ⑬任:应为"汪"。

待不了十年

1921年8月14号

梅 蒐

　　昨天由东四牌楼回家,遇见三个故旧,使我心焉如捣①,好生的难过。每天我由前门回家,是分段租车,由前门雇到东四牌楼,由东四牌楼再雇到家。这并不是我为省钱,天气热,路途远,由前门直接拉到舍下,拉车的也受不了。有其他倒车,不若我零雇,倒也便宜。昨天我到四牌楼下了车,租车未妥,因而安步当车。近来我倒是时常步行,我怕我混穷了(如今可也不阔),将来坐不起车,三步半都不能走啦,也是麻烦。莫若如今先练习着,省得将来受罪。这些个费话,姑且不提。那天我将过四牌楼,遇见一个寻钱的老妇,原来是一位老街坊。从先家里很有几处房,使奴唤婢,很像那们回事。民国元年,办生日还唱大戏,曾几何时,竟落得乞丐之中,实在可叹。我给了他铜元十枚,老妇带愧色,感谢莫名而去。后来走到六条口儿上,遇见一个卖菀豆②的,穿着旧两截褂③,一步三摇,吆喝"干的香,赛榛穰④"(北京卖菀豆,讲究吆喝"赛榛穰,干的香")。此公是位世袭男爵,他看了我一眼,一扭头,我也只好一扭头罢。此公的历史,说起来又够两版⑤,反正好吃懒作没能耐,才落得这般结果。后来将进十二条口儿,迎面来了一辆空皮车,拉车的是我一位世交的大叔。我不能不招呼他,他也不能不理我,彼此难过,就不用提了。此公从先也是世家,二十年前,家里还有车马呢。我那天遇见这三位,真是心如刀绞。虽有怜悯之心,爱莫能助。今年如此,明年可知。友人乌寄先生说过,再待十年,本京土著一定灭种。据我看,还怕待不了十年。

---

　　①心焉如捣:心里难受,像有东西撞击一样。　②菀豆:豌豆。　③两截褂:上半身和下半身用不同的料子制成的长袍。　④榛穰:榛子的穰。　⑤两版:报纸上的两版。

抓官车运太湖石

1921年8月16号

梅 蒐

前清时代，每遇军事，讲究拿官车①。记者从先在营务处当委员，这宗缺德的事情，我也办过。在专制时代，这宗不讲公理的事情，尚有可原。共和时代，似乎不该有这宗举动。去岁皖直之战，边防军大抓官车，由东四牌楼拉到南苑团河，高兴给两个甜瓜，不高兴也给两个瓜，可是耳瓜子。有好几辆厂车②，被抓到琉璃河，西瓜阵之后，连人带车，就不知下落啦。共和时代，会有这宗不讲理的事情，您说这叫作什么共和呀？可是话又说回来了，真要是军事紧急，公战也罢，私战也罢（皖直之战，可不知是公是私），急等运输军需，兵贵神速，偶然抓几辆车，情尚可原。要是有势力的人，为个人私事抓车，实在未之前闻。有之，自某巨公修理花园抓车运太湖石起。前天（十一日）有人在交道口南棉花胡同左右，看见八太爷大抓官车，有好几辆面铺的车，也被他们抓了去啦。听说是某巨公修花园子，大运太湖石，所以抓车。友人目睹眼见，那一溜儿也都看见了，大概这个事情不假。修理花园子，系属私事，大抓官车，未免不对。现在的事情，有强权无公理，还讲什么对不对吗？可叹！

---

① 拿官车：抓私家车作为官家用。　② 厂车：应为"敞车"。大车。

行人情带高买①

1921年8月17号

梅 蒐

日前某报登载,宣武门内太平街住户贺某,日前办喜事,高朋满座。忽然落雨,来宾人等,群②入新房避雨。有王某者,一时眼饶③,将新房内之金镯表(新人娘家陪送的)偷起,揣于兜内,被贺宅下人看见,告知主人。贺某登时由王某兜内将表掏出,王某羞愧无地,晚席④没坐(那还坐什么),溜之乎也。记者因为这件事,想起前几年一件事来。民国元二年间,敝亲家中办喜事,特约记者管理账房。记者是主任⑤,还有一位副主任金公。晚间一查账,短了两家分金⑥。一分两元,一分四元。分金簿上已然书名,人家一定是来了,分金可没了。您说这腻⑦不腻?我们既受主人委托,就负完全责任,分子丢了,当然得赔。跟金公一商量,金公说:"咱们二位认背⑧就完了。"好在都带着钱,每人拿了三块钱,算是给补上了。主人并不知道。过了两天,主人特约记者跟金公在同和馆儿吃饭,抱愧的了不得,把六块钱又退回来了。原来这六块钱,被他一个本家的叔父偷去,现在发觉。主人想着一定是我们赔上啦,所以那天特约吃饭,退还赔款(可不是庚子的)。后来我出主意,把这六块钱作为今天的酒饭账就完了。主人也开通,当时认可。随后提起来,就当笑话儿说。这类事如今很多,诚如某报所言,"民德坠落",可为痛哭。

---

①高买:偷(高级的东西)。 ②群:大家。 ③饶:大概应为"浅"。眼浅:没见过世面。
④晚席:晚上的宴席。 ⑤主任:主要负责人。 ⑥分金:份子钱。 ⑦腻:觉得心里不舒服。
⑧背:倒霉。

为尽孝遭危险

1921 年 8 月 18 号

梅　蒐

　　四郊路劫的案子，层见迭出，屡登各报，兹不多赘。再①一般人的议论，总归咎于营汛②地面③。这全是不揣其本而齐其末④的话。四郊营汛拢共有多少官兵，四郊地面有多们辽阔，就便⑤昼夜巡查不歇着，也有应接不暇之势。况且穷人众多，被饿所逼，借着青纱障起，挺⑥而走险。往往看着不像作路劫的人，走单了，顺便就许作个买卖（没本钱的买卖）。溯本穷源，制造这宗结果，不能不归咎于政府。前天敝亲某君，出城上坟（坟地在药王庙北），走在土城儿豁子，有两个穿灰色短衣裳的，在那里坐着，见了他站将起来，问他上那里去。某君说："上坟地烧纸。"这两个人说："歇歇再走，好不好？"某君瞧他们来头不善，撒了一个谎，说："他们怎么还不来呀？我瞧瞧他们去。"答⑦讪着进了豁子，开腿就跑，一气儿跑到□里，几乎没有血奔心⑧。回家大病，现在还没好呢。眼看就是阴历七月十五，短不了有上坟烧纸的。原是一分孝心，因为孝心遭危险，未免不对（也不是谁的不对）。敬告外营⑨老爷们，这两天多派弟兄下道⑩，特别注意，保护保护尽孝的人们才好。

---

①再：应为"在"。　②营汛：戍防军队。　③地面：负责地面治安的人。　④不揣其本而齐其末：语出《孟子·告子下》。意思是，不看事物的根本，只看表面。　⑤就便：即便。　⑥挺：应为"铤"。　⑦答：应为"搭"。　⑧血奔心：民间认为，剧烈运动或过度劳累后，血会涌向心脏。　⑨外营：驻在北京城外的军队，兼管治安。　⑩下道：到路上巡逻。

民国人瑞①

1921年8月19号

梅 蒐

"孝弟忠信、礼义廉耻"八个字,为国民固有的道德,具有这宗道德,才够国民资格,否则就叫作不够人格。维新以来,"公德"二字很时兴。其实公德也出不了这八个字范围。人必讲公德,才能算人,否则下等动物不如。这话猛听,似乎过火,其实确有至理。人能讲公德,原是本分,并算不了特别出奇的好处。无如晚近道德坠落,人心险诈,野蛮强悍,不讲公理,偶然出了一个讲公理的,群以为奇。世俗有一宗谬论,说是某村出了一个孝子,某处又出了一位义士。说着还很得意,其实没讲儿,人人都应当是孝子、义士,那才对呢。某村仅止出一个孝子,某处仅止出一个义士,难道说,其余的人们,都是不孝不义之人吗?这类话细一研究,未免可笑。记者说这话,也是有所感而发。前天在前门大街,看见一位军人吃西瓜,咬了一口,说是"西瓜太酸"。卖瓜的见是军人,不敢搪塞,说:"我给您现切罢。"军人说:"不用了。"扔下一枚铜元就走。卖瓜的说:"老总带着钱罢。"军人说:"岂有此理。我咬了一口,你卖给谁去?"说着就往南去了。记者目睹眼见,我都很以为奇,也就无怪乎世俗那宗谬论啦。似乎这位军人,真不像当军人的。军人而能如此,实在是景星庆云②,民国人瑞。看起来中国的前途,或者还有些年远限③呢。

---

①人瑞:人事方面的吉祥征兆。　②景星庆云:祥瑞的征兆。　③远限:到生命结束。

朝鲜人也叫横

1921年8月20号

梅蒐

　　十七年前,记者办《进化报》时,据山东通信员报告,英属印度人在某处(地点一时忘却)枪伤农民。本报首先登载,随后各报亦见。后由该省当局竭力交涉,赔了几百块钱,算是完事大吉。这出戏假令反串[①]一下子,山东农民要把印度大爷打死,恐怕几百块钱不能了事(死两个教士,居然占领胶州[②])。日前某报登载,法属安南[③]兵,又大打中国军人。有人还说,中国丘八惹不起外国奴隶丘八。其实不然。中国丘八明白外交,不给国家惹麻烦,这总是高处。乃日昨又有朝鲜人殴打车夫之事。平心而论,车夫拉上外国人,格外多讹钱,实在也讨厌。可是你也得睁眼瞧瞧,要是英、美诸国的人,多讹一两毛,人家肯花。一个亡国奴那里有许多钱,勒索急了,所以殴打。印度且不说,安南、朝鲜两国人,旧日来到中国,何等服从恭顺。一旦投着横主人,居然就欺负旧管主[④]。这宗性质,实在是亡国奴的胚子。寄语安南、朝鲜人们,投着一个好主人,你们就这样叫横。别忙别忙,等着共管实现,我们的主人可就多了。到了那个时候儿,咱们再干干。

[①]反串:戏剧演员临时扮演自己行当以外的角色。此处指互换角色。　[②]死两个教士,居然占领胶州:1897年11月1号,德国传教士韩·理加略和能方济被大刀会成员杀死。11月13号,德国以此为借口占领胶州湾。　[③]安南:越南。　[④]管主:管理人。

打成一片

1921年8月21号

梅 蒐

　　北京戏园子，一切设备习惯，种种腐败，记者于《余墨》中说过多次。从先各报纸上，也都说过。说了这们好几年，倒①底不能改良，实在是一件恨事。戏剧为社会教育之一，关系甚大，稍明学理者，类②皆知之。中国戏曲之不完善（好戏也有，太少），人人皆知。戏曲应当改造（倒不用解放），系属另一问题，今天暂且不说。就以世俗之见说，戏园子总是公共娱乐场，歌场买欢，所为消愁解闷。再一说，既然叫作听戏（南方可叫作"看戏"，"看"跟"听"，意思可就差的多了），总得听得见才对呢。如今到各戏园子听戏，简直的听不见。起初是争座儿的声儿，继而是争茶钱的声儿，随后是闲谈的声儿（不听戏，叙家常）。最讨厌是卖食物、东西的，一个跟一个，外带吆喝。再加着捧角客③扯着脖子怪声叫好。这些个声音喧呶、纷吵打成一片，真正台上人念唱，简直听不见。敝友徐君在欧洲七八年，历游英、法诸国。据说巴黎大戏园，可容数千人，建筑之文明，设备之完善，不必细说。开戏的时候，全场肃穆无哗，秩序井然。每一幕戏演讫，休息十分钟，大家吸烟纵谈，或购买食品。铃声一振，鸦雀无声。不但巴黎戏园如此，他处亦如此，而以巴黎大戏园为最。呜呼，中国共和十载，整天嚷嚷改良，区区一个戏园子，都不能改良，政治风俗更不能提了。可叹！

---

①倒：应为"到"。　②类：大都。　③捧角客：专门捧某个演员的人。

答不平鸣君

1921年8月23号

梅 蒐

日前连接不平鸣来函，历举内城官医院①之黑暗，及御前侍卫②处者③吞款等事，嘱记于《余墨》中代为宣布。记者与不平鸣君，不素谋面。不平鸣是否姓名（没有叫这个名字的），抑或别号，不得而知。所言医院、侍卫处两事，是否属实，抑或捏造，不得而知。刻正从事调查，俟得真象，再为宣布。乃昨又接不平鸣君来函，很责备记者。今将来函照录如下。

"梅蒐君如见：阁下《余墨》一门，脍炙人口，各界欢迎，亦无须敝人赞美。惟日前连去二函，一关于中医诊疗室之腐败，一为侍卫处之侵吞公款。兹二事内容详细，敝人尽知。实为违犯公理，大背人道，乃阁下将敝稿置之前阁，连日不见披露，殊令人疑闷。岂以敝人之言为不足信乎？抑畏彼二机关之势力乎？请先生明以教我。"云云。

您说这封来函，够多们别致④。姑无论素不谋面、并无真实姓名，即便为本报特约之投稿人，宗旨不合，本报也可以不登。投稿人没有强迫登载之理。至谓记者畏彼二机关势力一节，尤为可笑。徐、靳⑤二君，张、曹⑥二位，记者都给登过报，区区医院、侍卫处，怕他们作什么！阁下如肯

---

①官医院：1906年8月，清政府设立的医院，西医大夫基本上是从日本回来的留学生，中医大夫则是经过考试录取的。由国家拨款，看病全部免费。民国初年，还延续了一段时间，但是收挂号费。由于经费少，管理不善，官医院设备简陋，大夫盛气凌人，病人多有抱怨。　②御前侍卫：在清朝，皇帝的保卫人员称侍卫，分为四等，一等侍卫是三品官，二等是四品，三等是五品，另有所谓蓝翎侍卫是六品。侍卫最初只从上三旗的皇族子弟及旗员中挑选，康熙二十九年（1690）开始也从汉人的武进士中挑选。侍卫又分一般侍卫、乾清门侍卫和御前侍卫。一般侍卫把守故宫的大门，还有一些，是保护膳房、茶房及上驷院的，即养马处和养鹰、狗处的。乾清门侍卫是把守乾清门等内宫门的，只有上三旗的人才能担任，所以，地位要比一般侍卫高。御前侍卫是皇帝的贴身警卫，是从皇族子弟、蒙古王公和乾清门侍卫中挑选出来的，地位更高。　③排版错误，此处的"者"应在下一行"记"后。　④别致：奇怪。　⑤徐、靳：徐世昌（1855—1939），字卜五，号菊人，又号弢斋、东海、涛斋，直隶天津人。1918年10月，徐世昌被国会选为民国大总统。1922年6月通电辞职。靳云鹏（1877—1951），字翼青，1919年9月被徐世昌任命为国务总理，1921年12月辞职。　⑥张、曹：张作霖、曹锟。

出头露面，请至本社或至舍下一谈。无论何项事情，倘系实情，无不代登。要是没有真实姓名、住址，就凭"不平鸣"三字，既非大名又不像字号，也非官衔，无论事之真实与否，碍难①代登。此覆②平鸣君大鉴。

---

①碍难：不便。　②此处少一"不"字。

不知是怎么个意思

1921年8月24号

梅 蒐

　　世界上什么人最苦？我看最苦者，莫若拉车一行（杭）。天气凉爽还好，赶上现在这个天气，烈日之下，汗出如沈①，拉着一百多斤的车，往前奔驰。遇见明理的人还好，遇见缺爷②，加钱催快③，几枚铜元，就能要一条人命。同是人类，凭什么逍遥自在你在上头坐着，又凭什么他气喘嘘嘘拉着你跑？生意人有话，不过为④先生们一把资财⑤而已。可是拉车的那分恶习，大概诸位都领教过，记者也不必细说。可是话又说回来啦，落到入胶皮团，也就很可怜啦。总然有点恶习，也当原谅他。前天（二十日）上午，友人阎君星三，走在东安门丁字街迤北，看见一个车夫，被两位八太爷抡着皮带一路大抽，打了个狼号鬼叫，脑袋上闹了两个大窟窿，血流如注。八太爷打车夫，那是照例的手续，应有尽有，不足为奇。最可怪的，是那里站岗的警爷。当一起打的时候儿，他一步一步慢条丝绦⑥的，踱到跟前。他不敢惹八太爷，反说拉车的不是。这也是他门⑦警界照例的手续，姑且不言。最可怪者，被打的车夫要打官司，巡警压派着⑧，一定不让打官司。不知道他是怎么个意思？

---

①沈：汁。大概应为"沇沇"，像汁液一样往下流。　②缺爷：缺德的人。　③催快：催着快跑。　④为：因为。　⑤一把资财：指一点儿钱。　⑥慢条丝绦：慢条斯理。　⑦门：应为"们"。　⑧压派着：压着。

为母作寿大哭刘鸿升

1921年8月25号

梅 蒐

今天《余墨》的题目,诸君乍瞧,似乎不伦不类。为母作寿,一定是给老太太办生日喽。刘鸿升是已故剧界的泰斗,大哭刘鸿升,一定是思念刘鸿升,可惜他死啦,从此大哭。这两档子事情,风牛马不相及,挨不到一块的事情。谁知道居然有人给老太太办生日,会哭起刘鸿升来啦。事涉创闻,听着好像谣言,其实是件真事。北城有住户某甲,素日有戏迷之称,手里有几个钱,全捐弄①听戏了。在谭、刘②二人在世的时候儿,有一天谭爷在西城市场贴③《失街亭》,刘爷在广和楼贴《斩黄袍》,两位他都想听,都是压轴子④,钟点冲突,地点距离又远,他又没分神法。他眼睛一直,跑到大兴县城隍庙求签,求神指教,听某人好?偏巧签帖子⑤上,有一个刘字儿,他说是城隍爷显圣让他听刘瘸子。这话是民国二三年的事情。日前给伊母办寿,叫了一档子转盘儿的话匣子⑥。亲友正在静听,唱到刘鸿升《斩子》,某甲忽然放声大哭,倒把来宾吓了一跳,以为他是疯啦。后来他哭着说道:"结了完了,听不着了。"彼时他舅父在坐,大骂了他一顿,他才止住悲声。虽然不哭了,还是长吁短叹,晚晌的寿面也没吃。若某甲者,真可谓人群中的怪物。哈哈,地球之大,何所不有?

---

①捐弄:捐。　②谭、刘:谭鑫培、刘鸿升。　③贴:指贴海报。　④压轴子:最后一出戏。通常压轴戏是由最主要的演员演出的。　⑤签帖子:说明签内容的签书。求签时,签上有号,然后按照号查看签书上的内容。　⑥话匣子:留声机。

水 蜥 蜴

1921 年 8 月 26 号

老 珊

日昨记者和友人往农事试验场纳凉,甫①过高亮桥,即闻行路者彼此互相议论。甲道:"这十五枚花的真冤。"乙说:"简直的大蝎虎子。"记者一听,知道他们所说的,定然是龙形动物了。记者因与友人商议道:"吾辈亦须一往,看其真象。"至则该动物所处之席棚四周,悬挂几段说明,或谓为蜥蜴,或谓为龙,或谓为螭,莫衷一是。记者阅毕,至外则更有本场布告二则,系宣布此动物之来由并所以致此卖票之故。记者于是乎心里念道,难怪那看过的人以受冤为②,而今看来,他们真正是冤。但是记者所说的冤,与他们自己说的那冤情,却不一样。他们的意思,是来看那心里所想着神妙不测的那个龙,到了实在不是那样,所以觉着冤。记者以为,这样不甚新奇的动物,在文明国里,绝没有卖十五枚的价值。况且堂堂的部立机关,又有动物园的组织,当然有明白动物学的,就应该把此动物的种、属、性质等等,详细说明,揭示于众。门票也特别的减价,以便周知,方合公园的体裁。如今反倒用欺诈的手段,竟让许多的人糊里糊涂的花十五枚。看了以后,仍旧落个糊里糊涂,连个名儿也不曾晓得,能够说是不冤吗?

---

①甫:刚。　②以受冤为:排版错误,应"以为受冤"。

烧　　牌

1921 年 8 月 27 号

梅　蒐

前日赴友人罗君家贺喜,席罢闲谈,某君提倡要组织麻雀。主人不甚赞成(倒是我的朋友),又不好拒绝。有关君者,系汉军人,虽隶旗籍,而无旗人习气(难得)。关君说:"大热的天,谈会子最好,何必打牌?我说一件实事给诸君听听。前门外某铺少掌柜,嗜牌如命。夜以继日,竟跟红中、白板联感情。上月在某处打牌,由早八点打起,直打到晚八点,打了好几十圈。别人都有个替换,惟独此公勇贯①三军,整打了一天。他也不歇着,八点后略微歇息,他提倡还要打。因为他输了好几十块,打算捞捞。他是输家儿,旁人不好不随着,于是重整旗鼓,二次战争。那天又热,一天他也没吃什么,就喝了点子冰水。打到后半夜,觉着恶心肚子疼,没到天亮,他是连吐带拉,肚子疼的要命,搭回家中,医治无效,于次日正午寿终牌寝。得年②还不到三十岁。临死说胡话,还有'满贯'、'清一色'等等的名辞。以上所说,这都不算新鲜。最可怪者,送三③的时候,该家属给他烧了一分寿雀④。亲友无不称奇。"云云。关君说完了,大家以为他造谣言。据关君说,有名有姓,确而又确,决非虚语。为打牌殉难,已经荒谬绝伦。死了还烧麻雀牌,尤其的荒谬。据记者想,这宗赌鬼死了一定下地狱,就便给他烧牌,也是瞎掰,人家不准他打。

---

①贯:应为"冠"。　②得年:享年。　③送三:人死三天后,亡灵要被神接走,要举行仪式,亲友吊唁,吹奏鼓乐,焚烧纸糊冥器等,叫接三。接三那天日落后,由鼓乐引路,女眷送到大门外,男性亲友执香、提灯,给亡人的魂灵送行。出门向西,把纸糊冥器送到某处焚化,叫送三。④寿雀:死者穿的衣服叫寿衣,所以,此处把给死者的麻将叫寿雀。

错念蒐字

1921年8月28号

梅 蒐

记者自担任《余墨》一门,三年有零,"针砭社会,矫正风俗"八个字,虽不敢自负,而摇惑人心、败坏风俗的话,向来没说过。第一我不造谣言。虽然有闻必录,也得占八成实。情形虽稍有不同,大致不能甚错。偶然议论点事,我学识浅,说的不透彻,则有之,一偏之见的话,我没说过。再一说,利用《余墨》,以图报复,或是受人运动,给人作机械①,这类缺②事更耻为之。不过,记者有一样毛病,我自己知道,我是忌恶如仇③,损人过也。偶然得罪人,那是再所难免。这几年接到匿名骂信,足有二百多封(奖励的信,可也有不少)。这些个骂信,我要一一登出去(这不过是空说,有些封信,报上不能登),能把诸位笑坏了。说什么让他说去,跟妄人④捣什么乱。昨天接了一封匿名信,开宗明义,是大骂陈友谅⑤,撒村道怪,不必细说。莫后⑥有一首七绝,很有点意思。如今可以说与诸君听听,您可别喷饭。

(无耻无羞小梅蒐,生来两片缺德嘴,有朝狭路遇见咱,挖你眼睛打你腿。⑦

这四句诗原没有什么可笑的,最可笑的是,他把"蒐"字读成鬼字,未免可笑。他这个诗虽不讲押韵,也得讲合辙。你想"蒐"字跟"嘴、腿"二字押到一块儿,他可不是读成鬼字了吗?

---

①给人作机械:给人当工具。 ②缺:缺德。 ③忌恶如仇:嫉恶如仇。 ④妄人:无知妄为的人。 ⑤大骂陈友谅:指大骂。陈友谅(1320—1363),中国元末大汉政权的建立者。京剧《战太平》中,花云曾大骂陈友谅。 ⑥莫后:应为"末后",最后。 ⑦此处少一")"。

老实乡民倒霉遭瘟

1921年8月30号

梅蒐

友人某君,系三十年前同学,为人方正,忌恶如仇①,住家通县城外。十六年前,记者办《进化报》时,伊在高等小学当教席②,不时来馆,星期恒③在馆中下榻。共和以还,伊归乡务农,时常通函,一往情深,不忘故人。惟记者笔墨劳形④,朋友来信,除要事外,多半无暇裁答⑤,事忙手懒,殊为抱愧。日昨某君进城公干,临舍见访,空谷足音,喜出望外。一切欢迎招待,及各叙别后状况,姑不具论。惟某君谈一事,实足令人发指。据言,该县西集镇西北谢楼村,有里甲⑥王德全者(又名王殿元,一名王振元),虎而冠者⑦也。藉事招摇,勾串县署班、房⑧(班儿上的、房里的),敲诈民财,任意勒索。若不如数交纳,即带署私押。老实乡民,被害者不知凡几。不但此也,该王德全近日又与陈家坟一带之土匪联络,凡由西集往来通县者,均须由王德全保险,否则必遭打抢。该王德全既与班、房勾通,复与土匪联络,声势浩大。乡民甘受鱼肉,无可如何。某君言之,双眦欲裂,想非虚语也。呜呼!距京三四十里,居然有这等样事,岂非怪事。可是话又说回,各省外县,那一处不是如此!反正老实乡民倒霉、遭瘟,可叹!

---

①忌恶如仇:嫉恶如仇。 ②教席:教习,教师。 ③恒:经常。 ④笔墨劳形:因写作而身体疲乏。 ⑤裁答:用书信、诗歌等答复。 ⑥里甲:指乡民组织的头儿。 ⑦虎而冠者:老虎戴上帽子装人。比喻本性凶残。 ⑧班、房:清代县衙机构有三班六房。三班:皂班、壮班、快班(也叫捕班)。皂班负责审讯犯人时站堂、行刑;壮班负责警卫,保护县衙、仓库等;快班负责侦破案件、抓捕犯人。六房:吏房、户房、礼房、兵房、刑房、工房。吏房负责官吏的任免、考绩、升降等;户房负责土地、户口、赋税、财政等;礼房负责典礼、科举、学校等;兵房负责军政;刑房负责刑法、狱讼等;工房负责工程、营造、屯田、水利等。

三爷大吹

1921年8月31号

梅 蒐

　　民国成立,于今十载,道德沦丧,公理消亡,奇巧古怪的事情,层见迭出。诸君不信,请看各报《京闻》,那一天都有几档子邪行的,看着能让你不信。似乎文明古国,京都首善之区,不至于出这宗现像。细一考查,一点也不假。最可怪者,极不够资格、极可耻的事情,稍知自爱者,都不肯拿人嘴往外说。如今大庭广众之间,居然倡言不讳①,自鸣得意,拿着没脸当贴金。风俗之坏,一至于此,实在令人痛哭。友人某君,日前赴伊亲戚家祝寿,看见一个少年,飞扬浮燥,衣履阔绰,张牙舞爪的,向人演说。现在他跟某巨公如夫人的兄弟换了帖啦。他们吃喝不分,见天花天酒地,吃饭不是天和玉②,就是元兴堂③(回、汉两教的馆都下)。他下了不少本钱,近来很有点效果,大概中秋前后,他的差使就下来啦。越说越高兴,大有不可一世之概。最可怪的,是他信口开阖④,不知羞耻,旁边有好几个贴靴拍马的,甚至于有一个人称呼他三爷,给他作揖请安,"求三爷栽培",令人看着肉麻。三十年前,钻营奔竞⑤的事情,固然也有,还都背人(廉耻心尚在),如今把长四方脸儿所⑥拉下来了,不但不背人,反要在人前卖弄,要露露意思。您说,这叫什么德行?

---

①倡言不讳:公开说,一点儿不避讳。　②天和玉:当时有名的饭馆之一,在前门外。　③元兴堂:当时北京的有名饭庄都有一个"堂"字,号称八大堂。元兴堂就是八大堂之一,在前门外王广福斜街,现在的棕树斜街,由厨师冯余轩创办,1932年倒闭。饭庄是最高级的餐饮处,都有幽静的庭院、高级的家具、精美的餐具,屋内悬挂名人字画,院中还有戏台。　④信口开阖:信口开河。　⑤奔竞:奔走托人运动。　⑥所:完全。

特色现像

1921年9月1号

梅蒐

　　北京戏园,内容腐败现像,记者于《余墨》中,说过多次,一切的毛病,诸君皆知,无须多赘。近日前门外各戏园,除一二科班外,男班①全行停演,而天桥迤南之歌、燕二舞台,虽无应时当令之角色,而过去之名角,如薛固久②、崔灵芝③诸人,尚属可听,德建堂④、陈文启⑤之辈,亦均不甚恶。燕舞台又有外江派⑥之程永龙⑦,歌舞台有新排全本连台武戏,两园旗鼓相当,都很热闹,戏价又廉,所以一般中下人等,趋之若鹜。该两园原有楼,从先楼上卖座,现被官厅禁止,这都是受游艺园的影响。可是话又说回来了,那两处舞台的楼房,建筑的也实在糟心,比送圣⑧的楼库⑨,略微结实一点。警察有保护人民、预防危险的责任,从先他们建筑这宗戏楼,就应当不准楼上卖座儿。从先可放任,游艺园出了逆事啦,这才禁止。早干什么来着?政府办大事,都是这宗毛病,又何责警察?楼上一不卖座儿,楼底下真有人满之患(燕舞台人尤其多)。昨天有人赴歌舞听戏,坐在下场小池儿,正唱《施公案》的时候儿,由后台来了两位八太爷,一迈栏杆儿,就在桌上一坐,两只脚还踹着台上的栏杆儿,怪声叫好,大有目空一切之势。两位太爷在两张桌头上一坐,后头人全瞧不见了。大家敢怒而不敢言。这宗情形,天桥迤北各戏园,还都少见。八太爷到了天桥儿,直仿佛到了化外啦。巡警看着,装着⑩不见(怕打)。就说这宗现像,敢说大地球上一百多国,绝无仅有,少二寡双,特色的现像。

---

①男班:演员都是男的。　②薛固久:艺名十二红。河北梆子演员,工老生。　③崔灵芝:本名崔德荣,艺名灵芝草、崔灵芝。河北梆子演员,工花旦。　④德建堂:京剧演员,工老生。　⑤陈文启(?—1923):京剧演员,初工老生,变声后,工老旦。　⑥外江派:以上海为代表的外地京剧演员。　⑦程永龙(1873—1946):京剧著名演员,工花脸。　⑧送圣:送库。人死后,给他烧纸糊的生活用品。　⑨楼库:纸糊的房屋楼阁。　⑩着:应为"看"。

答疑闷生

1921 年 9 月 2 号

梅 蒐

禁烟以来（明着虽禁，暗吸的更不少。阔人吸鸦片，更不避人），土[①]价大增，一般没骨头、少志气的穷烟鬼，既不能戒断，又没钱买烟。他们又怕瘾死，只好扎神针、吞灵丹，苟延残喘。所以近来吗啡、金丹的营业，非常发达。某国作投机的买卖，只顾获利，不讲人道。我国家太弱，没法子禁止，姑且不说，而一般无业游民，帮同外人害同胞，以暗售吗啡、金丹为生计的，随在皆是。昨接疑闷生来函，据云有某某者，号称读书之士，近亦以吗啡、金丹为正当营业。有人劝其改业，谓"以毒害人，暂虽获利，将来必有报应"。伊不以此话为然，谓"因果报应之说，系属迷信，不足为凭"云云。疑闷生因某某曾读诗书，而竟作此害人营业，且以因果为迷信，甚属可怪，特投函记者，请为解释，以破其疑闷。这类事如今时兴，何足为怪！古今来争权攘利之徒，卖国求荣之辈，大半都念过书，那一个又照着书理行去啦？"利令智昏"四个字，是此辈的定评。别瞧白帽盔儿[②][③]乡下人）行不出来的事情，金丝眼镜儿、皮鞋[④]，许行的出来，大墨镜、厚底蝠子履鞋[⑤]，更行的出来。至于因果报应一节，系属学理，并非迷信。彼辈以因果为迷信，也是揣着明白说糊涂，知法犯法，罪加一等。请疑闷生洗眼静看，将来这宗人，必有特别邪行的报应。

---

①土：烟土。 ②白帽盔儿：对乡下人的称呼。 ③此处少一"（"。 ④金丝眼镜儿、皮鞋：指新派、受西方影响的人。 ⑤厚底蝠子履鞋：也叫福字履，厚底，上面绣着或镶着云形图案。此处指老派富贵人。

买丝愿绣勤果公

1921年9月3号

梅 蒐

前清光绪中叶,张勤果公(名耀,字朗斋,勤果系其谥号,武备①起家,战功卓著,抚东②数年,功德在民,有一省活佛之称。卒时,宦囊只余三四十金,商民罢市,哭声震野。今济南大名湖上建有张公祠。父老至今,称道弗衰)部下的军队,调至北京,修浚护城河,在各门外扎营。军人恪守营规,无事从不进城。买卖交易,非常和平,商民相安,人人颂扬。彼时记者不过十四五岁,住家离着东直门又近,放学之后,同着学伴儿,时常瞧挖河的去。听说,有一天一位副爷③(从先的副爷,如今加了徽号,称老总)跟卖切糕的捣乱,把切糕车子踢翻了,被本营稽察看见,报告统领,一定要砍头。大家求着,打了五百军棍,给了卖切糕的一两银子。卖切糕的不敢要,不要不行,只得收下。就这一件事看起来,张勤果的军令森严,略见一斑。记者因为什么想起张勤果公来了呢?因为昨天出齐化门闲游,看见大街上新开了一个戏园子,我将要进去参观,迎头遇见一个熟人,他劝我不必去了。我们两个人,找了一个野茶馆儿喝茶。据他说,该戏园子,开了不到五天,倒被八太爷砸了两回,大约不久一定关门云云。我们两个人回来,顺护城河乘船,所以想起那年修河来了。如今统兵长官,若有张勤果公,吾当买丝绣之。

---

①武备:武装力量。　②抚东:任山东巡抚。　③副爷:当兵的。

官面洋味军气

1921年9月4号

梅 蒐

中国人有一宗劣性根。这宗性根,下流社会为尤甚。只要沾一点官面儿,借一点洋味儿,立刻趾高气扬,非常之横,看谁都像奴隶,其实真正他就是奴隶。从先有人说这话,记者还以为过火,后来留心调查,实在一点不含糊。火车、轮船、电报、邮政、电灯、电话(竟跟交通界干上了),那分儿神气,诸位大概都经过,管保没有一样儿谦恭和蔼的罢?因为什么他们不和气,就因为又沾官又沾洋,具有双料儿叫横的资格。昨天记者赴花市迤南有事,走在北边便辙上,迎面来了一个邮差,骑着轮子[①]。突然相遇,我一犹豫,谁可也没碰着谁。其实他眼前就到邮局,下车也就完了。他瞋着我躲慢了,撇着嘴说道:"快走点,好不好?"我说:"这们大地方,走不开你。"这下子得罪他了,说了一大套闲话。那个意思,来的邪行,我没敢惹他,旁人劝着也就完了。去岁秋间,敝友王旭东,在打磨厂西口,赶上新下过雨,一个骑车的邮差,把一个走路的买卖人闯倒,闹了一身泥。跟他一理论,他下了车要打人家。小买卖人儿,不敢惹事,人家忍啦。昨天这位信差,倒是没要打我,总算高情[②]。或者看见我眼挂金丝镜,身披纺绸衫,手提文明杖,格外有个面子(谢谢)。有人说了,他们邮差,穿军衣、戴军帽,又沾一点军气儿,所以叫横。奉告诸位,您遇见沾官面儿、洋味儿、军气儿的,您多多留神就完了。

---

①轮子:自行车。 ②高情:非常给面子。

敬告伶界老板

1921年9月7号

梅友来稿

戏剧为社会教育之一，具有警戒劝导的性质。学校中的小朋友，要能在放假日看看戏，不但活泼脑筋，并且还多知道许多的故事，于无形中又能补助教育。可有一节，要真令听戏的受了戏的感动力，也不论旧戏新戏，必须得扮演的伶人，唱做具备，将戏中之忠孝节义、离合悲欢，描写得无微不至，才有警人的效力。所以您看《壮悔集》①中的马伶，欲扮演严分宜②，则卖身于权奸门下，窥探三年而后成。《阅微草堂笔记》③中之某伶人，欲扮妇人，必先摹其贞、淫、喜、怒，忘身为男子，然后登场，才能劝人警世。可见伶人对于研求戏理，是最不容易的。譬如演《马前泼水》④，须使泼妇有回心悔改之念，唱《渭水河》⑤，必令当道生擢用贤能之心。一举一动，全要体贴当年编戏人的用意，如此方不失现身说法之本旨。若果一味研求声色，如何卖俏，如何调情，旧戏唱些《戏叔》⑥《打花鼓》⑦，新戏演点《结婚风流案》，这类的戏，不独无益于人，而且专能坏事。所以小梧桐⑧之被殴打，范警华⑨之罚游街，那纯乎可证明他没去研求戏的真理，专求声色啦。若是伶人不明戏之真用意，空唱一段慢板，要个巧腔儿，那即或余音绕梁六天，也不过博当时一喝彩，与实事无用。记者往往见伶人演戏，不查细理，只图省力，本意并未作出。这宗事真是搁⑩靴搔痒。

---

①《壮悔集》:《壮悔堂文集》，明末清初文学家侯方域著。　②严分宜:严嵩(1480—1567)，江西分宜人。明代出名的奸臣。　③《阅微草堂笔记》:清代纪晓岚写的笔记。　④《马前泼水》:汉时，书生朱买臣的妻子崔氏嫌他穷，逼他写休书，另嫁他人。后来朱买臣做了太守，崔氏想和朱买臣破镜重圆。朱买臣让人在马前泼了一盆水说，如果崔氏能把水收进盆里，就和她复婚。　⑤《渭水河》:周文王在渭水河边遇到正在垂钓的姜子牙，拜他为相。　⑥《戏叔》:《水浒》中潘金莲挑逗武松的故事。　⑦《打花鼓》:某公子出游，遇到一对打花鼓的夫妻。公子让他们表演，并调戏妻子。　⑧小梧桐:刘砚芳(1894—1963)，艺名小梧桐。京剧演员，工老生。　⑨范警华:待考。　⑩搁:应为"隔"。

如《朱砂痣》①是因完人夫妇而得子,其"朱砂痣"三字,在其子身上,而往往唱者减《卖子》一段,及唱者亦必加以"准代卖子"字样,此则大为荒谬。岂有本题而曰代者耶?《六月雪》②系费娥被冤定罪,及至行刑之日,押至法场,忽然天降大雪。窦太师经过法场,知其为冤,始将费娥罢免斩刑。说到此戏,应以法场一段为主体,因下雪是在法场。余如《武家坡》不进窑,那们到家不进去(那是禹王治水),他可上那去了?似此类丢头短尾、裁三减四之戏很多,一时也难说尽。不但不能窥全豹以为憾事,就是善恶报应的结果,人也没看明白是怎么回事。奉劝各老板③们,以后作戏,必须细心研究戏理,把编戏人之用意描写完全,万不可只求省力,将劝人警世之意失去,使人只知以戏取乐,不知还能劝人。愚意如此,不知大老板们以为然否?

---

①《朱砂痣》:韩廷凤丧妻,因为没有子嗣,又娶江氏。娶亲那天晚上,韩廷凤得知江氏是因为丈夫病重,不得已卖身救夫,就赠给江氏银子,让她回家。江氏夫妻为了感谢韩廷凤,就买了一个孩子送给他。韩廷凤问起孩子身世,又看孩子脚上有一个朱砂痣,认出就是13年前因战乱失散的自己的亲儿子韩遇运。父子团圆。 ②《六月雪》:根据关汉卿的《窦娥冤》改编。 ③老板:对名演员的称呼。

兼　差

1921年9月8号

梅　蒐

　　去年嚷嚷了一阵子，不准兼差，一时雷厉风行，好像办真事儿似的。各机关很捣了一回乱，打算要办，又办不下去。因为兼差的人员，大半都有点来历，认真办叫作不行，唏①糊涂的，就算完了。事后听说，小兼差儿倒裁了几个，这是中国照例的规矩，叫作护大不护小。就拿□乔□说理罢，无论前清无论民国，一起初是霹雷厉闪，待不了多少日子，变成雾散云消，抓两个猫屎小角儿②一搪塞，反正小官儿倒运就完了。有人说了，前清是这宗德行，怎么民国也是这宗德行呀？诸位有所不知，民国接的是前清的铺底③，仅止于换了块扁，其余全照旧，甚至比从先还亡道。听说有某甲者，一人兼三处阔差，每月输入千余元之谱（比当次长④舒服）。乃彼仍不满意，近日多方运动兼差，不遗余力，贪心不足，可鄙可叹。昔人说过，多妻之风盛行，必有多少人娶不上妻的。据记者想，兼差之风盛行，也必有多少人得不上差使的。孔二先生说过，"不患寡而患不均⑤"，最是一件可怕的事情。再进一层说，彼身兼数差者，有何德能？有何学问？彼赋闲无事者，果真无才无能，一字不通乎？前清之亡，就亡在这个上头啦。民国成立，仍蹈故辙。俗语云，"阔者日阔，穷者日穷"，日久天长，实在不是好现像。记者为此论，我并不是得不着差使气恨⑥。告诉诸位说，我是当差当寒了心啦。如今真给我一个几百块钱的差使（别犯财迷了），没有我抡笔□儿舒服。

---

①此处大概少一"里"字。　②猫屎小角儿：不重要的角色。　③铺底：商店、作坊所有用于营业、生产的财产。　④次长：副部长。　⑤不患寡而患不均：不忧虑东西少，只忧虑分配不均。　⑥气恨：又气又恨。

改良招租帖

1921年9月9号

梅 蒐

在前清时代，南城一带，吃瓦片①的主儿（吃瓦片就是指着房子，可不是真吃瓦片儿，没有那们好牙口）门外贴招租的帖子，吉房多少间，怎样怎样。随后必有一个条件，是贵旗、贵教、贵天津②免租。这宗招租告白，老南城大概都瞧见过。挂五色国旗③之后才进城的朋友们，他是不知道的。从先我不解是怎么回事，后来跟南城朋友打听，据他们说，这三项人，向来难惹。请神容易送神难（实话），莫若打起拒绝，省得将来弄麻烦。据我想，从先必是受过害（费话），后来所以人家不敢惹。可是让人家欢迎好呢，还是让人家不敢惹好呢？人家要欢迎，心里是怎么个滋味儿，背地说什么；人家不敢惹，心里说什么，背地里说什么。两相比较，孰得孰失？可是话说回来了，贵旗、贵教、贵天津，也未必都不讲理。高人很多，难以备述。不过一个马杓坏一锅，坏人作的事，好人跟着受影响。您说冤不冤？自改建民国，这宗招租的告白，是看不见了，花样又翻新了。昨天在大街上，看见一个招租的告白，后头也有三个条件，是贵军界、贵学生、无家眷免租。大概的用意，跟从先的贵旗、贵教、贵天津，是一个正比例喽。可是话又说回来了，这三项人都不讲理吗？恐未必尽然，还是受了坏人的影响。西儒巴克说过："一人无礼，全国蒙耻"，这话是一点不错的。人胡④可不自爱乎？

---

①吃瓦片：靠收房租过日子。　②贵旗、贵教、贵天津：旗人、信教的人、天津人。　③五色国旗：推翻清朝后的国旗。从上到下为红、黄、蓝、白、黑。　④胡：怎么。

白瞧报带偷

1921年9月10号

梅 蒐

十七年前,记者同赵时敏、关松石、乐绶卿诸君在北新桥北组织进化阅报社,白天阅报,每逢三六九日,晚间讲演。诸君热心公益,记者附诸骥尾①,十余年如一日。后因赵、关两君出京,乐君逝世,记者亦因公赴豫,经理无人,始行停办。在光绪末叶,本社极为发达,一切经费,除由各热心君子捐助外,其余概由发起人担任。白天阅报,统计约百十余人,晚间听讲,人数尤夥,惟不时丢报(白看报带偷)。阅报、听讲时,均备有茶水。豆绿茶盅,每天总丢两三个。不但此也,记者丢过一件抖②篷(彼时大氅才露面儿,穿抖篷就很透文明),社员某君丢过一顶帽子,其余零碎东西丢的很多。公益所在,出这宗现像,实在令人可哭。以上所谈,是前清时代的事情,或者说专制政体之下,人民程度不齐,还有可原谅,没想到国体改变,人民程度并未提高(岂但没提高,更低下来了)。东四牌楼北,有个公立第二讲演所,附设阅书报处,听说也时常丢报,一个看不到,就丢几分。您想,拢共一位书记一个听差,里间阅书,外间阅报,谁有那们大精神,瞪着眼睛竟看着他们?再一说,文明地方,也不能拿谁都当贼防。有一天,一位先生拿着几分报要溜,让听差的给请回来了,算是把报搁下啦。碰巧心里一恨,就许给报馆投个稿子,说该所对待人不和平啦。你把座钟搬了走,都不拦你,那管保和平啦。有那宗情理吗?咳,啧啧,德行!

---

① 附诸骥尾:跟在众人后面。 ②抖:应为"斗"。

疯 大 夫

1921年9月11号

梅 蒐

北城有位医者,是个念书的出身,从先当过教习,素有疯病的根子。他这个疯病与旁人特别,着急也犯,有喜欢事也犯。后来把教习搁下啦,又研究医道,也不怎么就考下来啦。听人说,考取医生黑幕很多,在医院见习七日,里头的毛病就大了。从先有个医长①(现已故去),作了一阵子好买卖。每逢到院试诊,总得拜他为老师(拜老师自然得有赞敬②了),必然给你出好考语,否则不行。你要干不理他,就是有和、缓③的学问,也是阴天晒被子(白搭)。所以北京挂牌行医的老爷们(大夫从先称老爷)不但文理不通的占多数,而且时常的惹乱子。那位医长虽然死了,孽根算种下了。如今该医院内容如何,不得而知(本社接了好几封信,都说医院内容如何腐败,现正从事调查)。就拿这位某医生说,素日言语支离,两眼发直,他会考上了,您说邪不邪?听说挂牌之后,买卖也还不错。某医生有钱,心里一舒服,疯病又犯了,整天在家里竟骂,外带着摔东西。那溜儿④街坊,都管他叫疯大夫。近日也没人找他看病了。又有人说,他始而得的是瘟病,自己用错了药啦,所以把疯病又勾起来啦。自己的病,自己都会摸不清,有病找他,那不是拿着命打哈哈吗?

---

①医长:医院里的科主任。 ②赞敬:为表示谢意送的礼。 ③和、缓:春秋时秦国的两个名医。 ④溜儿(liùr):一带。

董　孝　子

1921年9月13号

梅　蒐

　　故友曹蔚如，山东寿张县名士也。日前因事来京，临舍探望。次日记者宴之于东升楼，酒酣耳热，曹君谈其乡人董孝子之事，颇有趣味，兹特录之，以供众览。

　　董孝子，名士兴，锅门儿系其乳名，生性桀骜不训。伊父母因老年生子，爱若掌上珍。年既长，性愈骄，家人少不如意，叱骂随之。日随三五恶少，在外游荡，无所不为。一日伊父稍加劝告，锅门大怒，将居室器具捣毁一空，且欲烧房。邻里大抱不平，咸欲饱以老拳。伊父反哀求众人勿打其子。其素日之溺爱，略见一斑矣。值本城庙会，伊携同类前往观剧，台上正演《青风亭》带《雷打》①。锅门宁②立神驰，形若木鸡。同人唤之亦不应，以为中邪，扶归家中。见伊父母长跪不起，泣涕如雨，自言曩昔③忤逆行为，皆非人类，将来必遭天遭④。从此改过尽孝，望爹娘恕其既往等情。董老夫妇惊喜非常，当时亦痛哭不止。锅门谢绝恶少，在家克尽孝道，一乡皆称为董孝子云。呜呼，戏剧之感人也如此。乃今之演剧者，每掐头去尾，只求热闹省事，动人观感处，反删而不演，殊失社会教育宗旨。关心风俗者，以此话为然否？

---

①《青风亭》带《雷打》：一名《清风亭》。薛荣投军到边关，他的妻子周桂英受兄嫂残害，逃出家门，不得已把孩子扔了。孩子被张元秀夫妻捡到，取名张继保，抚养长大。后来，张继保在清风亭被生母认走，张元秀夫妇思念养子，每天到清风亭盼子归来。张继保中了状元，路过清风亭，遇到张元秀夫妇。但张继保不肯相认，张元秀夫妇悲愤交加，撞死在清风亭。张继保也被雷劈死。　②宁：大概应为"伫"。　③曩昔：从前。　④遭：应为"谴"。

不够作姨父资格

1921年9月14号

梅 蒐

西城沟沿住着一个姓李的，人称李三把。自表面一听，好像此公是请①真教的门徒，其实他是汉军人氏，因为他会说临清话，所以都管他叫李三把。这个人四十来岁，高鼻子，赤红脸，长的很有点马思远②的神气。此人从先当过兵，后来改良了，人家贩烟土啦。在张家口犯过案，几乎没吃了黑枣儿。近来倒是不贩烟土啦，设了会子赌，地面儿上很紧③，买卖也不得意。又上了一荡天津，作何公干，不得而知。这类不安分的人，反正到了那里也作不出好事儿来。李三把有个连襟，在齐外住，姓张，听说是开小洋货店。那天打发孩子张秃儿，赴前门外取货，遇见李三把啦，自然是上前作揖，口称"姨父"。李三把问他到此作甚，张秃儿实话实说。李三把带他逛了回天桥儿，大棚里听了回戏，然后找了一个小饭馆儿吃饭。他把张秃儿灌醉，把一个白布口袋、四块现洋，他给罄④了走啦。张秃儿醒来，不见钱跟口袋，姨父也不见了，铺子还跟他要饭钱。好在他还带着几吊票子，还了饭账，哭哭啼啼的回家去了。已后如何，尚不得知。近来生计困难，实业不兴，欺诈拐骗之事，日有所闻，千奇百怪，无所不有。若李三把者，拐去洋钱、口袋，还把外甥作了押账，真不够作姨父的资格。当局要不推广教育、兴办实业，再过二年，还不定出什么邪行的呢。

---

①请：应为"清"。 ②马思远：清末著名冤案之一的主人公。 ③紧：查得紧。 ④罄：全部拿走。

可 叹

1921 年 9 月 15 号

梅 蒐

维新以还,都说比从先文明,乃入社会观察,只见野蛮不见文明。诸君不信,请言①其详。汽车横行马路,闯了人就跑。人力车夫互相骂詈。巡警大打拉车的。国体改变十年,耍着人辫儿的,随在皆是。前清末叶提倡天足,如今缠足的并不见少。官中厕,肮脏不堪,气味薰人欲死。禁止赤臂,而铺户商人及下等人赤臂者仍多。各大街及大胡同稍讲清洁,背道小巷随意倾倒粪土、秽水,晚间且任意便溺。庙会、市场,妇女当街摊上随便大吃大喝。戏园争座,撒村骂人,甚至起打,怪声叫好,扰人观听。寻钱乞丐,往来如梭。晚间电灯不及灵前闷灯②。胡同野犬截路,无人干涉。夜间走路,高歌扰害治安。以上所说,人人皆知,决非谣言。这不过是略举数端,挂一漏万,其余类似此等事者很多,一时说也说不尽。请问诸君,这些个事,可是文明可是野蛮?就是善能雄辩者,也说不出是文明来罢。再进一层说,这些个事情,都是明摆着的事情,至于各方面种种黑幕,记者广听人说,没能亲眼得见,姑且不说。可是方才所说的那些个事,仿佛琐屑小节,无关紧要,诸位要知道,小事如此,大事可知。表面这宗现像,内容还有什么高超玩艺儿吗?两个字的考语,可叹!

---

① 言:大概应为"闻"。　② 闷灯:一种煤油灯。四方的,铁皮,只有前面镶着玻璃。

中 秋 节

1921年9月16号

梅蒐

好吃好逛,贪图热闹,乐以忘忧,不顾大局,以为中国人固有特性。诸君以余言为过大,请举往事以作证见。曾记甲午之年,中日失和,牙山失守,敌势方张。那年是七月宣的战,正在中秋前后,前敌的消息很不好。国家出这宗逆事,首善之区,根本重地,凡有血气者,应当如何激昂,如何奋发,大家敌忾同仇,以作政府的后盾,那才对仗①呢。假令这宗事出在别的国,您不信瞧瞧,得另有一分精神。听说土耳其跟义大利②宣战的时候,君士但丁③全城的商民,奔走呼号,互相警告,彼此勉励,大有举国若狂之势。反观我国,大家行所无事,直仿佛别的国跟日本打仗呢,没有他们的事情。不但此也,庚子破城的时候儿,身在房中,受人管理,那年中秋,我还记得,有心有肠的过节,满街上还是沙果、白梨、闻香果④,照旧供兔儿爷、吃月饼,晚晌还有不少豁拳行令的。直仿佛联军也没进城,两宫⑤也没西幸⑥似的。已往⑦之事,大概有知道的。足见中国人得过且过,毫无国家思想。今年又到了八月节啦。您看红男绿女、马龙车水,这分兴高彩烈,有多们邪行。以表面观之,倒像太平景象。其实库伦还没收回来呢,陕西也没平静呢,川鄂、湘鄂的事情⑧也没完呢。青岛的问题⑨

---

①对仗:对。　②义大利:意大利。　③君士但丁:君士坦丁堡。　④闻香果:槟子。　⑤两宫:指慈禧太后和光绪皇帝。　⑥西幸:幸,皇帝亲临。西幸,指慈禧太后和光绪皇帝往西逃跑。　⑦已往:以往。　⑧川鄂、湘鄂的事情:湖北督军王占元纵兵殃民,百姓痛恨。又不发军饷,致使军队相继叛乱。旅京湖北人士召开救亡大会,向北京政府请愿,要求罢免王占元,没有得到允许。于是,蒋作宾等联络湖南当局,进攻湖北。1921年7月29号,湘鄂战争爆发。8月7号,王占元辞职逃走。北京政府8月9号任命吴佩孚为两湖巡阅使,率兵南下。湘军大败。9月1号,湘鄂议和。在湘鄂战争之前,湖北人士也联络了四川方面。川军不知道湘鄂已经议和,于9月6号进攻宜昌,不敌吴佩孚,于10月11号退出湖北。　⑨青岛的问题:1919年1月,第一次世界大战的战胜国在巴黎举行会议,中国提出取消列强在中国的各项特权,取消"二十一条"等不平等条约,归还大战期间日本从德国手中夺去的山东各项权利等要求。但巴黎和会最后明文规定把德国在山东的特权全部转让给日本,激起中国人民的强烈愤慨。

不算,还搁着一个太平洋大会议①。这些位高乐的大人先生、奶奶太太们,有几个朝心里去的?唉,可叹!

---

① 太平洋大会议:又称华盛顿会议。第一次世界大战后,为了重新划分势力范围,美国1921年7月提议召开会议,邀请英国、法国、意大利、日本、比利时、荷兰、葡萄牙和中国参加。会议于1921年11月12日至1922年2月6日在华盛顿举行。

天利轩目睹之现像

1921年9月18号

亦　我

阴历十四日下午六点,记者在天利轩茶馆等候朋友。那天晚晌,该茶馆是高朋满座,热闹非常。各桌儿上都有人吃饭,丝儿炒、片儿炒,溜丸子、炸辣酱,白干儿几壶,家常饼几张,还有烂肉面等等。连吃带喝,兴高彩烈。自共和以还,各茶馆的买卖,甚见萧条,轻易没有这们些个饭座儿。我跟伙计一打听,才知道本日是八旗放饷之期。这些个先生,都是旗下①办饷的人们,在那里一半吃饭,一半算那本屈心账(空头怎么分,钱零儿②怎么克扣)。据茶馆儿伙计说,从先每月放饷之期,总要在这里足吃一气。如今旗饷愆期③,不能按月来,偶然领一回,也要来这里照顾一次。我一看这些位先生,不是又黑又瘦,就是面带菜色,衣履也不甚齐,汗腥气扑人鼻观,离着从先的神气,可差的多了。后来一张桌儿上,两个人要起打。原来某乙是后进来的,给某甲请了一个安,某甲还了一个半截儿安④,他说某甲跟他鞠躬啦。当时大吵之下,经人将劝完,这边桌儿上又吵起活儿来。原来因为一分空头钱粮(册上有名,实际无人,行话叫作空头),有一个年轻的破口大骂。他骂这一群办饷的,满都算上,怎长怎短。这一群人都炸了,大家都要收拾他。算是有人把他揪走啦。这原不足为奇,后来听说,此人的父亲,也在办饷之内(连他父亲骂上了)。八旗健儿,从先何等威武,一旦之间,落得这宗现像,实在可怜可叹。溯本穷源,都是前清养而不教(养可又养不足,把他们害苦喽⑤。

①旗下:旗里。　②钱零儿:指八旗发的钱粮中的钱。　③愆期:误期。　④半截儿安:请安的动作只做了一半。腿只是弯了弯,没有着地。　⑤此处少一")"。

大受影响

1921 年 9 月 20 号

祝燕侠来稿

民国建立,到了现在,已然是十年的光景了。不但政治上没见什么良好成绩,而一般所谓伟人巨子者,还是争权夺利,吵个不休。反正没他们什么事,左不是①我辈小民,跟着受云南罪②罢了。俗语儿常说:"宁作太平犬,不作离乱民。"看起来实在不假啊。记者有位知己刘梦侠君,原籍是江西瑞州人,世代以贩漆为业,客岁十二月初七出京,赴南省经商。刘君此次是出外,是开宗明义第一章,平日奢华成性,所以一路费了无数洋蚨③。别的没得着,鬼社会的智识④,增长了不少。直到前两天,刘君给我来信,说一二日即可返京,所以前天我同着位朋友,赴车站迎迓⑤,后来同往第一茶楼畅叙。寒喧已毕,记者询问刘君,到江西八个月的光景,什么也没作,为何就回京来了呢?刘君说:"我此次是大受影响。"记者听了,不绝诧异。因想穷乡僻壤,又从何处受影响呢?刘君云:"我家在江西瑞州,今年那地方旱的了不得,又加着兵荒马乱,实在不得安枕。我去贩漆的地方,是湖北施南府,那地方乱的尤其厉害。因为死尸满地,没人去管,所以气味熏蒸,瘟气还不小。我能去上那地方受罪去吗?临来到的时候,在九江险为败卒捉去。原打算饱载返京,岂料受了不太平的影响,伤了许多金钱,白走了一荡,实在可叹。"云云。我想刘君路经南省,所说的必定不虚。可是受影响者,大概不止一刘君罢。呜呼,南北不和,民受影响,干戈扰扰,何日方休?想念及此,有心人定必失声一哭。

---

①左不是:反正不过是。　②受云南罪:受大罪。　③洋蚨:洋钱。　④智识:智慧、知识。　⑤迎迓:迎接。

游园现像

1921年9月21号

亦 我

十八日记者由城外归家,走在东四牌楼,下车正在数钱之际,后头有人叫"大哥"。我回头一看,原来是至友钱玉如,还同着两个朋友,当时同赴路东羊肉馆小酌。后来一谈,才知道他们三位是参观城南游园而回。据钱君说,本日下午,该园又出了一件趣闻,系钱君亲眼得见。有某甲者,跟某南妓定妥,在说书场相见。某甲老早的就去了,南妓还没到,去了一个北妓,偏巧也跟某甲认识,某甲不能不招待。北妓将坐定,南妓到了(讲究冤孽吗)。南北两方这个神气,真比刘备、纪灵在吕布营中相见还难受。其实这位北妓是不速之客,南妓以为是预约,当时大恼,向某甲大闹。人家打乡谈①,我们也听不出来。大致的意思,不过是酸素作用。那个北妓倒拿的挺稳。后来南妓敬了某甲一个嘴吧,打的声音清脆,招的旁观人没有不乐的。大家一起哄,来了一阵肉梆子(巴掌)。后来巡警赶到,把南妓算是劝走了。前岁中央公园,也有这们一档子。那档子来的邪乎,不但起打,还来了几个出手②。这类事谈着好像无味,其实与风俗、治安都很有关系。城南游园向来为含垢纳污之所,正人君子家的妇女,本来就不敢去。再竟弄这些个现像,稍知自爱的,谁还敢观光啦?某报主持男女分日游览。这个办法虽然过火,可也不为无见③。可是真要那们一办,游人必少。逛庙、逛会,逛的是人就④。您说这点缺德有多们大。

---

①打乡谈:说家乡话。　②打出手:中国传统戏剧武打的一种表演程式,通常由刀马旦表演。由围着她的几个人把兵器扔给她,她用手或脚挡回去。　③不为无见:不是没有见识。
④是人就:应为"就是人"。

何足为怪

1921 年 9 月 23 号

梅 蒐

彰仪门①内,有个土地庙,每月阴历三日开庙②。该庙虽在城内,很有点乡镇集场的性质,逛庙的人类也极复杂。每逢开庙的日子,时常发现白钱③,并且有土匪诱骗小孩儿的事情。中秋前二日(十三),有大街住户赵姓妇人,带领两个小姑娘儿(大的八岁,二的六岁)赴该庙附近探亲。原拟探亲毕,赴庙参观。是日该巷甚为热闹,两个小女儿,在门外玩耍,被一个穿半截军衣的土匪(上身穿军衣,下身未穿军裤)将两个女孩子诓到避静地方,每人给了铜圆一枚,让两个孩子把镯子、戒指摘下他给收着,省得被人抢去(好心哪)。八岁的小姑娘儿,稍知事务,当时不认可,这小子连抢带夺,把孩子的手抓的长血直流,忙忙的去了。两个孩子,哭回亲戚家中,说明这个人的状况。赵姓亲戚及街坊人等,帮同寻找了会子,该土匪渺如黄鹤。赵姓要报警区(外右三),听人说得买报案的呈纸,赴三区购买。该区声称不卖,后来奔到二区去买。二区说,呈纸虽有,失盗系在三区地面,应赴该区购买。二反来到三区,该区这才卖给。写明呈报之后,至今尚无下落。这件事自表面观之,好像没什么,细研究有三样可怪。该庙既在城内,又有警察弹压,会时常发现这宗事,一可怪。土匪抢掠必要穿军衣,二可怪。外右三区,居然说不卖呈纸,三可怪。可是话又说回来了,中国怪事很多,区区这点小事,何足为怪!

---

①彰仪门:广安门。 ②开庙:有庙会。 ③白钱:白天偷钱包的小偷叫"白钱",晚上偷钱包的小偷叫"黑钱"。

参观《沉香床》①记

1921年9月24号

友 梅

戏曲一道，与感化人心、改良风俗最有关系。无论新剧②旧剧③，若果演唱得法，实能补助教育。西哲谓"大艺员资格地位，驾乎学校教员之上"，并非过论④。旧戏姑且勿论，自新戏输入北京，钟声⑤、亚方⑥辈，作戏未尝不佳，流弊也很不少。中国人办事，无论什么好事，里头都有毛病。最近上海新剧团在城南游园演剧，内有拆白党⑦徒张某，混迹其中，颇有不规则行为，经报攻揭⑧，已被驱逐。官厅因新剧艺员有此败类，遂视新剧为伤风败俗标本，严厉禁止。因噎废食，未免可叹。有奎星垣者，组织杂耍社，于八角鼓、戏法之外，兼演时装小戏。近日风俗薄弱，人心不古，欲藉戏曲感化人心，以期风俗改良。近日与社员连辑五⑨、段剑石、志立亭⑩诸君，极力研究。并约钱玉如、陈重庭诸名士指导一切（记者亦附诸骥尾），以求完善。日昨该社在德华园演唱《沉香床》一剧，绘影绘声，惟妙惟宵，于诙谐之中，仍富惩劝之意。一时台下鼓掌如雷。演至动人处，无不点头赞许。并闻该社仍拟广求名人编译剧本，加意排演，以便现身说法，警醒痴人。诸君如此热心，社会蒙福，定当不浅也。奎、段、连、志诸君勉之。

---

①《沉香床》：金伯道让侄子金不换到扬州岳父家读书。金不换被人引诱到妓院，用尽金钱。妓院的老鸨知道金家有钱，让妓女假装要嫁给他。金不换回家，求伯道让自己娶妓女。伯道让金不换装成乞丐，结果，金不换被妓女赶出门。金不换醒悟后，向妓女说明真情，并显示豪富。妓女羞愤自尽。　②新剧：也叫"新戏""文明戏"，早期话剧，有的戏中有一些演唱。③旧剧：指传统戏剧。　④过论：过分的言论。　⑤钟声：王钟声，浙江人，中国早期话剧开创者之一。1911年参加辛亥革命，被捕牺牲。　⑥亚方：文明戏演员。　⑦拆白党：设圈套骗财的人。　⑧攻揭：揭露、攻击。　⑨连辑五：文明戏演员。　⑩志立亭：待考。

金君之函

1921年9月25号

梅蒐

淫戏有伤风化,人所共知,无须多赘。乃一般艺员,每逢演唱时,迎合社会心理。警察以该戏不在禁止之例,无干涉之必要(《关王庙》①、《卖胭脂》②、《杀皮》③等淫剧,早经禁止。其实这些个戏,稍一改良,便是好戏。未经禁止的戏,往不好里作,也能成淫戏)。反正国家到这步天地,什么叫伤风败俗哇,也就是那个事了。昨接金君来函,也是关于这类的事情。今将原函照录如下。

"梅蒐先生如见:日读大作,快我心脾。前在广德楼看剧,王蕙芳④演唱《乌龙院》⑤(去⑥阎婆惜),于宋江叫门时,伊由后台忙忙而出,两手作系裤状,态度极为不堪。夫伊与张三郎入后台,即系表示作苟且之事。宋江叫门,作惊慌之态则可,何必两手提裤?不但楼上妇女观之不雅,即无知小学生,观之亦非所宜。是日敝人携带胞侄文斌看戏(时年八岁)。正演这场时,文斌问我:'这媳妇,他系裤子作什么?'这句话问的我无言可答,可巧卖糖的过来,买了两块糖,我说:'你吃糖罢。'算是搪过去了。这宗地方,无形中引人入胜,伤风败俗,罪不容诛,而警察竟不干涉,实属怪事。素仰阁下忌恶如仇,关心风俗,敢请于《余墨》中将敝函披露,俾伶界有以改良。警察亦可随时取缔,风俗幸甚,社会幸甚。金少华拜上。"

---

①《关王庙》:名妓苏三(玉堂春)和吏部尚书子王金龙相爱,誓偕白首。王金龙钱用尽后,被鸨儿驱出妓院外,住在关王庙中。苏三前去相会,并赠金让王金龙回南京。 ②《卖胭脂》:书生郭怀到汴梁赶考,偶然经过胭脂店,看见店内的少女王月英,心生爱意,借买胭脂和她调笑。王月英的母亲回来撞见,开始责问,后来答应二人婚姻。 ③《杀皮》:皮匠杨虎的妻子林玉兰与岳子齐私通,被杨虎的弟弟盛恭识破,劝杨虎捉奸,并帮助杨虎杀死二人。 ④王蕙芳:男,京剧著名旦角演员。字湘浦,号若兰,乳名四利子。原籍河北,生于北京。曾与梅兰芳被赞誉为"双璧",一时有"兰蕙齐芳"之说。1913年,北京曾举行菊榜推选,评选结果为:状元朱幼芬,榜眼王蕙芳,探花梅兰芳。 ⑤《乌龙院》:根据《水浒》中宋江杀惜的故事改编。宋江纳阎惜妓为妾,并建乌龙院让她居住。阎惜妓与张文远私通,宋江听说后,到乌龙院去查看。阎惜妓故意急慢他,两人发生口角,宋江含愤而去。 ⑥去:扮演。

汽　路

1921年9月27号

梅　蒐

汽车闯人之事，报不绝书，日有所闻，慢慢的习惯下来，已成了一宗不成文法（习惯法叫作不成文法）。直好像汽车应当闯人，人民应当受汽车闯，天经地义，当然的事情。这两天汽车闯人的事情，又很发达。本月二十七日，东单牌楼南，苏州胡同口外，汽车闯死一个巡警，后来算是又缓过来了。这是一档子。是日东城钱粮胡同口外，又闯坏了一个小伙子，搭到医院，死活不知。又据西城友人说，前天西直门草厂口，有某公的汽车，撞伤卖豆腐的一名，拉车的一名，杏仁茶挑子[①]一分。这几天竟我知道的，就是三四档子，其余不知道的，或者还有，这都不提。昨天（二十五）下午七点，记者由前门回家，雇了一辆洋车，是一位八义先生。大概拉车不到三天，在马路上湾[②]着腰横走，我看着就悬心。走在灯市口儿，后头老虎[③]直叫唤，我直嚷"怀里来[④]"，他还犹预[⑤]，差一点没出原故。这总算我福大命大造化大，要不然也就应了誓[⑥]啦。那天跟友人金松岩君谈及此事，据金君说，嗣后警察厅可以出一张布告："各街马路，只准汽车行走，其余车辆人等均走便辙。"既免撞人，汽车也可以加足马力，放胆飞驰，一举而两善备焉。我说："这个主意，倒是不错，不过有一样儿，要真那们一办，'马路'两个字，名实又不符了。"金君说："那有何难？'马路'改为'汽路'就完了。"

[①]杏仁茶挑子：卖杏仁茶的挑子。　[②]湾：应为"弯"。　[③]老虎：指汽车。　[④]怀里来：拉车的行话，右手往怀里拉，就是靠左边走。当时的交通规则是靠左边走。　[⑤]犹预：应为"犹豫"。　[⑥]应誓：发誓时的赌咒应验了。指"死"。

没 教 育

1921年9月28号

梅 蒐

东城住户某甲，系前清贵族，现在虽然式微①，外县有些个租子，城内有几处房，衣食住三项，比上我②还不着急。某甲是少爷班子③，幼而失教，所以他有孩子也不懂教育。听说他跟前一个少爷，今年十六七了，平素养鸟，现逢秋令，又有贾似道之癖（斗蟋蟀）。一季竟买蟋蟀（蟋蟀俗名蛐蛐）花了五六十块。新近得了一个朱头三色儿的虫儿，约有八厘上下（斗蛐蛐讲究八厘够分量），某甲的少爷爱之如命。那天他出城听戏，委托他父亲，替他涮罐子、喂食。某甲是个外行，偏巧把朱头三色儿给放跑啦。少爷回家，不理他爹妈，先问蛐蛐。听说心爱的虫儿跑了，跺脚捶胸，如丧考妣，迸起来跟某甲要流血。某甲应下赔他。少爷哭着说道："赔我不行呦。没地方儿买去呦。我非得寻死不可。"后经街坊多人排解，某甲给了他四块钱，算是了结。在前清同治年间，有为忽伯拉（鸟名，本名虎伯劳）扎死亲娘之事。如今某少爷，为蛐蛐跟他父亲要流血。天地间事情，真是无独有偶。万总归一，三个字的考语，"没教育"。

---

①式微：衰败。 ②比上我：跟我比。 ③少爷班子：当官的子弟。

吃 死 鬼

1921年9月29号

梅蒐

八旗现状,已成强努①之末。从先都说旗兵指着钱粮,那是按季领米、按月放钱粮时代。虽不能都指着,诚然有些个指着的。自共和以还,兵米②取消,钱粮改成节饷,接四个月领上三十多吊钱。要竟指着这点意思,不必说衣、食、住三样,未定够给房钱的。所以如今真正指着钱粮的,很少很少。倒是参、佐领③、承办领催等等,他们倒有点指着。现在八旗大吃死鬼(行话叫吃爬下的),各旗下真名吃钱粮的,不过十分之六,其余全是空头。又加着出缺④,永不挑补⑤,再待些年,也就全变了空头啦。这些位办钱粮的,就说接三个月领一回饷,他们也合式。各旗情形虽然不同,其分肥、吃死鬼则一也。阔旗印务参⑥、佐领,有闹好几百的。甲喇总儿⑦、承办领催等等,碰巧还弄的多。堂官⑧虽不都吃,有月事⑨的很占多数。简单言之,现在的钱粮,是养活少数旗人,并不是养活多数穷旗人。昨天跟一个在旗的朋友谈及此事,朋友说,八旗兵饷已成了一笔慈善费,不如由警察会同大慈善家,按户调查,平均支配,不必再经参、佐领、办事人等之手,则多数的穷旗人,或者实惠均沾矣。有人说了,这个法子倒是不错,不过少数的旗人可就苦啦。可是话说回来了,他们整天自餐骨肉,饿死他们,还为之过吗?

---

①努:应为"弩"。 ②兵米:指旗人领取的米。 ③参、佐领:参领、佐领。 ④出缺:职位空出来。 ⑤挑补:从一般旗人中挑选,补上空缺。 ⑥印务参:印务参领。在同旗的几个参领中主事的。 ⑦甲喇总儿:骁骑校。满、蒙每个佐领有40个,汉军有30个骁骑(骑兵)的名额,这些骁骑的头儿叫骁骑校,俗称甲喇总儿。 ⑧堂官:清代中央各部门的长官以及府、县的最高长官。此处是指都统。 ⑨月事:每月给堂官的钱,从兵饷里头扣。

敬告多言人

1921年9月30号

梅 蒐

北京赌钱之风,近来非常发达。打麻雀,那算文明玩艺儿,不算赌钱,差不多家喻户晓,麻雀普及。要是抓麻雀赌局,一条胡同儿,接一家抓一家,抓个一去,还得饶个来回儿。近来又输入一宗新文明,叫作扑克。这些个文明玩艺儿先不提,此外大宝①、牌九、摇滩等等赌局,也很不少。这类赌局,分两种性质。一种是形踪飘忽,聚散无常,所以不容易办。一种是有所凭借,就是知道也不敢就办。昨天接到多言人一封来函,大致说,北京现在赌局数处,请记者于《余墨》中宣布云云。多言人究系何人,所列各赌局,是否属实,抑或捏造,不得而知。此函系上月接到,日昨多言人因多日未登,又来函催问。但既无真实姓名,是否挟嫌,不敢断定。今敬告多言人,前函所云,果系实情,不妨将真实姓名、住址示知。本报调查属实,定当照函登出,责任由本报担负,决不宣布阁下姓名。多言人既肯多言,足见热心社会,又何必藏头露尾、真事弄成假事。这是何苦呢?有人说,多言人或因输钱投函报馆,所为泄忿,此说也通,可是还不敢断定。

---

① 大宝:押宝。

何必死吃死鬼

1921年10月1号

梅蒐

日前所登《吃死鬼》一节，句句实情，只有说不到的，决没有过火的。至所拟办法，不过随便说说，也决不能发生效力。谁肯认真那们办？这段《余墨》不要紧，当日下午，就接了三封骂信。那两封信，既系匿名，又系蛮骂，无足一谈。惟有这封信，很有点趣味，照录如下，以供众览。

"梅蒐小儿你听，八旗跟你何仇何恨？就说我们吃死鬼，也没吃你们家的死鬼（我们家没那们些个死鬼）。现在参、佐领等办事人员，年无米，月无俸，妻儿老小，衣食住三项最关紧要（你听，还转一气哪），你也不想想，我们不吃死鬼吃什么（不会改行吗）？你说各堂官有月事的很多，这话诚然不错。你想啊，当着一个都统、副都统，分文不进，不指着月事指着什么？简断捷说罢，现在我们就指着死鬼度命（奇谈）。你要踢翻我们的饭碗，我跟你一天二地恨，三江四海仇。今天先给你送个信，从此不说，两罢干戈，倘仍蹈前愆，必致贻后悔。你就留神罢，小子，早晚有你的乐子。八月二十八日。俊亭氏手谕。"

细读这封信，语气还通，且无别字，原函写的也还平常。寄语俊亭先生，何妨另谋个生路，比死吃死鬼强不强？我的哥哥！

参考资料

参考资料：

《中文大辞典》 中文大词典编纂委员会编纂 （台湾）中国文化研究所 1968年
《中日大辞典》增订第2版 爱知大学中日大辞典编纂处 大修馆书店 1986年
《中国大百科全书》（戏曲、曲艺卷） 中国大百科全书出版社 1983年
《中国京剧百科全书》 中国大百科全书出版社 2011年
《相声大词典》 薛宝琨主编 百花文艺出版社 2012年
《中国鞋履文化辞典》 叶大兵、钱金波著 上海三联书店 2001年
《北京土语辞典》 徐世荣编 北京出版社 1990年
《北京方言词典》 陈刚编 商务印书馆 1985年
《北京话语词汇释》 宋孝才编著 北京语言学院出版社 1987年
《北京话词语》 傅民、高艾军编 北京大学出版社 1986年
《北京俏皮话辞典》 周一民著 北京燕山出版社 1992年
《北京话儿化词典》 贾采珠编 语文出版社 1990年
《中华民国史辞典》 陈旭麓、李华兴主编 上海人民出版社 1991年
《老北京风俗词典》 王秉愚编著 中国青年出版社 2009年
《中国民俗辞典》 郑传寅、张健主编 湖北辞书出版社 1987年
《中华民国史大辞典》 张宪文、方庆秋、黄美真主编 江苏古籍出版社 2001年
《史记》 中华书局 1982年
《八旗通志初集》 （清）鄂尔泰纂修 台湾学生书局 1968年
《福惠全书》 （清）黄六鸿撰 康熙33年（1694）
《庚子辛亥忠烈像赞》 冯恕辑 出版年不详
《大清律辑注》 （清）沈之奇撰 法律出版社 2000年
《清史稿》 中华书局 1991年
《北平风俗类征》 李家瑞编 上海文艺出版社据商务印书馆 1937年版本影印
《燕市积弊》 待余生著/《都市丛谈》逆旅过客著 北京古籍出版社 1995年
《故都风物》 陈鸿年著 （台湾）正中书局 1970年
《笔记小说大观》 （台湾）新兴书局 1986年
《北京往事谈》 中国人民政治协商会议北京市委员会文史资料研究委员会编 北京出版社 1988年
《旧京人物与风情》 北京燕山出版社 1996年
《春明旧事》 石继昌著 北京出版社 1996年

《红白喜事》 常人春著 北京燕山出版社 1996年
《满汉礼俗》 武田昌雄著 上海文艺出版社 1989年据大连金凤堂书店1936年第2版影印
《清俗纪闻》 中川忠英编著 方克、孙玄龄译 中华书局 2006年
《清朝野史大观》 小横香室主人撰 中央编译出版社 2009年
《清代北京旗人社会》 刘小萌著 中国社会科学出版社 2008年
《八旗与清朝政治论稿》 杜家骥著 人民出版社 2008年
《中国古代服饰史》 周锡保著 中国戏剧出版社 1984年
《典当史》 曲彦斌著 上海文艺出版社 1993年
《中华赌博史》 郭双林、肖梅花著 中国社会科学出版社 1995年
《清末北京城市管理法规》 北京燕山出版社 1991
《契约、神裁、打赌》 刘黎明著 四川人民出版社 1993年
《北京旗人艺术——岔曲》 金启平、章学楷编著 北京师范大学出版社 2007年
《枝巢四述/旧京琐记》 夏仁虎著 辽宁教育出版社 1998年
《图说中国传统服饰》 郑婕著 世界图书出版公司 2008年
《清末民初报刊图画集成》 全国图书馆文献缩微复制中心 2003年
《中华民国史事纪要》 中华民国史事纪要编辑委员会 中华民国史料研究中心 1982年
《民国职官年表》 刘寿林、万仁元、王玉文、孔庆泰编 中华书局 1995年
《韩非子》 上海古籍出版社 1989年
《论近代北京公立医疗机构的演变》 杜丽红 《北京社会科学》 2014年2月
《从驱张到"援鄂自治"》 胡剑、岳梅 《韶关学院学报》 2012年1月
《王钟声新考》 王凤霞 《上海戏剧学院学报》 2008年第6期
《京话日报》
《爱国白话报》
《北京益世报》
《顺天时报》

白话小说：

一、蔡友梅

1. 损公(蔡友梅)

《京话日报》登载，《新鲜滋味》系列

(1)《姑作婆》(《笔记小说大观》第9编第9册)

(2)《苦哥哥》(报纸剪报本，现藏中国国家图书馆)

(3)《理学周》(《笔记小说大观》第9编第9册)

(4)《麻花刘》(《笔记小说大观》第9编第9册)

(5)《库缎眼》(报纸剪报本,现藏首都图书馆)
(6)《刘军门》(《笔记小说大观》第9编第9册)
(7)《苦鸳鸯》(报纸剪报本,现藏首都图书馆)
(8)《张二奎》(《笔记小说大观》第9编第9册)
(9)《一壶醋》(《笔记小说大观》第9编第9册)
(10)《铁王三》(《笔记小说大观》第9编第9册)
(11)《花甲姻缘》(《笔记小说大观》第9编第9册)
(12)《鬼吹灯》(《笔记小说大观》第9编第9册)
(13)《赵三黑》(《笔记小说大观》第9编第9册)
(14)《张文斌》(《笔记小说大观》第9编第9册)
(15)《搜救孤》(《笔记小说大观》第9编第9册)
(16)《王遁世》(《笔记小说大观》第9编第10册)
(17)《小蝎子》(《笔记小说大观》第9编第10册)
(18)《曹二更》(《笔记小说大观》第9编第10册)
(19)《董新心》(《笔记小说大观》第9编第10册)
(20)《非慈论》(报纸剪报本,现藏首都图书馆)
(21)《贞魂义魄》(报纸剪报本,现藏首都图书馆)
(22)《回头岸》(报纸剪报本,现藏中国国家图书馆)
(23)(缺失)
(24)《方圆头》(报纸剪报本,现藏首都图书馆)
(25)《酒之害》(现藏天津图书馆)
(26)《五人义》(现藏天津图书馆)
(27)《鬼社会》(现藏天津图书馆)

《国强报》登载
《郑秃子》(报纸剪报本,现藏首都图书馆)
《胶皮车》(报纸剪报本,现藏首都图书馆)
《忠孝全》(报纸剪报本,现藏首都图书馆)
《大樱桃》(报纸剪报本,现藏首都图书馆)
《郭孝妇》(报纸剪报本,现藏首都图书馆)
《驴肉红》(报纸剪报本,现藏首都图书馆)
《赛刘海》(报纸剪报本,现藏首都图书馆)
《人人乐》(报纸剪报本,现藏首都图书馆)
《二家败》(报纸剪报本,现藏首都图书馆)
《连环套》(报纸剪报本,现藏首都图书馆)

《白公鸡》(报纸剪报本,现藏首都图书馆)
《瞎松子》(报纸剪报本,现藏中国国家图书馆)

《顺天时报》登载
《感应篇》(《顺天时报》1914年6月25日—1914年7月29日)
《家庭魔鬼》(《顺天时报》1914年9月22日—1914年12月11日)
《潘老丈》(《顺天时报》1914年12月12日—1915年5月30日)
《伶人热心》(《顺天时报》1915年6月1日—1915年7月22日)
《海公子》(《顺天时报》1915年7月23日—1915年11月21日)
《汪大头》(《顺天时报》1915年11月23日—1915年12月26日)
《大劈棺》(《顺天时报》1916年1月1日—1916年6月28日)
《大小骗》(《顺天时报》1916年6月29日—1916年7月6日)
《姚三楞》(《顺天时报》1916年7月7日—1916年9月5日)
《苦女儿》(《顺天时报》1916年9月6日—1916年10月31日)
《刘瘸子》(《顺天时报》1916年11月2日—1916年12月29日)
《贺新春》(《顺天时报》1917年1月1日—1917年3月15日)
《金永年》(《顺天时报》1917年3月16日—1917年5月29日)
《两捆钱》(《顺天时报》1917年5月31日—1917年6月28日)
《奉教张》(《顺天时报》1917年6月29日—1917年8月22日)
《王小六》(《顺天时报》1917年8月23日—1917年9月16日)
《苏造肉》(《顺天时报》1917年9月18日—1917年10月28日)
《王善人》(《顺天时报》1917年10月30日—1917年11月30日)
《钱串子》(《顺天时报》1917年12月1日—1917年12月29日)
《粉罗成》(《顺天时报》1918年1月1日—1918年4月2日)
《小世界》(《顺天时报》1918年4月3日—1918年6月25日)

2. 损(蔡友梅)
《新侦探》(《顺天时报》1912年12月3日—1912年12月29日)
《梦中赴会》(《顺天时报》1913年1月1日)
《二十世纪新现象》(《顺天时报》1913年1月5日—1913年11月25日)

3. 退化(蔡友梅)
《孝子寻亲记》(《顺天时报》1913年11月26日—1914年6月24日)
《脑筋病》(《顺天时报》1914年1月1日)
《张军门》(《顺天时报》1914年7月30日—1914年9月23日)

4. 老梅（蔡友梅）

《高明远》(《北京益世报》1917年1月28日—1917年2月18日)

《骗中骗》(《北京益世报》1917年11月20日)

5. 亦我（蔡友梅）

《张和尚》(《北京益世报》1917年2月19日—1917年3月17日)

《怪现状》(《北京益世报》1917年3月18日—1918年2月18日)

《过新年》(《北京益世报》1918年2月19日—1918年6月4日)

《回头岸》(《北京益世报》1918年6月5日—1918年8月27日)

《土匪学生》(《北京益世报》1918年8月28日—1918年9月23日)

《八戒常》(《北京益世报》1918年9月24日—1918年11月6日)

《王有道》(《北京益世报》1918年11月7日—1918年12月4日)

《大车杨》(《北京益世报》1918年12月5日—1919年1月28日)

《苦家庭》(《北京益世报》1919年2月1日—1919年4月1日)

《恶社会》(《北京益世报》1919年4月2日—1919年年8月8日)

《贾万能》(《北京益世报》1919年8月9日—1919年10月15日)

《刘阿英》(《北京益世报》1919年10月16日—1919年11月17日)

《中国魂》(《北京益世报》1919年11月18日—1920年2月9日)

《蠖屈太守》(《北京益世报》1920年2月10日—1920年3月18日)

《大兴王》(《益世白话报》1920年3月19日—1920年4月23日)

《谢大娘》(《益世白话报》1920年4月24日—1920年6月7日)

《和尚寻亲》(《益世白话报》1920年6月8日—1920年8月2日)

《双料义务》(《北京益世报》1920年8月3日—1920年10月10日)

《势利鬼》(《益世白话报》1920年10月12日—1920年12月14日)

《店中美人》(《北京益世报》1920年12月15日—1921年2月7日)

《以德报怨》(《北京益世报》1921年2月14日—1921年4月12日)

《刘三怕》(《北京益世报》1921年4月13日—1921年6月19日)

《王翻译》(《北京益世报》1921年6月22日—1921年8月6日)

《美人首》(《北京益世报》1921年8月7日—1921年10月1日)

二、哑铃/亚铃

《金三郎》(《白话捷报》1913年8月3日—1913年9月6日)

《何喜珠》(《白话捷报》1913年9月7日—1913年10月13日)

《劫后再生缘》(《白话捷报》1913年10月14日—1913年11月5日)

《康小八》(《白话捷报》1914年2月17日—1914年3月15日)
《煤筐奇案》(《白话捷报》1914年4月17日—1914年6月26日)
《大报仇》(《白话捷报》1914年6月27日—1914年7月13日)
《张黑虎》(《白话捷报》1914年7月14日—1914年8月13日)

三、涤尘
《恶仆害主记》(《爱国白话报》1918年10月8日—1918年11月2日)
《陈烈女》(《爱国白话报》1918年11月3日—1918年12月8日)

四、冷佛
《春阿氏》 内蒙古人民出版社 1998年

五、剑胆
《魏大嘴》(《爱国白话报》1913年10月5日)
《赛金花》(《爱国白话报》1914年3月31日—1914年10月6日)
《孝义节》(《爱国白话报》1914年10月7日—1914年11月16日)
《吴月娇》(《爱国白话报》1914年12月17日—1915年1月25日)
《珍珠冠》(《爱国白话报》1915年1月26日—1915年2月12日)
《锡壶案》(《爱国白话报》1918年12月9日—1919年1月22日)
《杨结实》(《爱国白话报》1919年1月23日—1919年3月15日)
《张古董》(《爱国白话报》1919年3月30日—1919年4月27日)
《如是观》(《爱国白话报》1919年4月28日—1919年5月17日)

"早期北京话珍本典籍校释与研究"
丛书总目录

早期北京话珍稀文献集成

(一) 日本北京话教科书汇编

《燕京妇语》等八种　　四声联珠
华语跬步　　　　　　　官话指南·改订官话指南
亚细亚言语集　　　　　京华事略·北京纪闻
北京风土编·北京事情·北京风俗问答
伊苏普喻言·今古奇观·搜奇新编

(二) 朝鲜日据时期汉语会话书汇编

改正增补汉语独学　　　修正独习汉语指南
高等官话华语精选　　　官话华语教范
速修汉语自通　　　　　无先生速修中国语自通
速修汉语大成　　　　　官话标准：短期速修中国语自通
中语大全　　　　　　　内鲜满最速成中国语自通

(三) 西人北京话教科书汇编

寻津录　　　　　　　　平仄篇·北京话语音读本
语言自迩集(第一版)　　语言自迩集(第二版)
官话类编　　　　　　　言语声片
华语入门　　　　　　　华英文义津逮
汉语口语初级读本·北京儿歌
汉英北京官话词汇　　　北京官话：汉语初阶

（四）清代满汉合璧文献萃编

清文启蒙　　　　　　清话问答四十条
一百条·清语易言　　清文指要
续编兼汉清文指要　　庸言知旨
满汉成语对待　　　　清文接字·字法举一歌
重刻清文虚字指南编

（五）清代官话正音文献
正音撮要　　　　　　正音咀华

（六）十全福

（七）清末民初京味儿小说书系
新鲜滋味　　　　　　过新年
小额　　　　　　　　北京
春阿氏　　　　　　　花鞋成老
评讲聊斋　　　　　　讲演聊斋

（八）清末民初京味儿时评书系
益世余谭——民国初年北京生活百态
益世余墨——民国初年北京生活百态

早期北京话研究书系
清中叶以来北京话语法研究
北京话语法历史演变专题研究
晚清民国时期北京话语气词研究
晚清民国时期南北官话语法差异研究
基于清后期至民国初年北京话文献语料的个案研究
高本汉《北京话语音读本》整理与研究
北京话儿化、轻声、清入字的变异研究
文化语言学视阈下的北京地名研究
语言自迩集（第二版）——19世纪中期的北京话
清末民初北京话语词汇释